U0115660

与凤行

全二册·下

九鹭非香

著

CNS PUBLISHING & MEDIA 中南出版传媒
湖南文艺出版社 HUNAN LITERATURE AND ART PUBLISHING HOUSE
博集天卷 CS-BOOKY

目录

CONTENTS

『没有沈璃的世界，我已经无法想象。与你同归，
怕是我能想到的最圆满的结局吧。』
与凤行
YU FENG XING

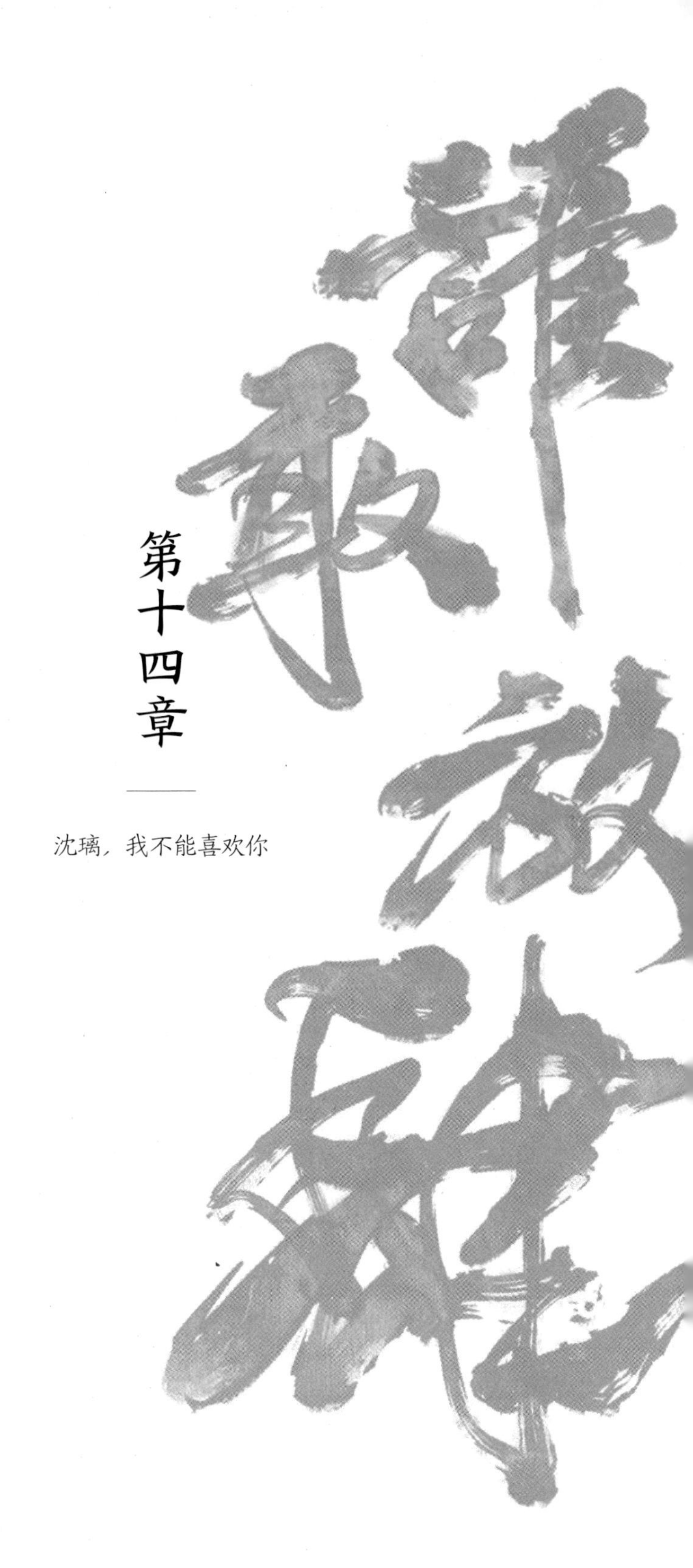

第十四章

沈璃，我不能喜欢你

第二日，沈璃并没急着去天君安排的那个名叫西苑的小院，她甚至有些抗拒到那个地方去，但奈何她在天界溜达了一圈，接触到的眼神除了戒备便是谨慎的审视，一两个人倒也罢了，人人皆这样看她，实在让沈璃受不了。她倒不是生气，也不是委屈，只是替天界这些家伙憋得慌，若当真那般看不惯她，提刀来砍便是。

沈璃终是忍受不了，与其被这样注目着，她不如去西苑与行止一同尴尬着。

让沈璃意想不到的是，她到了那传说中的小院时，里面一个人也没有，安静得就像长年累月没人在里面居住一样。而更让沈璃意外的是，这个小院的布局，与凡人行云在人界的那个小院一模一样，一草一木，前院石桌石椅，后院葡萄藤下挖了个小池塘，位置分毫不差，只是房间比之前要大得多了，两侧也分出了许多厢房，木结构的房子根本看不出盖了多少年，所有的东西看起来虽不像新的，但却也不陈旧。

比起行云的房子，这应该算是升级豪华版，但相对天界那些动不动就用夜光琉璃做瓦，宝石贵木做房的屋子，这里实在是朴素极了。

这样的环境也让沈璃下意识地放松了戒备，沈璃心想，行止下人界的时候并没有被抹掉记忆，所以他那个小院定是按照这个布局来摆的，她尚记得这样的摆设是遵循了什么阵法，能聚天地灵气，在此处待着倒是有助于她潜心清除体内毒素。

这毒可不是那三名仙子留下的，而是被那苻生下的毒，不知他那毒是怎么炼的，竟然扎根如此之深，依着沈璃这恢复速度，过了这么长时间还有残留，实在是不易。

沈璃闲闲地在屋子里逛了一圈，不由得想起了在葡萄藤下晒太阳小憩的那个青衣白裳的家伙，那么悠闲自得，或许，也只有在人界的时候，有着一个凡人的身体，他才能那般随性吧，重归神位的行止，有了太多沈璃看不懂的情绪与顾忌。身份的不同，当真可以改变一个人太多……

沈璃正想着，忽听水声一响，清脆悦耳。沈璃瞥见了后院的池塘，她走过去，看着池塘中游来游去的胖锦鲤们，她微微一挑眉："没人喂的鱼都能长这么肥，天界水好啊。"她在池塘边坐下，随手拨弄了一下池中清水，忽然，一只白嫩嫩的手握住了沈璃的手腕。

沈璃一怔，目光对上一双水灵灵的大眼睛，紧接着，银光一闪，好几双晶莹剔透的眼珠子便直勾勾地盯上了她的脸。

这些锦鲤……竟然……都变成了小孩。

她尚在愣然间，忽听其中一个小孩咯咯一笑："大姐姐要来陪我们玩吗？"沈璃听着哗啦啦的水声，下意识地摇头，可是已经有好几双白白胖胖的手拽住了她的胳膊。"姐姐来玩嘛！"小孩们清脆的嗓音就像一道催命符，拉着沈璃便将她拽进了池塘。

沈璃猛地憋了一口气，被拽到池塘下面，她才看见，这里面全然不是外面看到的那么小，里面就像一片湖，可是只有池塘口那儿有光透进来，越往下便越黑暗。

沈璃对水的恐惧几乎是天生的，在耳朵里充斥着水下"嗡嗡"的声音之时，她的心便微微慌乱起来了，好在这种情绪她还是能控制的，可当她发现她想拼命往上游的时候，那些长着鱼尾巴的小孩便跟玩似的拽着她的脚脖子。沈璃不淡定了，看着这些小孩咯咯笑着，露出白白的牙齿，沈璃却觉得这些可爱的面孔简直就如从地狱来的索命厉鬼。

她开始挣扎，单凭憋气的功夫，沈璃憋个半个时辰不是问题，但在水中可不一样，她于慌乱中欲呵斥那些小孩，但一张嘴，水便灌进喉咙里，当她想吐出去的时候，就有更多的水灌了进来。

天界的水很甜，但是沈璃真的喝不下了……

她拼命地蹬着那些小孩，手脚并用往那处光亮上游，其姿势之难看自然不用言语。当她好不容易将鼻子伸出水面时，一口气没吸到，一个小屁孩兴奋地蹦跶出水面，一个鲤鱼翻身，愣是将沈璃又砸了下去。

沈璃怒火中烧，只想烧一把火，将这池子里的水煮沸了，烫熟这些小屁孩，待她上岸一个个捡来吃了。

可没让她有使出如此狠毒招数的机会，她只觉周遭的水流莫名变快了，在她尚未反应过来之际，一股巨大的抽力便将她与水一同抽出了池塘，沈璃便随着数个光溜溜的人鱼小孩一起做死鱼状摔在了地上。

她捂着胸口使劲咳，咳红了一张脸。那些小孩也在地上蹦跶着，一条条鱼尾慢慢蹦跶成了人腿。

一张白色的面巾搭在沈璃脸上，沈璃气愤地扔了面巾，指着身着白衣、衣冠楚楚的男子气喘道："两次……两次！"

行止自然知道她说的"两次"是什么，行止一笑："这次我可不是故意的。"他随手折了一根葡萄架上的细藤，一路走过去，将地上小孩白花花的屁股挨个轻轻抽了抽。"都给我进屋来。"他一唤，小孩们捂着光溜溜的屁股，略带着委屈，迈着生疏的步伐，踉跄着进了屋。行止看了沈璃一眼："我自会给你个交代。"

沈璃便这样被晾在地上没人搭理，过了一会儿，沈璃缓过气来，她便听见屋里传来了细细的呜咽声，是小孩子在哭，沈璃想着行止手里方才折了一根细藤，琢磨着行止莫不是在抽那些孩子吧……嗯，是该狠狠抽抽，沈璃心里如此想着。进了屋，绕过门口的屏风，沈璃便看见行止撑着脑袋，斜斜倚在榻上，手里的细藤有一搭没一搭地晃着，而他面前乖乖地站了一排光溜溜的孩子，每个孩子都红着眼睛。见沈璃进来，行止瞅了她一眼，又望向孩子们："嗯，道歉呢？"

最边上的小孩一边哭，一边胡乱抹泪，嘴里含糊道："姐姐对不起，呜呜，我不知道你不会游泳的，呜呜，我再也不这么玩了。”他话音一落，另一个小孩接着道：“对不起，呜呜，对不起，呜呜。我们只是太想和别人一起玩。”然后是此起彼伏的道歉声和抽噎声，混杂着吸鼻涕的声响。

场面有些混乱了，一群半大的孩子，光着屁股，手足无措含糊不清地跟她道歉……不消片刻，沈璃一只手捂脸，另一只手对孩子们摆了摆。“行了行了，都自己回去吧，又不是多大的事。”

沈璃说了不算，小孩们都抽噎着，眼睛亮亮地盯着行止，待行止轻轻一点头，所有小鲤鱼精逃似的奔了出去。

屋里安静下来，行止这才坐正了身子。“碧苍王何时如此好说话了？”

“这么一群半大不小的孩子光着屁股在我面前哭，弄得我跟采阴补阳的老妖婆似的。”沈璃忍耐道，“也只有神君才能见此情景无动于衷吧。”

“不，并非无动于衷。”行止把玩着手里的细藤，“我觉得他们哭得挺好玩的。”

沈璃揉了揉太阳穴，她满心以为见到行止会尴尬，在走进这个院子之后就更是预见了尴尬的局面，但此事一闹，两人之间哪儿还有什么尴尬的情绪，只有沈璃一脸疲惫和满身的凉水。“神君给沈璃安排个厢房吧，昨夜今日连着折腾，沈璃只想睡个安稳觉。”

“左侧厢房你随意挑一间吧。”

和行止重新住在一起的第一天便这么稀里糊涂地过去了。

之后……也没什么之后了，虽同住一院，但常常不见行止人影，沈璃也没见他出门，估摸是在屋子里闭关修行。见不到他，沈璃那预备尴尬的情绪便一直没有抒发出来，不过这样也好，这样的情况若能一直持续到百花宴后，下次再见行止，就是在她与拂容君的婚宴上……然后就没有相见的日子了吧。

头皮一痛，沈璃从铜镜里面静静地看了身后的小鲤鱼精一眼，小鲤鱼精却完全没有发现自己给沈璃梳头时拉痛了她，仍旧高高兴兴地梳着。“王爷头发真好。”他说着，“但是太粗太直了，一点也不像女人的头发。”

沈璃没有应他。

这些小鲤鱼精本是西苑的侍从，奉了行止的命令来伺候她，只是越伺候越乱……

“哐啷。”沈璃忽觉后背一湿，一个收拾房间的小鲤鱼精打翻了沈璃梳洗过后的水盆，水泼了一地，湿了沈璃的背和为沈璃梳妆的小鲤鱼精一身。知道自己做错了事，他一脸茫然又惶恐地盯着沈璃。

“你在做什么！”沈璃背后的小鲤鱼精一怒，手下一用力，硬生生将沈璃的头发拽下来许多根。沈璃捂着后脑勺忍耐着深呼吸，但终是没有忍住，也不管头发梳没梳好，拍案而起，一手一个，将两个小孩后襟一拎，提起来一抖，两人皆化为锦鲤，沈璃往怀里一抱，踹门便出去，但凡见到小鲤鱼精，皆用同样的招数对待，最后把怀里花纹各异的胖鲤鱼往池塘里一扔。

“不准出来，再出来我就把你们给清蒸了。”

她站在池边恶狠狠地威胁小鲤鱼精们，大家都红着一双眼，在水面上委屈地露出脑袋，一个小鲤鱼精说道：“可是，神君说了，王爷和仙人不一样，不吃饭会饿肚子的，我们不伺候你，王爷就会饿死了……”

“饿不死。”沈璃转身走了两步，又回头警告，“不准出来啊！”

小鲤鱼精们都不说话了，只目光炯炯地盯着沈璃。

沈璃将头发抓了抓，要像平日一样简单束起来，哪承想刚一回头，却见行止披着白袍子倚在他的房门口，微微弯起来的眼眸里映着晨光，过分美丽。“一大早便在闹腾什么呢？”

沈璃肚子里憋了几天的火：“他们是奉你的命令来给我添乱的吧？”

行止挑眉：“我可从没这样交代过。”小鲤鱼精委屈道：“我们真是在用心伺候王爷……”

沈璃揉了揉额头，脱口道：“这叫伺候吗！真要伺候我，便由神君你来吧。”这本是沈璃的气话，哪承想话音一落，那边却轻描淡写地答了“好啊”二字。

空气好似静了一瞬，不只沈璃微怔，连池塘里的小鲤鱼精们也呆住了。

“咚”的一声轻响，打破了此间寂静，沈璃转头一看，洛天神女愣愣地站在后院门口，本来由她抱着的果子滚了一地。

行止静静地转头看她：“幽兰为何来了？”

幽兰这才回过神来似的，忙弯腰将果子捡了起来，解释道：“天君着我来通知碧苍王，今日是入洗髓池的日子。我想着王爷与神君同住，便顺道为神君捎来几个仙果。我看外面院门没关，就直接进来了……”

她没再说下去，但谁都知道她听见了什么。行止点了点头，表情极为淡定。沈璃轻咳一声，转身便走。“既是天君传令，耽搁不得，快些走吧。”魔界瘴气深重，沈璃常年待在魔界，周身难免沾染瘴气，是以在参加百花宴之前，要去洗髓池中净身，这是沈璃来之前便知道的流程。

幽兰看着沈璃快步离开的背影，又回头望了望行止，最后行了个礼，将果子放在屋中，便也随沈璃离去。

“王爷。”离开西苑老远，幽兰忽然唤住沈璃，像是琢磨了许久，终是忍不住开口了，“日前幽兰去过魔界，虽不曾细探，但仍旧算是看过魔界的环境，我知魔族之人必有不满天界之心。”

沈璃顿下脚步回头看她：“神女有话直说。”

幽兰肃了脸色：“可是不满也好，怨怼也罢，还望王爷与魔界之人拿捏分寸。”她目光直直地盯着沈璃，“这三界唯剩一个神了，没人能承受失去他的代价。”

沈璃忽然想起行止之前与她说过，清夜被废去神格的原因，为私情逆天行道……所以幽兰这话的意思是，魔界有逆反天界之心，利用她来勾引行止，意图废掉行止的神格？

沈璃一笑，觉得荒谬至极。“神女，且不论沈璃能不能如你预计的这般有本事，就说失去神明一事，若行止没本事保住自己的神格，那也是他的事，你告诉我又有何用？”言罢，沈璃扭头离去，独留幽兰在原处冷了目光。

洗髓池中仙气氤氲，但对沈璃来说却不是什么好地方，浓郁的仙气在洗掉她周身瘴气之时，连带着也削了她不少魔力。一个时辰的沐浴让沈璃如同打了一场大仗一样疲惫不堪。要想恢复魔力，怕是得等到百花宴之后了吧。沈璃冷冷一笑，她明白，这正是天界的仙人们想要的效果，削弱她的魔力，减少她的威胁，这些道貌岸然的仙人无时无刻不对魔界提防着，戒备着……即便是……他们已经那般臣服。

“哐”的一声巨响自洗髓殿外传来，紧接着野兽的嘶吼好似要震碎房梁。

沈璃颇感意外地一挑眉，天界也有妖兽？她披了衣裳，束好头发，带着几分看好戏的心态自洗髓殿中推门而出。

殿前巨大的祥瑞彩云之上，一只巨大的白色狮子发狂一样冲幽兰扑去，洗髓殿的侍从脸色苍白地挡在幽兰身前，护着她四处躲避。然而此时白狮已将幽兰逼至墙角，避无可避，那侍从竟然就地一滚，从白狮胯下滚过，狼狈逃命，只留幽兰一人立在墙角，颤抖着惨白的嘴唇呆呆地盯着白狮。

白狮一吼，举爪便向幽兰拍去，沈璃眉头一皱，身形一闪，落至幽兰身前，抬手一挡，看上去比白狮前臂细小许多的胳膊将白狮的爪子招架住，然而这招虽然挡住，沈璃却是眉头一皱，只觉体内气息不稳，力道不继，无法将白狮推开，她心知必定是这洗髓池的作用，正与白狮僵持之际，身后的幽兰忽然道：“不用魔族之人相救。”

“好。”沈璃闻言，当即手一松，白狮的利爪带着杀气直直向幽兰的脸招呼而去，幽兰没想到沈璃说松手就松手，当即吓得倒抽一口冷气，面无血色，在利爪快要碰到脸颊之时，来势又猛地停住，只听沈璃道：“想保住脸，求我。”

给便宜不要，那便适当索取吧。沈璃是这样想的。

幽兰几乎不敢转头，那利爪上属于野兽的狂暴之气刺得她几乎流泪，一只纤纤玉手悄然抓住了沈璃的衣摆，幽兰的声音带着三分恐惧，三分不甘，还有更多的是属于女子的柔弱：“求……求你。”

沈璃忽然间不知被满足了怎样的心态。她自得地一笑，当下大喝一声，一只手推开白狮的爪子，另一只手将幽兰细腰一揽，纵身一跃，跳过白狮头顶，落在它背后。沈璃将幽兰松开，见她浑身瘫软摔坐在地，沈璃道：“本来你求我我也不打算救你的，奈何你是随我来的洗髓池，在此出事未免也太巧了一些。我不过是不想让他人再说闲话罢了。”

才逃过一劫的幽兰哪儿有心思理会沈璃揶揄，只往沈璃身后看了一眼，脸色越发青白。沈璃往后一瞥，竟见那白狮已经扑至两人跟前，巨爪已经挥来，沈璃要躲是没问题，可是带着幽兰便是带个累赘，沈璃估摸着白狮这一爪她挨了顶多痛上几天，但这神女指不定就直接给拍死了。没时间权衡，沈璃将幽兰一抱，利爪在她背上抓过。血肉横飞。

幽兰吓得失声惊叫，她的生活里几时见过如此场面。一击过，白狮第二爪欲袭来，中间有些许时间，沈璃抱住幽兰就地一滚，逃出了白狮的攻击范围。

幽兰的手不小心碰到沈璃的背，摸了一手鲜血，她颤抖着唇：“你没……没事吗？”

沈璃却连眉头也没皱一下。“皮肉伤而已。”沈璃见那白狮又欲往这边扑来，她才知道，这白狮竟是盯中了幽兰。沈璃眉目一沉：“你为何惹怒它？”

幽兰只呆呆地看着一手鲜血，白着脸未答话。

沈璃心知自己刚在洗髓池中过了一遭，定不能与这白狮硬拼，她与妖兽相斗多年，极为熟悉兽类的脾性，当兽类意识到自己无法战胜对手时，它便会退缩。此战她的目的不在杀了白狮，而是逼退它，只要气势上赢了它便行。

躲在沈璃背后的幽兰忽觉周身气息一热，她愣愣地抬头看沈璃，逆光之中，这个女子的侧脸轮廓帅气得几乎令人遗忘性别。

忽然之间，沈璃瞳中红光一闪，周遭气息一动，幽兰似闻凤凰清啼，嘹亮天际，周身灼热的气息愈重，对面的白狮不甘示弱地狠戾嘶吼，方寸之间恍然已成二者争王之地。

周遭的仙人早已被滚滚气浪推得老远，唯有沈璃身后的幽兰，她清楚地看见沈璃眼底的鲜红越来越泛滥，直至染红了沈璃整个眼眸。又是一声极为嘹亮的啼叫，那些滚烫的气浪好似在空中凝成了一只刺眼的凤凰，呼啸着向白狮冲去，嘶吼不断的白狮往后退了一步，凤凰于它头顶盘旋，似随时准备俯冲啄咬它。

白狮左右躲避，最后“嗷呜”一声，身体骤然变小，最后化作一个白色毛团，蜷在云上瑟瑟发抖。

杀气霎时收敛，沈璃踏上前一步，一只手却拽住了她的衣袖，她一回头，听幽兰垂着脑袋小声说着：“危……危险。别去了，等天将们来了再看吧。”

沈璃一挑眉，这神女倒知道知恩图报。她握住神女的手，将它拿开。“无妨。”转头离开的沈璃没有看见，幽兰抬头望了望她的背影，又摸了摸自己的手，神色莫名复杂。

沈璃走到白色毛团身边，俯身将它拎起来，白色的“长毛狗”睁着黑溜溜的眼睛，泪汪汪地望着她，喉咙里发出乞怜的呜咽声。她毫不怜惜地将它一抖：“说！尔乃何方妖孽？”

“长毛狗”抖得更厉害。

“王爷！王爷手下留情啊！”白胡子老头拿着拂尘急匆匆地从不远处

奔来，直至沈璃跟前，冲她行了个礼，道："此乃神君养在天外天的神兽祸斗，并非妖物啊！"

行止养的？沈璃将"长毛狗"丢给白胡子老头抱着。"你们神君是要做天界的养殖大户吗？什么都有他的份儿。"

"呵，听王爷的语气，倒像是抱怨什么都是我的过错。"一句话横空插来，周遭的仙人皆躬身行礼。行止翩然而来，白胡子老头忙放下祸斗，俯身叩拜："小仙有罪。"

行止扶了老头一把，目光落在沈璃身上，眸中波光一动："受伤了？"

沈璃抱手一拜："托神君的福，只受了点皮外伤。"

行止指尖动了动，最后还是压抑住了什么情绪似的，只弯腰将祸斗抱起，摸了摸它的脑袋，祸斗委屈极了似的在他掌心蹭了蹭，行止轻声问："怎么回事？"

白胡子老头道："小仙遵从神君吩咐，从天外天将祸斗带去西苑，怎知走到此地祸斗突然发了狂。我拉也拉不住，伤了王爷和洛天神女，实在是小仙的过错。"

行止这才远远看了幽兰一眼，沉默许久后，道："祸斗突发狂性也并非你的过错。你且送王爷回西苑，然后找个医官来看看。"他身子一转，行至幽兰跟前，将她扶起。"你随我走走。"

幽兰脸色灰败地点了点头。

沈璃回到西苑，没等天界的医官，她实在不敢相信天界之人了，便自己包好伤口换好衣服，见白胡子老头在后院找了根绳子，要将祸斗套上，沈璃阻止道："别套了。"

老头微微迟疑："可它若再伤了王爷……"

"它乖的时候不套也行，它不乖的时候套住也没用，所以别浪费绳子了。"而且，沈璃不傻，祸斗身为神兽，怎会无缘无故发狂，看行止今天将神女私自寻去，沈璃便知，这祸事必是那幽兰自己惹出来的。想到此处，沈璃有些叹息，她这才来天界几天，便遭到这么多有意无意的攻击，实在是与此处八字不合啊。

白胡子老头想了想，倒也没有执着地用绳子去套祸斗，嘴里嘀咕道："这样也好，王爷，你喜欢它便与它多玩玩，本来神君也是找它来给王爷打发时间的。"

沈璃听罢，身子微微一僵，末了一推房门，面无表情地回了自己房间。

若即若离，看似无心却有心，沈璃在房中枯坐半日，想不通行止如今对自己到底是怎么个想法。她觉得自己就像那只长毛狗，想起来的时候逗弄两下，像是闲暇里打发时光的乐子。

傍晚时分，房门被轻轻敲了两下，沈璃去开门时却没看见人影，只有热腾腾的饭菜放在房门口。沈璃倒也不客气，端着饭菜便回去吃。这个人的手艺没半点退步，只是这样的东西对沈璃来说难免吃出一点物是人非的感慨来。

她将碗收了，放到门口时，忽见行止从她对面的一个房间里走出来。那不是他的房间，但沈璃常见他从那个房间里出来。

两人打了个照面，沈璃只对行止点了点头，什么也没说便将门关上。

一句"饭菜还合口味吗？"塞住喉咙，行止看了眼紧闭的房门，倏地一笑，形容微苦。"饭菜还合口味吗？""伤口不要紧吧？""无聊的话可以和祸斗玩一玩。它不会再伤你了……"

有那么多话想说，但是他不该说，对方也不给他机会说了。

进退失据……

原来是这样的感觉。

夜里，沈璃死活睡不着觉，索性出门在院子里走走。天界的月亮极圆极亮，在黑夜中给房屋照出属于夜的光辉。沈璃转眼瞥见对面房间似乎有星星点点的光芒自里面溢出，她知道这是行止常去的那个房间，心底猛生一股好奇，这里面莫不是有什么奇珍异宝？沈璃瞅了瞅行止房间紧闭的大门，轻手轻脚地往对面的房间走去。

推门，进屋，小心翼翼地将门扉掩上，沈璃一转头，看见了一个巨大的屏风，上面不同于平常的花草树木，山河风光，而是一片透蓝的夜空，上面繁星点点，宛如一张天幕，其间星河流转，竟是一幅会动的画。

沈璃看得啧啧称奇，觉得这里面果然藏了奇宝。

可当她绕过屏风时，却惊呆了。这里不是一般的房间，而像是开辟出来的另一个空间一般，脚下无底，头上无顶，沈璃似是走到了刚才那个屏风的画里，星河云海，宛如不在这世间。

而更令沈璃惊奇的是，在那一颗颗璀璨的星星上，仿佛还刻有小字，她眯眼仔细一看，心头更惊。

神观月、神落星、神清夜……

这里竟是……供奉上古神灵位的地方！

“这里最好不要进来。”行止声音轻淡，但还是吓了沈璃一跳，她瞪圆了眼转头看他，行止见了她这表情，倏地一笑，“我先前没与你说过吗？”

沈璃愣愣地看着行止，心里琢磨着，供奉上古神灵位的地方当是极清净之地，轻易不得让人进入。只是……把这么重要的东西随便摆在这样一个房间里真的没关系吗？天界的人是日子过得太舒坦连防备也不知道了吗？门口也不知道设个结界拦一下……

“我现在出去还来得及吗？”

沈璃虽为魔族人，也向来不喜欢如今天界这些仙人的作风，但对上古神还是有几分尊敬的。

“来不及了。”行止低头一笑，仰头望着天空中闪烁的灵位道，“也不是什么大事，既然来了便拜拜吧，已经许久没人来看过他们了。”

既然行止都这样说了，沈璃便也没急着出去，她仰头望着满天星辰，那些灵位好似有灵性一般，渐渐围成了一个圈，将沈璃与行止包围在中间，像是一群人围着他们探看一样，行止唇角挂着浅浅的笑意："此处与天外天的景色一样，他们素日也都排成星宿的模样，不会到处乱动，今日见你来了，竟都过来看热闹了，他们很是高兴啊。"

沈璃瞅了他一眼，见他唇角笑意虽淡，但却将愉悦的情绪染上了眉梢，与他素日的笑容大不相同，沈璃知道行止此时是真的开心。她转眼看着飘浮着的冷冰冰的灵位，心下莫名觉得有些苍凉。

对沈璃来说，她看到的只有这些灵位上刻的字，而行止看到的却是他曾经的朋友，一些再也回不来的友人。到现在，已经没有人知道行止到底活了多少年了，他被三界称为尊神，享最高礼遇，独居天外天，卧苍茫星辰，观天下大事，可却再没人能伴他左右了。

他站得太高，谁都无法触碰。

"会觉得……寂寞吗？"沈璃鬼使神差地问出这句话。行止转头看她，沉默了一会儿，笑道："为何如此问？"

"我不知道你是怎么想的，但若有朝一日魔君、肉丫，还有我的将军和下属们皆变成了不会说话的牌位，我还要一人守着空无一人的魔界过日子……"沈璃一顿，"我必定是活不下来的。"

行止浅笑："习惯了便好，而且重任在身，你说的寂寞也好，生死也罢，都不在我掌控之中了。"

沈璃看着他："神不是把世间所有都握于掌中吗？"

"算是吧。"行止道，"可唯独我自身除外。神因力量过于强大而不能动私情，你约莫是知道的，而生死也非我能把控的。除非我寿尽之日化为天地之气永驻山河，否则，我还不能死。"

沈璃一愣："神也有……寿尽之日？"

"自然，万物有生岂能无灭，即便是神也不能逃脱，我寿命虽长，但终有尽时，待到那日，我便随天道之力，化为天地间一缕生机，融入山河湖海之中，神形虽灭，然而神力永存，继续守着这万物星辰。”

沈璃听得又一愣：“既然如此，这些神便都是寿终正寝，化为了天地间的一缕生机？”

行止摇头：“有三成是寿数尽了，但余下七成，皆是在寿尽之前出了变故，行有违天道之事，被废去神格，永堕轮回，尝人世百苦去了。他们是神形俱毁，神力荡然无存，他们生前在天地间留下的法术也会尽数消失。”他抬头：“这些灵位，也算是天道仁慈，给余下的人留的一点念想罢了。”

他亲眼看着身边的人一个个离去，这里的牌位渐渐变多。

“也就是说，顺应天道享尽寿数而去的神明，他的神力还会在世间留存，而被天道废去神格的神明，便什么也不会留下……”沈璃呆怔，脑子里忽然闪过一件可怕的事情，“若是你如今出了什么变故，被废去神格，那么你的法术便会尽数消失。那墟天渊……”

行止点头：“墟天渊乃是由我撕裂出来的另一个空间，我若被废去神格，没有神力维系法术，它自然会消失。”

沈璃脸色一沉：“数千只像蝎尾狐一样的妖兽会跑出来？”

“不。”行止唇角的弧度稍落，“它们会随着墟天渊的消失而消失，但与此同时，魔界也会被墟天渊牵连，一同沦陷。”

沈璃一惊：“为何？”

“即便是神，要开辟出另一个那般巨大的空间也是极为困难的。”行止随手一挥，一道光芒在他掌心划过，“即便是开辟出来，也会如此光一般，稍纵即逝，唯有依凭山河之力，借自然大道，方可成就墟天渊，所以我借由魔界五行之力，灌入神力，才铸成墟天渊，也就是从那时开始，魔界便与墟天渊连在了一起，同存共亡。”

沈璃不敢置信地瞪着行止，怒道：“你竟然做出这种不顾及魔界子孙后代的事！”将墟天渊与魔界连在一起，若有朝一日墟天渊有什么动荡，魔界岂不是第一个遭殃！

“那时，开辟另一个空间是解决妖兽之乱最快的方法。”行止声音微冷，即便是现在，谈到当年的决定，他也没有半分犹豫，“若不那样做，现在早已没有了魔界。”

沈璃咬牙，她知道，在一场战斗中，有时为了一定的利益必定会做出牺牲。但这样的牺牲……

“你不能出任何变故。”沈璃咬牙道，“一丝一毫都不能，必须给我活到寿终正寝时。”

行止低头一笑：“这是自然，更何况，如今天外天就我一个神，整个天外天由我一人神力维系，若我出了变故，彼时天外天倾覆，星石落瓦尽数砸在九重天上，必定使九重天塌陷，危害天下苍生。”

行止的话说得轻松，可却在沈璃心上压下更重的石头。思及幽兰与自己说的话，沈璃垂了眉目，她说得没错，行止不能出事，没有谁能承受失去他的代价，只因为他早已不单单是他自己了，如此沉重的责任，实在让人难以背负……

“所以，”行止轻轻开口，声音极淡，但其间情绪涌动，饶是迟钝如沈璃也有所察觉，他的目光映着璀璨星河，一字一句道，“沈璃，我不能喜欢你。”

语气中告诫的意味如此明显，也不知是在警告谁。

沈璃心头莫名一抽，转过头去：“神君在说笑呢，事到如今，沈璃哪儿还敢对神君抱有什么幻想。只要神君莫要时不时地撩拨沈璃……”

“我控制不住啊。”行止忽然打断沈璃的话，如此不负责任的话，他却带着笑意说了出来，“我控制不住啊，想撩拨你。”

这家伙……

沈璃拳头一紧，忍下翻涌而上的怒气，回过头，直勾勾地盯着行止，冷了语调，连撑面子的尊称也懒得用了：“你到底什么意思？”说自己责任沉重，不能动情的是他，说出这种话牵绊她的也是他。推开的人是他，握紧的人也是他。沈璃再是能忍，此时也忍不住了：“你有毛病是吗？”

行止点头："我约莫……是患上什么毛病了吧。"

这算是承认了什么吗……

沈璃盯着他，突然觉得原来真有这么一个时刻，心里面各种情绪涌动，但却找不到任何一个字能说出口。房间里静默了半晌，连那些灵位都各自飞回了属于自己的位置。

沈璃这才慢慢反应过来行止的意思，然后顿觉此人真是卑鄙透顶。他的话说得如此模棱两可，但背后的意思却那么明确——所有的情绪都该收敛了。

可是他说他做不到，那么……沈璃忽然点了点头，"既然如此。"她深呼吸，憋住胸口的闷气，盯着行止，声音铿锵有力，"本王必替神君治了这毛病。"

这本不是她一个人能控制的事，但有什么办法呢，一个负起天下重责的人在她面前耍赖……

那就由她来吧，碧苍王没有斩不断的东西。

行止低笑："有劳王爷。"行止侧目望进沈璃漆黑的瞳孔，里面映入了漫天星辰，让行止有片刻的失神，他扭过头，眨了眨眼："还望王爷……莫要治标不治本啊。"

沈璃冷笑："定不负所托。"她转身欲走，行止却突然又唤道："王爷……"

沈璃顿下脚步，等了一会儿，行止才道："行止还有一事相托。"没等沈璃答应，他便说道："我亦不知自己到底活了多久，寿数何时尽，但若有朝一日，我神形消失，化为天地生机，留下一个灵位在此，还望王爷闲时来探望打扫一番。"

即便是下了再大的决心不去搭理行止，此时沈璃也忍不住微微回头："为何是我？"

行止一笑："因为……你正好看见了。"

因为……若有那一日，在那之后，他还想让沈璃来看看他。行止比谁都清楚，记忆不会保存太久，但常看看总是会记得久一些，若是她早早地便将他忘了……

那他……该多寂寞。

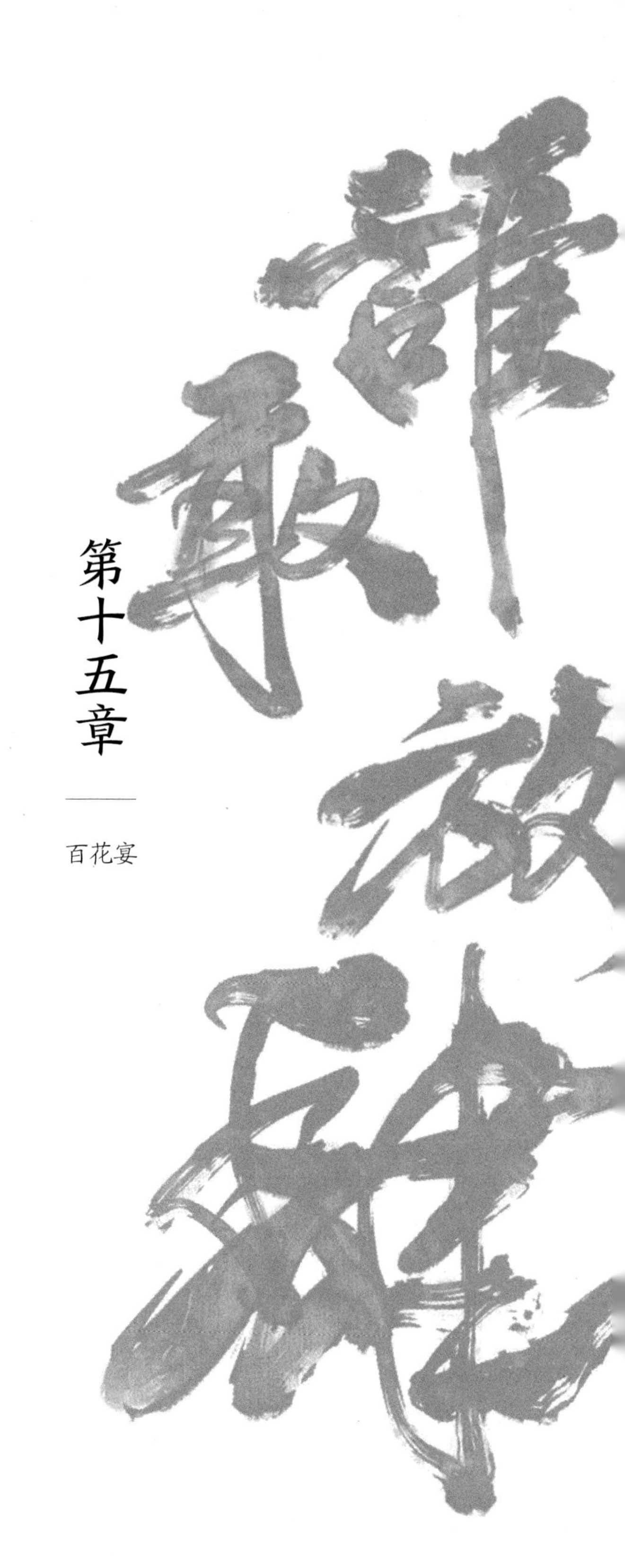

第十五章

百花宴

百花宴明日便要开了，自那日与行止交谈之后，沈璃便没再见过行止，即便是同一个屋檐下，有着法力的两个人要想避开对方还是极为容易的事。

在那之后，行止仍旧会做饭送到沈璃房门口，只是中午摆上的饭菜，到晚上沈璃也不会动，过了两日，行止便不再送饭来。

然而沈璃却不能让自己饿着肚子，她虽不喜欢天界的仙人，但每天还是要出门晃荡晃荡，这日她晃去了设百花宴的场地，欲拿几个仙果充饥，可她没想到自己刚手快拿了一个桃，一转身，洛天神女便刚好站在背后将她盯着。

沈璃一声轻咳："天界的桃子长得挺大。"说着便要将桃子扔回去。幽兰却道："此桃并不算大，乃是一百年结果的桃树所出，并非什么稀罕物事，王爷尽可尝尝此桃，再尝尝旁边那盘子里五百年结出的桃，高低立有所判。"

这是……让她随便吃的意思？沈璃眨巴着眼睛看幽兰，幽兰稍稍不自然地别开眼神扭过头，她走到沈璃身边，拣了三个桃子，拿了一壶酒，往沈璃怀里一塞，耷拉着脑袋快步走了。

沈璃看着自己怀里的食物，还有些没反应过来，这神女如今到底是什么意思？想借着这几个仙桃噎死她不成？还是要陷害她偷拿仙果？身边有个小仙婢在忙碌，沈璃转头问："你们神女塞给我的东西，我拿了不算偷吧？"

小仙婢一怔："王爷说笑了，既是神女给的，自然不算偷。"

沈璃一挑眉，果断拿了个桃子放进了嘴里。

沈璃一路就着酒吃着桃慢慢悠悠回了西苑，可是走到房间里沈璃便觉得不对了，这天界的酒酒劲未免也太大了点，她一倒在床上便睁不开眼了，沈璃拽了被子将脸埋在里面嘀咕："我就知道没安好心，在这儿等着我呢……"

沈璃睡下一整晚都没有醒过，直到第二日，百花宴开宴的钟声响彻九重天，敲了整整九九八十一下才将沈璃敲醒。沈璃从被子里伸出脑袋，一看外面的天色，登时惊醒。

她可是代表魔界来的，若迟到了，那可是个大笑话。她翻身坐起，快速扎起头发，推开房门，行止早已不在，那家伙竟也不叫她！沈璃心头邪火一起，但又无奈地压了下来，他们最好连室友的情分也不要有……

行至前院，沈璃欲驾云而飞，可天空中忽然一道红光划过，沈璃眉头一皱，初时还以为是天界放的礼花，但见红光越来越近，竟是直冲西苑而来，沈璃眉头一皱，尚在犹豫要不要将其拦下，便见红光突然加速落在西苑大堂的房顶上，只听"轰隆"一声，大地一颤，西苑的大堂坍塌，炽热的火焰瞬间蔓延开来，燃出一片橙红的天。

天界……被攻击了？

这个念头在沈璃脑海里一闪而过，她抬头望向远处，只见不知从哪儿射来的火球再次往西苑这儿砸下，而其中一个火球将要落下的地方，是那个放置灵位的厢房！

行止唇角真切的笑意在沈璃心头划过，她没有丝毫犹豫，身形一闪便落在那厢房顶上。

洗髓池中被洗去的魔力尚未找回，沈璃大喝一声，勉强撑出一个半圆形的结界，将厢房护住。然而这火球竟全然超出她想象，极度炽热，携带着巨大的压力，若不是凤凰天生火性，或许在她接住这压力之前便已被烧灼为灰烬。

脚下“咔嚓”一声，是瓦片碎裂的脆响，沈璃一咬牙，眼底红光大盛，她沉声一喝，周身法力化为一束金光，携着排山倒海之势，直冲那火球而去，将其从内部震碎，化为尘埃一般的火星，散落在厢房四周。

沈璃只身立于房顶，垂下的手慢慢滴出血液，是背后的伤口挣开了。

然而没给她半分休息的时间，火球再次迎面而来。沈璃面容凝肃，不躲不避，拳头一握，眼底是绝不退缩的决绝。

八十一声钟响罢，天君微微一欠身，对行止道：“神君上座。”这样的场合，即便是天君也坐不到最高的位置上，但却没人知道行止是最不喜坐那个位置的，台阶上的白玉座，太凉……

一束红光自天际划过，众仙目光追随而去，有仙人笑道：“那是哪家的座驾，看着真威风漂亮。”话音未落，忽闻一声巨响，西边天空一片艳红，仙雾缭绕的云巅一颤，杯盘俱倒，稀里哗啦摔得一片凌乱，仙女宫娥忍不住低声惊呼。然而慌乱之后却是一阵可怕的寂静，舒坦惯了的天界，在此时竟无一人反应过来发生了什么事。

行止未在白玉座上落座，他举目一望，但见远方又是几个火球追着先前的红光而去。他眉目一沉，心底莫名生了些许慌乱。

“报——”侍卫拉长的声音在寂静的百花宴上显得尤为刺耳，他一路跑来，一身华丽而累赘的铠甲发出清脆的响声，仙人们好乐音，但此时却没人有心思欣赏清脆之声，只听侍卫惊惶地喊道：“有……有火攻！往西苑去了！”

众仙大惊。侍卫声音嘶哑而颤抖：“烧起来了！”

清风一过，没人看见上座之人是什么时候消失的，待大家回过神来时，百花宴上哪儿还找得到行止神君的身影，天君这才反应过来，忙召来将领，急忙分配任务，自己则亲自领着一队人马飞速往西苑而去。

碧苍王代魔界赴宴，而此时尚未出席，应当还在西苑，她若在天界遇袭，那可不好与魔界交代，而且，西苑还供奉着上古神的灵位……看行止神君着急的那个模样便知道，那些灵位对他来说极为重要，一个也损失不得。若护卫不及，彼时神君动怒，那可就糟糕了。

火球一个接一个砸下，沈璃双脚下的屋瓦已尽数碎裂，她心底不止一次咒骂行止与天界那些蠢货，如此重要的地方，竟不知设个结界护卫一下，而且事发这么久，他们就没有谁看见这里不对劲吗?！如此高调地用火球在空中攻击，就没人去找到攻击的人，将其斩杀吗?！

天界闲人们当真是舒坦日子过久了，脑子都拿去长膘了不成！他日若魔界要攻上天界，沈璃觉得不用一天就能让这群酒囊饭袋俯首称臣！

又是一个火球落下，这力道竟比先前更重几分，沈璃听见脚下的房梁在“吱呀”作响，显然，这厢房支撑不了多久了，而这些攻击还没完没了……沈璃咬牙，心头只觉无比憋屈，她向来善攻不善守，且喜欢速战速决，今日让她撑了如此久的结界，不如让她被敌人直接砍上数刀来得舒坦。

背后的伤口不断裂开，血已经浸湿了背后的衣裳，失血过多加上法力不继，渐渐让沈璃有些撑不住了，体内如同被掏空一般，一个个火球击中她撑起的结界，巨大的压力令她微微弯了膝盖，而更麻烦的是那些灼热的火焰，没有法力傍身，零碎的火球碎片扎入沈璃那已显得岌岌可危的结界里，在她脸颊上烙下通红的印记，然而沈璃向来对皮外伤不在乎，只怕那些火星烧到眼睛里……她正想着，一个火星呼啸着向她瞳孔扎来，沈璃下意识地闭上眼，垂头躲开。

然而，便是在她这恍惚的瞬间，又是一个火球堪堪击中沈璃站立之地，巨大的冲击力致使沈璃腿一软，一个膝盖狠狠地跪在房梁上，只听“咔”的一声，房梁折断，在沈璃跪的地方凹陷下去一块。

遭此突然一击，沈璃体内本就不稳的气息更是一乱，血气翻涌，饶是她死命压抑，也仍有血自嘴角溢出。然而却不知是不是在这危急时刻产生了错觉，似有一股清凉之气自破损的房梁之中蹿出，包裹着她周身，缓解了烧灼之苦。

但这时沈璃哪儿还有心思去感受这丝凉意，只觉得这是生平头一次连敌人都没看见，便被逼至如此境地，实在让人憋屈！沈璃心中有气，一抬头，却见一个比之前所有火球都要大的火球急速而来。

她心头方闪过“糟糕”二字，忽觉周身气息狠狠一凉，巨大的压力瞬间被移去，白色衣摆在眼前飘过，单膝跪着的沈璃在逆光之中只看到了一个背影。

因着要出席百花宴，他头上的髻挽得比平时规矩一些，但还是一副懒懒散散的样子，燥热的风一吹，使得他衣袂与长发齐飞，好不潇洒。他的身影阻挡了全部的热浪与压力。沈璃只手捂着胸口，感觉那颗方才还因战斗而急速狂跳的心脏，此时如同被安抚了一样，舒缓下来。

这个背影……能带来太多的安全感。

对碧苍王来说，极少体会到的安全感……

热浪袭近，巨大的火球携着好似要将一切化为灰烬的力道，汹涌而来，行止面容沉静，只轻轻一探手，那火球竟猛地止了来势，如同被套住脖子的恶狗，挣到了绳子的极限，再也无法向前一分。

“滚！”行止一声喝，衣袖一挥，但见巨大的火球依着来时的速度，照着来时的轨迹，就这样被轻而易举地抛了回去……

抛……回去了。

沈璃约莫理解，天道为何不许神明生情，如此强大的力量，若随心所欲，使于私情，那天下，岂不大乱？

火球飞回去的那边燃起了熊熊火光，果然再无火球袭来。想着对方此时手忙脚乱的模样，沈璃只觉好笑，然而心头一松，周身更觉疲乏，失血过多的她再无法控制自己的身体，她向后一仰，从破烂不堪的屋顶上滚了下去。

但在摔在地上之前，她不出所料地被人拽住，而出人意料的是，拽住她的人，却不只是将她拽住了。

温热的手掌贴在她早就湿透的后背上，脸颊上的伤也被人用凉凉的手轻轻抚上。行止的脸在她眼前放大，就算此时沈璃已精神涣散得看不清别的东西，但行止那双眼睛沈璃看懂了。

他在生气，他在说："沈璃，你不想活了吗？"

"死不了。"她听见自己含糊不清的声音，"只是有点累。"

"为了这屋子将自己逼成这样……"他好似极力隐忍着情绪，"你到底……多没心眼？"

"我总不能……"沈璃的眼睛快要闭上了，疲惫的身躯没办法撑住她的脑袋，她头往前一栽，额头抵住行止的肩头，声音小而模糊，"我总不能……让你一点念想都没有了。"

行止看见那些灵位时，闪亮的眼睛和有温度的笑容让沈璃只看了一眼，便深深记在心中，而且再也忘不掉了。

行止指尖微微颤抖，像是挣扎了许久，他一只手环着沈璃的背，另一只手狠狠摁住她的后脑勺，将她摁在自己怀里，力道时而紧，时而松，他……控制不了自己。

原来还真有这么一个人，让他在她面前，连拿捏的力道都没法掌握好……

手指在她头发上轻轻摸了摸，他的唇恰恰落在沈璃耳边，行止垂了眼眸，低了声调，三分无奈七分苦涩，只说给沈璃听："王爷，你当真是在帮我控制吗……"

天君这时才领着侍卫们匆匆赶来。除了沈璃拼命护着的厢房，别的地方已尽数烧成了灰烬，行止神君便在一堆破砖烂瓦中将碧苍王抱着，他背对着众人，没人看得见神君脸上的表情。

天君微惊："行止君……"

"别过来。"行止声音轻淡，"我在帮碧苍王治伤。"他说："谁都不准过来。"

果然无人敢上前一步。

行止便在所有人面前，将沈璃抱着，将平日看起来那般强悍的碧苍王抱着，众人这才发现，原来，和神君比起来，碧苍王竟是那么娇小……对了，碧苍王也是一个女人，她本来就该是纤细娇小的……

天君下令彻查火袭天界一事，然而三天之后才在天界北边一隅寻到了被行止扔回去的那个火球砸得乱七八糟的现场，一个活人也没有，人家把现场摆在那儿让人去寻，天兵们也寻了这么久，其效率之低，令有识仙人皆感到担忧。更令人担忧的是此次袭击天界的家伙……

不是魔物，不是妖物，而是一直潜伏于北边深海之中的北海一族。他们是极为温顺平和的一个族群，千万年来从不挑起战争，这次却像疯了一样袭击天界，是天界在下界做了多令人无法忍受的事？

天君震怒，立即着人去北海一探究竟。然而北海的消息未探回来，魔界五天前便递上来的一纸急书，看得天君白了脸色……

西苑塌了，沈璃又住回了拂容君府里，只是这次为防有人趁她伤重之时下毒手，拂容君亲自给沈璃住的房间加了个结界，行止也不客气地住进了拂容君府里，两个贵客在家里待着，拂容君再也没法在府里胡作非为，心里十分不畅快。

这日他正唤了相识的仙君来对弈，对方笑他："你看看，这碧苍王受个伤，天君龙颜大怒，行止神君给她治伤又细心照顾，还未成亲，神君和天君便把碧苍王的腰给撑起来了，看来这魔界的面子大得很，待日后成了亲，拂容君，你哟……啧啧啧。"

拂容君听得脸色铁青，径直将棋子一扫，棋子甩了一地，他怒道："我还用你来挖苦！我找你来是让你给我添堵的不成？滚滚滚！"

对方不气反笑，正气得拂容君火冒三丈之时，一阵凌乱而快速的脚步声传进院子里，幽兰的脸色沉凝，看见拂容君这里的场景，她冷冷道："碧苍王沈璃呢？"

拂容君一怔，苦恼地揉了揉额头：“我说皇姐，你少来添点乱成不成啊？人家现在有神君护着，咱们哪儿讨得了好，你消停消停回去吧。”

幽兰目光冰冷，盯着拂容君又问了一遍：“碧苍王沈璃呢？”

拂容君这才察觉出事情不对，迟疑道：“在……在后院厢房里呢，为了养伤，我给她设了结界的……”

“带我过去。”言罢，幽兰便急着往前走，迈了两步没见拂容君跟来，她一回头，目光凌厉地瞪他，拂容君吓得胆一颤，忙走上前去给幽兰带路，一边走一边问：“到底出什么事了？”幽兰没有理他，待走到小院门口，拂容君猛地顿了脚步：“我把结界打开，你进去吧，我不去了，看见行止神君我害怕……”

幽兰没有半分犹豫，跨进院子里，结界在她身后阖上，看来这次拂容君是花了点心思在沈璃养伤的地方，曲径通幽，小道两边皆是芬芳草木，隔了外界喧嚣。幽兰越走越快，却在即将走出芬芳树林之时顿住了脚步，只因她透过树影隐隐看见了神君与沈璃两人在门口站着，沈璃面有不豫之色，两人正在争执。

“皮外伤何须将养这么久！简直就是浪费时间！”沈璃站在门内，行止在门外抱手堵着，神情淡然，越发衬出了沈璃的着急，“让我出去！”

“伤好之前不能出去。”行止的声音轻淡。

“伤已经好了！那些火球根本没有想象中那么厉害……”

“若不是房中灵位之气溢出，吾之友人们以神力护住你的心脉，你以为今日你还能如此大声说话吗？”

沈璃一愣，恍然记起那时是有那么一瞬间感觉周身清爽了许多，原来……竟是那些灵位之气溢出来护住了她吗……沈璃觉得那些上古神真是神奇极了，毁得只剩一个牌位，也还能抽空保护人……沈璃继续道：“如此，有劳神君下次去祭拜之时帮沈璃带声多谢，另外，既然当时我已经被护住，此时伤也好得差不多了，快让我出去。”

“不行。”

沈璃大怒，一字一顿地问："你关着我作甚！"

"你出去作甚？"

沈璃气笑了："已过了五天时间，天界却还没捉到主谋，什么往北海去查探消息，就算探消息的人是前天出发的，这两天都能在天界和北海之间跑十几个来回了，探消息的人是栽在水里迷路了不成？"沈璃唾弃："什么效率！"

行止笑道："该急的人不急，你却在这里瞎着急。"

"被关在这里我就差瞎了！"沈璃一咬牙，暗自嘀咕，"若换作往日，我定要提枪端了那群混账东西的老巢。"

"你是被人揍了觉得心怀不甘，想要讨回去吧。"行止笑着戳穿她的掩饰，沈璃眼神移开，因为生气，她的嘴下意识地有些嘟起，然而弧度极小，若不仔细看根本无法察觉，但在行止的角度，却能看到她微微鼓起来的脸颊，那一块有些肤色不均的地方是她先前被烧伤的痕迹，想着那日倒在自己怀里的家伙，行止几乎是无意识地用大拇指摁住了那一块皮肤，轻轻摩擦了两下。沈璃恢复能力极好，不管是体内还是体外，这指腹下的皮肤，不过过了五天的时间便已全然恢复，只差那么一点颜色……

"会帮你讨回来的。"他轻声说着。微哑的嗓音听得沈璃微微一愣，她抬头看行止，然后"啪"的一巴掌打开了他的手。她肃容盯着他，目光清冷而理智。

行止手腕被打出了五个手指印，他看了沈璃一会儿，垂下手，任由宽大袖袍遮挡了痕迹，他笑笑，一时竟不知自己该说什么话才好。

"神君。"幽兰忽然开口，自芬芳树林里走了出来，她一躬身，行了个礼。"神君、王爷。"两人望向幽兰，还没来得及开口询问，幽兰便急道，"王爷，天君请你去凌霄殿中，有要事。"

听出幽兰言语中的凝重，沈璃眉头一皱："带路。"

行止微微一挑眉："何事不能托人传信过来？"

幽兰一默："神君，实乃要事。"

行止点头："如此，便一同去吧。"

凌霄殿中，天界的文臣武将分立两旁，天君面容严肃地坐在龙椅之上，见行止与沈璃一同来，他眉头微不可见地皱了皱，让人在左侧首位看座后，才开口道："碧苍王，此处有魔界传来的急书一封，你且看看。"侍从将书信呈与沈璃，沈璃接过，只扫了一眼，倏地脸色一白，声色一厉："何时传来的急书？"

"五天前便传来了。"天君有些叹息，"奈何因着遭火袭一事致使众仙人奔波忙碌，疏忽了此急书。今日才有人呈与朕看。"

沈璃脸色更冷，行止开口："天君，到底发生何事？"

"魔界都城亦被北海一族袭击，魔君昏迷，十余名魔族将领牺牲，且各地发生暴乱……情况极危。"

天君每说一句，沈璃的眉头便更紧一分。这是五天前的战报，如今情况只会更糟，沈璃对天界的办事效率已经无话可说，然而此时对盟友的任何抱怨都是无用的，越是这种时候，越需要冷静分析……沈璃闭上眼睛，清理心中翻涌的情绪，不消片刻，她便冷冷开口："如此看来，五天前天界遭到的攻击乃是佯攻，是对方声东击西之法。"

若是真想攻打天界，岂会只安排那么一个发射火球的地点，又岂会向着西苑那般僻静的地方打，对方不过虚晃一招，累得天界众人上下奔波，乱成一团麻，无暇顾及其他，自然也不可能相助于魔界，其主要部队则进攻魔界……但是……魔君昏迷，十余名将领牺牲……

如此惨重的伤亡，这不是魔界应该有的，那里和天界不同，沈璃很清楚，那些将领皆是万中挑一的精英……

"沈璃恳请天君允许在下立时返回魔界。"

"这是自然。"天君一摆手，另有人呈上数盒丹药，"魔君昏迷想是伤得不轻，这几盒丹药碧苍王且拿回魔界，给魔君服用。朕已着人点兵，不日便可助魔界镇压暴乱，清除贼寇。"

"谢天君。"沈璃拿了丹药，没有半分耽搁，转身离去。

见沈璃的身影消失在凌霄殿口，行止眉目微动，忽听天君在身边一唤："神君对此事如何看？"

"魔界的暴乱与天界遭到攻击绝不是巧合，若照常理推断，这应当是夺权之争，北海一族，或许也是被借来的幌子。"

天君点头："神君与我想到一处去了。魔界臣服天界多年，其中多有不满之人，有人暗中作怪，想颠覆魔界如今政权、再立一个新王也不奇怪……只是彼时新王必定与天界相对，那可是极大的麻烦。"

凌霄殿内一时有些嘈杂，文臣武将都在与身边的人轻声议论。

天君转头，看向行止："神君近来奔波劳累，百花宴也未办成功，当真是我等无能。"

若是往常，行止定是得客套两句，但今日他却一句话没说，倒像是同意了天君的话，无声地说着"尔等无能"。

天君一默，百官跟着一默，最后天君咳了两声，微微尴尬道："神君离开天外天已久，然而天外天乃是天下清气之源，这些日子天界微乱，邪气戾气稍重……神君……"

"我明日便回天外天。"行止淡淡落下一句话，拂袖而去。

凌霄殿中静了片刻，天君开口："经此一事，暴露了天界诸多不足，想来大家也都看在眼里，到底是舒坦日子过久了，这么一件小事就让九重天上下乱了一遍，各位仙家，该查的，该清的，是时候整顿一番了。"

百官颔首称是。

沈璃刚走到南天门，不知自己是怎么想的，莫名地回了个头，恍然瞅见行止立在后面十丈远的地方，目光沉静地看着她。沈璃一抱拳，深深鞠躬："这些日子多谢神君照拂。"没有半分眷恋，沈璃高高束起的长发在空中划出一条干净利落的弧线，她纵身一跃，下了南天门。

多日之后，行止不止一次地想过，为什么那天他没有将她唤住呢？为什么就那么轻易地放她走了……

他明明还有话想说……

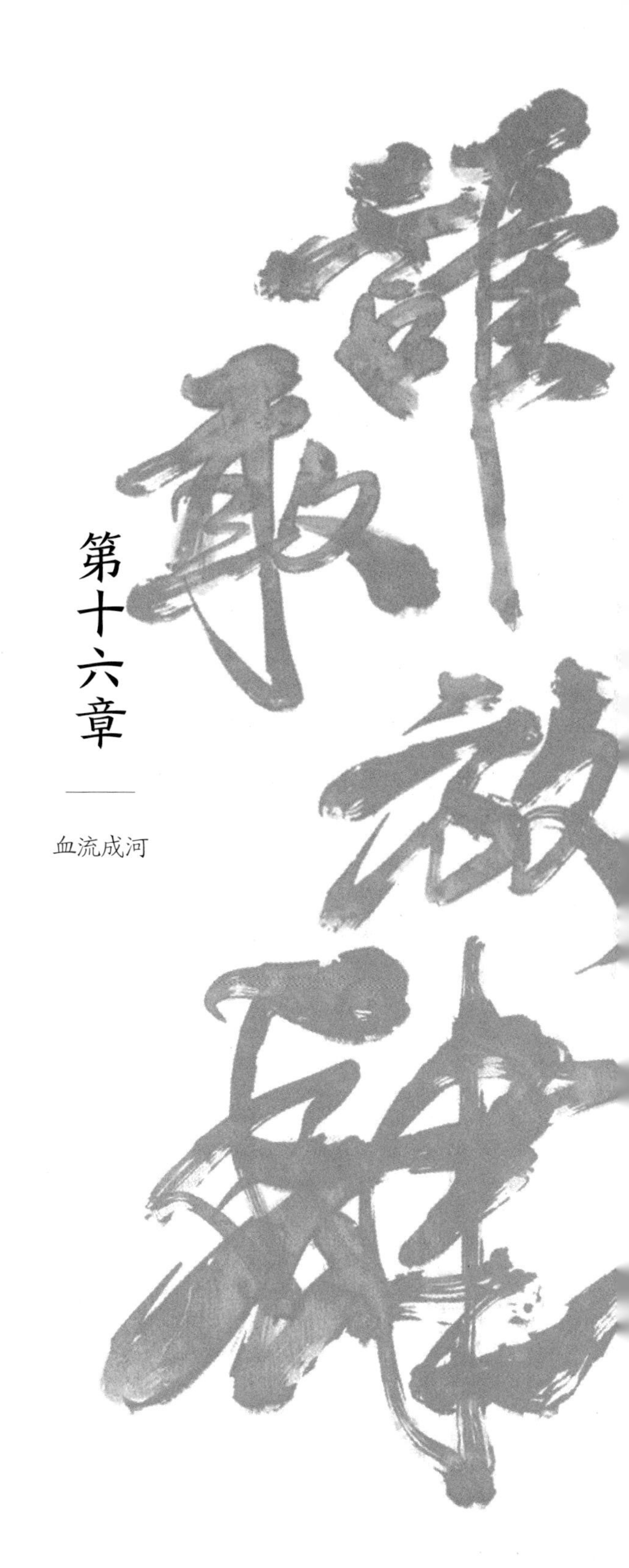

第十六章

血流成河

踏入魔界的那一瞬，沈璃便觉空气更比往日污浊了三分，区别于平日的瘴气，现在到处流窜着杀伐之气、暴戾之气，即便是都城的百姓也是焦躁不安的。

沈璃沉着脸色，自都城中央大道往魔宫走。一路上破败的房屋诉说着当日魔界的仓皇，白幡在路边凌乱而冷清地挂着，此处不像是魔界都城，而像是鬼都，一片死气。

宫门前，侍卫头戴白色布条，脸上的表情不似素日沉静，而有几分强撑的威严。宫门左侧的侍卫见有人径直冲宫门走来，也未看清是何人，只将手中银枪一竖，呵斥："站……站住！"

沈璃眉头一皱："何故如此慌张！"她声音微厉，震得两名侍卫一愣，待看清是谁，一名侍卫嘴一撇，不知道是在哭还是在笑。"王……王爷……王爷回来啦。"他腿软似的跪在地上，狠狠磕了两个头，"王爷回来啦！王爷回来啦！"

另一名侍卫无声地盯着沈璃，竟一把抹了泪。沈璃拳头握紧。"成何体统！给本王将你们的情绪都收好！"她声音威严，"本王不管现在发生何事，身为将士，当差之时便不许落泪，下次若再让本王看见有垂泪动摇军心者，斩！"

两名侍卫叩头称是。

沈璃这才稍缓和了语气："魔君何在？"

"回王爷，魔君现在寝殿之中静养……"

"还未醒来？"

“还未醒。”

沈璃只觉心如火烧，魔君力量强大，且极善谋略，一直有青颜、赤容护卫左右，寻常时极难被伤到。这一次竟伤得如此严重……沈璃几乎是飞奔至魔君寝殿，还未走近便见有侍婢从寝殿里来来回回地出入，而她们手中端的水盆在疾走中泼出血水来，鲜红染了一地。

难道是魔君伤情还有恶化？沈璃越发着急，径直冲进殿中，耳边不停有人在招呼沈璃，是魔界的官员们，此刻沈璃哪儿还有心思去应付他们，她绕过屏风，一掀帘便往内间去，堵在门口的医官劝也劝不住。

躺在床上的魔君身上衣袍未换，颈边稍有血液淌出，有医官用干净的布摁住她的颈项，然而不久那块布便染湿了，只有让侍婢拿去洗，然后又换上块干净的。而她衣襟上面的血渍不知是第几次干了又湿，她脸上的面具未全取，只卸了下颌部分，露出了嘴唇，方便侍奉的人喂药，她的唇色，透露出她身体状况的糟糕。

那唇色……是青的。

沈璃将怀中的丹药拿出，扬声道：“此处有天君给的仙丹几盒，医官们来看看，有没有现在用得上的。”此话一出，一旁的医官也顾不上礼节，连忙将沈璃手中的丹药拿过，一颗一颗倒出来细细辨认，然后才拿了其中一颗放进魔君嘴里。不消片刻，魔君唇上的青色稍退，同时颈项上的血慢慢止住。

“这丹药有用！这丹药有用啊！”医官们欣喜若狂，有人冲沈璃拜道，“王爷当真是魔界的福将。”

“奉承的话便别说了，魔君身上的伤到底是怎么回事？”

医官们面面相觑，过了一会儿，一个老医官答道：“王爷，魔君受的伤只有这颈项上一剑，这一剑不重，只是伤到了皮肉，然而真正致使魔君昏迷不醒的……是毒。”

沈璃眉头一皱：“什么毒？”

“好似是一种瘴毒，初中毒时能使人丧失理智，而后会致人昏厥不醒，若中毒者身上有伤口，其伤口便无法愈合，流血不止。但是这种瘴毒与别的瘴毒有些许不同，它好似对魔族之人的身体伤害极大，而对他族之人不会产生大的威胁，简直就像是针对魔族而提炼出来的毒药一样。”

瘴毒……沈璃不由得联想到先前自己在扬州城时，被苻生下的毒，可那时那毒并不太厉害，行止也稍动法力便将瘴毒驱散了。如今这毒，与当时的毒有关系吗……

沈璃在魔君身边守了一会儿，见魔君服下仙丹之后，唇上的青色尽数褪去，惨白慢慢浮现。沈璃能想象到，取下面具之后，这将是多苍白的一张脸，她静静地看了魔君一会儿，拳头不由得握紧。“青颜与赤容呢？”

一旁的侍卫答道：“二位使者并未在此役中现身。”

沈璃面色一沉，太巧了，简直就和算计好的一样……她沉默了一会儿，问道：“那些将军……牺牲了的将军现在何处？”

“尚在城外军营中停放，可能还得过几日才能下葬。”

“为何？”

侍卫声音极低：“根据军规，大战之后，得先将士兵埋完了，才能安葬将领。”

沈璃愣然，转头看他：“已经过了五日，士兵竟还未安葬完？”侍卫垂头不言。沈璃脑袋空了一瞬，她站起身来慢慢吸进一口气，闭上眼，平复了情绪。“好好守着魔君，务必使魔君尽快醒来。”言罢，她出了魔君寝殿，顾不得什么礼节规矩，径直在魔宫里驾了云，直奔城外军营而去。

沈璃还未靠近军营，便能感受到那吹来的风中有一股浓浓的腐朽的味道，飞近更是能听到人们的哭喊之声，有的嘶哑，有的凄厉，令人不忍耳闻，沈璃极快地飞过这一片区域，在军营之中落下，将士正在忙碌，没有人看见她，沈璃拽了个小兵问道：“将军们都在何处？”

小兵目光呆滞，抬头看了沈璃好一会儿，眼珠子里才慢慢有光亮照进来。“王爷……”他不敢置信地唤了一声，然后看见沈璃还在，他竟一时激动得握住了沈璃的手。“王……王爷……”他脸色涨红，大喊道，“王爷回来了！王爷回来了！”

众人皆停下手中的活往这边看来，但见沈璃果然立在那里，人人皆大喜不已，然而听着他们的欢呼，沈璃的心情却更为沉重。

魔界并不是没有规矩的一盘散沙，这些将士也不该做出把谁看作救世主的模样，他们该是有秩序的，不管遇到什么事都该按照预计方案行事，而在平常他们也确实是这个样子，即便是吃了败仗，也不会见他们有这样的表现，而这一次……

看来，情况比想象的更加严重。

沈璃正想着，忽见前面疾步行来两名将军，沈璃立即迎上前去。“刀穆将军、史方将军……”她刚打了个招呼，其他话还未出口，两名已近中年的将军便“扑通”一声在她身前跪下。

“末将无能！”

“末将有罪。”

他们的额头狠狠磕在地上，力道之大，带着极为不甘的愤怒和无法弥补的懊悔。

“将军……”沈璃面容一动，即便再怎么告诉自己此时要冷静沉着，也不免为这两位老将的叩拜而动容，到底是多大的打击，才能使魔界骄傲的将士如此颓然。她伸手扶起两位将军：“先让沈璃明白，魔界到底怎么了。”

两位老将这才慢慢起身，两人一边领着沈璃往军营后方走，一边解释道：“五日前，一队人马突然自南边袭来。”只开了头，刀穆的神色便已暗淡得几乎说不下去，沈璃奇怪，最终还是史方接过话头道：“对方只有两百人马……”

沈璃一惊，不敢置信。“多少？”

“两百人。”

沈璃恍然明白为何将士会如此沮丧，都城守卫军少说也有十万，大大小小的将领加起来肯定也超过两百人，而这么多将士竟被区区两百人马……践踏到如此地步。

“对方什么来头？”沈璃声音微哑，不得不说，她即便没有经历这一场战斗，听到这个数字也还是难免被打击到。

“拿的是北海一族的旗子，那些将士皆是彪形大汉，身上不着片甲，赤膊上阵，也不使什么武器，只徒手与人交战，或是折断对方的脖子，或是将人活活打死，更甚者，径直将人从中撕开，力量极大。”史方的声音没有起伏，但即便是这么平淡地说出这些话，仍旧听得人心惊，“他们的皮肤好似与寻常人极为不同，普通将士的刀枪难入，唯有稍有道法修为的将军，在兵刃上灌入法力，尚能伤其一二。”

“有无对方尸体留下？”

两名将军对视一眼。“没有，不过末将可以肯定，至少有三十个敌军被砍下了头颅，但他们的尸首皆被对方带了回去，唯有八九个敌军，被魔君擒住，硬生生将他们炸死。”

沈璃略一沉吟，两位将军的形容让她不由自主地想到了在捕捉地仙、山神时，在扬州城城墙结界中遇到的那三个彪形大汉，若是他们的话，有两百人，力量确实不容小觑。想到那个神秘的苻生，沈璃问：“他们可有领头的人？”

“是一名极年轻的男人。他看起来倒与寻常人无异，只是一手剑法使得诡异，魔君便是被他的剑所伤。”

沈璃脑海里立即浮现了苻生的身影。这样一想，倒也说得通，那些彪形大汉是他的手下，瘴毒也出自他手，只是他怎么会是北海一族的人？先前他在人界捉地仙、山神，现在又大费周章先佯攻天界，又袭击魔界……

沈璃一顿，呢喃道：“他攻击魔界……到底是为了什么？”

刀穆听见她的呢喃自语，拳头一紧。“魔君金印被他拿走了。”

金印，魔界政权的象征。思及魔界各处同时发生的暴乱，沈璃眉目一沉，当真是为了夺权吗？可光拿走一个金印，能夺什么样的权……

沈璃正想着，已经走到停放将军尸体的灵堂。沈璃面容一肃，迈步进入，里面将领不少，众人皆让开路让沈璃过去。

一排棺木，十余具尸体。这里躺着的人，沈璃原来皆能唤出他们的名字，但是如今沈璃却已认不出他们了，他们有的尸首不全，有的面目全非，有的……

沈璃在一个棺木前停住，这个棺木里只放了一把残剑和一些衣甲碎片，上面森森血迹显得瘆人。

“这是谁？”她轻声问。

“是墨方将军。”身后的将领答道，“他在战场上，拼死斩下三个敌军的头颅，最后……被几个敌军围住……被吞食掉了……”

墨方……被对方……吞……

吞食了？

沈璃摇头：“活要见人死要见尸，没有尸体，我不相信。”

周遭的将领皆垂首不语，灵堂中沉寂了许久，一个声音暗哑道：“末将亲眼看见的……”大胡子将领神色颓然：“末将亲眼看见墨方将军被他们分食。”

沈璃扶住棺木，看着里面的残剑和破碎的衣甲，一股无力感缠住了她的脚步，让她不能挪开半步。

“末将也是亲眼所见。”有人低声附和，“将军本在北海探察消息，一路追着敌人而来，回都城时已是满身的伤，最后在混战之中，被……”

越来越多的人做证，让沈璃不得不信墨方惨死的事实，她五指按在厚厚的棺木上，指尖用力到泛白。厚实的棺木上“咔嚓”一声，留下指印。

她恍然记起那日魔宫之中，黑衣青年远远地站在假山旁边说，只要是她的命令，他都会服从，那么认真的模样……

“知道了。”她点了点头，声音极小，却好似一根将断的弦，听得人心都跟着悬了起来，“本王，知道了……”

她垂下头，像是在默哀，她情绪没有外露，而这一低头，却让人感到这个一直挺直背脊的女子，此刻像只被拔掉刺的刺猬，在这一瞬间，没了任何攻击性。

魔族惨败，将领惨死，若她那时在……若她在，事情会不会就不那么糟糕……

沈璃咬紧牙关，然而不过片刻之后，她又抬起头来，转身离开墨方的棺木，继续看完剩下几个将领的尸体，然后慢慢向灵堂外走去，她脚步不停，一步比一步踏得坚定，一步比一步踩得沉着。

沈璃比任何人都清楚，人死不能复生，后悔无用，遗憾无用，她能做的，便是让活着的人能继续活下去。

踏出灵堂，空气中腐朽的味道还是那般刺鼻，沈璃登上练兵台，一手放于胸前，一手直指苍天，心法口诀自她唇畔呢喃而出，白色的光辉自她周身慢慢升腾而起，一道光华以她为圆心，向四周散开。“吾以吾名引忘川。”七字引魂术，字字铿锵，随着话音落地，光芒所及之处，宛若萤虫飞舞，在这萧然的傍晚铺天盖地地往天上升腾而去，极美丽却也极悲伤。

凄厉的哭声仿佛要扯断人的心肠，沈璃远远看见军营外安葬将士的地方，有许多人哭喊着追着这些微弱的光芒，恨不能与他们同去。

沈璃双手垂下，拳头握紧。“我碧苍王沈璃以命立誓。”她声音不大，但练兵台下的将领皆听得清清楚楚。“此仇，必报！”风一过，撩起沈璃的发丝，无数莹莹之光在她眼前飘过，像是她的将士用最后的力气，附和她的誓言。

天色渐晚，同一轮明月照耀着不同的地方。

小河边的草木中静静立着一名披着绛紫披风的青年。“哦？碧苍王沈璃已经回魔界了吗？”

“是，属下收到的确切消息，沈璃在今日下午便回了魔界。”黑衣蒙面的人俯首跪地，恭恭敬敬地答道，“她带回了天界的丹药，解了魔君的毒，然后施引魂术引渡了都城数万怨灵。”

“呵，简直像个救世主一样呢，难怪魔界那些庸人都将她供着。”青年的指尖轻轻触碰粗糙的树皮，“搜遍整个魔宫也不见凤火珠的气息，沈木月那家伙必定是已将珠子给了沈璃。看来，如今不得不对付她了……”

“苻生将军，上一战我们已折损了五十八个魔人，有的尸体尚未拼接好，短期内怕是不宜再战。”

“沈璃再厉害也不过一人而已。”苻生沉吟了一会儿道，“着四五个魔人往墟天渊而去，沿途动静做大一点，将沈璃给引出来，彼时我再亲自动手，杀了她取回凤火珠。”

“是。”黑衣人抱拳答应，随即又迟疑道，“将军，可是少主……”

苻生目光一冷：“此事事成之前不可让少主知道。在有关沈璃的问题上，少主已经心软过太多次。我杀沈璃是为取凤火珠，也为除一后患。待沈璃死了，少主便是有什么异议，也无计可施。”他指尖升腾出一股黑气，不过一瞬，便将树林整片包住，不一会儿，树叶尽数枯萎，黑气越发浓郁，最后凝成一颗小黑珠子落在苻生掌心。他一张口便将珠子吞食进去。“不过在这些事之前，先给我找几个健壮的活人来，助我调理内息。”

“属下得令。”

风一吹，枯萎的树叶零零散散地飘落。

沈璃安排好军营的事务后，已是回魔界的第二日卯时，她抽空回了一趟王府，见肉丫虽然受了一些惊吓，但精神头却还好，嘘嘘也在，它身上的毛已经长了老长，一人一鸟，从沈璃踏进房门的那一刻起便在她耳边叽叽喳喳地吵着，诉说着那日的惊惶。沈璃静静听着，只在肉丫喘息的空隙摸了摸她的脑袋。“本王回来了，定不叫人再欺辱于你。”

肉丫一怔，本还吵闹的嘴登时闭了起来，两只眼睛通红，望着沈璃，然后“哇”的一声哭了出来。

她是真的吓坏了。

在王府里歇了片刻，沈璃换了身衣服，穿上轻甲，又要入宫。出门前肉丫唤住她，嗫嚅了许久，最后只道：“王爷一定要保重啊！肉丫和嘘嘘都等你回来！”

沈璃一笑：“无妨，不过是去趟宫里，晚上就回来。”

肉丫点头，可是看着沈璃头也不回地走出府门，她心里却有一股莫名其妙的恐慌，就像……就像她再也不会回来了一样。“王爷要保重啊！”她再一次大喊出声。

沈璃挥了挥手，没回头。“知道了。”

魔君毒虽已解，但先前失血太多，如今尚未清醒。文臣们虽然着急，但也无可奈何，三位长老坐镇议事殿，代替魔君暂行职权。沈璃坐于议事殿左侧，静静听着下方官员们汇报各地暴乱的后续情况。

简直就像是为了牵制各地方军一样，在敌人袭击魔都之时暴乱发生，然而不过几天时间各地暴乱都渐渐平息下来，沈璃听得眉头紧皱，会发生这样的事，只能说明……

“有内鬼。”其中一位长老平静地说，“不单单从暴乱一事来看，老朽前几日皆在研究对方撤退的路线，若不是极熟悉魔都构造的人，是绝对不会这么快就撤出去的。”

而且更糟糕的是，各地同时发生乱象，那便说明，各地……皆有内鬼。

“查。”沈璃冷冷掷出一字，“这些内鬼不仅熟悉当地，而且还熟悉魔界的军队构造，必是军中之人，在此战中，失踪的人，行踪诡秘的人，均将其三族捉拿在案，一个一个地审。”

沈璃素来不是心软的人，这个命令下得果断，毫无半点犹豫。

“报！”急匆匆的声音自殿外传来，传令者破门而入，跪地抱拳，“各位大人！那……那些刀枪不入的怪物，又出现了！”

众人大惊，沈璃立时站起身来，目光阴冷若冰。“何处？人马多少？”

“只有四五个人，他们去的方向是墟天渊！”议事殿中立时嘈杂起来，众人皆知墟天渊中有数以千计的妖兽，若是他们撞破了结界，放那些妖兽出来，于魔界而言可是灭顶之灾啊！

“墟天渊的结界不会破。”沈璃道，“各位少安毋躁。”她沉着地问来报者：“除了动向，他们可还有别的举动？”

“有……他们沿途烧杀……所过之处，一个活人也没有……”

“混账东西！”当即便有武将憋不住气拍案而起，“当真欺我魔界无人吗？”他抱拳跪地。“末将请战！”另外两名将军也跟着跪下。“末将请战！”

议事殿中一时嘈杂，有文臣劝道：“先前在都城都拿他们没有办法，如今便能战得赢了？还是先破解他们身体之谜，而后才能有战胜之法啊！”

“那如今就由着他们横行霸道吗？我便是拼上这条命，也……”

“闭嘴。”沈璃冷冷一声呵斥，“我魔族将军岂能如此轻易地便去拼命！当真让人笑话了去。”

议事殿中静了下来。

沈璃站起身，一身轻甲衣微微作响。“此次，由本王去会会那些怪物。”

沈璃先前有与这些魔人交手的经验，只是不知过了这么些日子，那些魔人有没有变得更厉害一些，以防万一，沈璃特意着三名军中大将与自己同去，他们皆在几天前与那些魔人过过招，相对别人来说更有经验，也更有实力。

“此次出行不为杀敌，只为活捉，哪怕只捉回一人也好，带回魔都着人研究，找出他们的致命点，以防之后再被袭击。”出发前，沈璃叮嘱他们，“切忌逞强行事。”

刀穆将军一笑："王爷还当我们是新兵吗？战场上最不可意气用事，我们知道。"

沈璃点头："几位将军皆是军中精英，我族不可再失去一人了。"

感慨罢，整装出发，沈璃未回王府，她向来出征便是一身轻甲。四人驾云而起，没有大部队拖累，行得极快，不时便追到情报中魔人肆意妄为的地界，不用探察，四人便在空中看到了火光刺目的地方，他们急急赶去，那处往北不远便是墟天渊，不可让他们再前进了。

沈璃眼尖，在云上往下一瞥，只见一个魔人正拽住一个小孩，双手扯着他的胳膊，张着大嘴，好像要将孩子吃掉，小孩已吓得忘记哭泣，只愣愣地盯着那张血盆大口。

电光石火之间，一道银光蓦地自右侧斩开，枪刃如刀，劈砍而下，径直将魔人的手砍断。沈璃知道他们的身体有多强壮，所以这一枪便没有吝惜力气，斩断了魔人的手，枪刃狠狠打在地上，其力浑厚，灌入大地，周遭草木一颤，大地为之嗡鸣。魔人仰头号叫，两只断臂中涌出的血溅了小孩一脸，然而孩子只是愣愣地仰头，望着沈璃的背影，好似还没反应过来自己已经被救了。

沈璃没空搭理孩子，只将他往身后一扔，丢进草丛里，自己提枪上前，不给魔人反应的机会，枪尖附着凌厉的法力，径直穿透魔人的心脏。

可仅仅是这样的攻击尚不能杀死魔人，沈璃也不欲将其杀死，只要让他无法动弹便可。然而她还未将枪尖拔出，忽听空中有人大喊："王爷小心！"

身后一记凌厉的掌风呼啸而来，沈璃身子一矮，躲过一击，她拔出枪尖，横枪扫过，径直划破后面那魔人的颈项，鲜血喷涌，不过片刻，沈璃已被血染红了一身。

空中忽有交战之声，沈璃抬头一望，竟有三个魔人在空中分别与三位将军交上了手，这些家伙何时学会的腾云之术……他们果然是在不断变强吗……沈璃心头惊异初起，忽觉背后气息诡异地一动。

“碧苍王别来无恙？”

什么时候……沈璃手中银枪一紧，头还未回，枪已杀了过去，然而枪尖却如扎进了棉花之中，力道尽数被卸掉，沈璃连忙抽身离去，直退到十丈开外，方才回头打量来人。他一袭青服，面容未变。“苻生？”沈璃冷冷开口。

“哼，得碧苍王如此挂记，鄙人之福。”

他做得一派客套，沈璃却知此人心机深重，亲自到此必定有什么阴谋，她眉目一沉，听到空中三名将军与那几个魔人的战斗尚在继续，如今魔界这境况，沈璃实在没必要现在便与他硬碰硬，徒增伤亡，然而她才生撤退之心，便听苻生道：“实不相瞒，我此次来见碧苍王，乃是有一物欲向碧苍王求取。”沈璃冷笑，还未开口，他又是一笑，道：“自然，我知道碧苍王必定不会答应，所以……”

周遭杀气蓦地一重，他眼中冷意森然：“劳烦王爷将命留下。”

“白日做梦。”如此赤裸裸地挑衅让沈璃眸中寒意更甚，两人谁也没有先动手，只是周遭气流渐渐变得凛冽，两人之间的草木早已被无声撕碎，化为灰烬。气流越发凌厉，蔓延到旁边，树丛簌簌作响，树叶在风中瑟瑟发抖，时而颤抖着向左，时而颤抖着向右，在左右飘忽之间，不消片刻树叶飞散而去，而树干则“咔”的一声，猛地炸裂。

“啊！”本躲在树后的小孩一声痛呼，被炸开的树干径直飞出两丈远。

不能再这样下去！

孩子的叫声就像一个信号，触动了沈璃的神经，她脚尖用力向前一蹬，以枪为头，整个人如箭一般飞射出去。苻生不避不躲，待沈璃攻到他身边时，她蓦地察觉一股强大的气息往地上一压，沈璃枪头微偏，苻生忽然一侧身，化手为爪，直取沈璃心脏，而沈璃背后却似长了眼睛一般，银枪往回一收，枪尾径直撞在苻生手上，看似轻巧，然而银枪触碰到苻生的手掌，却将他的皮肤烙得焦黑。

竟是不知从什么时候起，沈璃在红缨银枪上施了火系法术，令整支银枪炽热无比。

被沈璃救下的小孩眼睛亮亮地望着沈璃，眸中尽是崇拜与敬仰，沈璃一挥手，小孩聪明地知道她的意思，立即猫着腰跑远了。沈璃翻身一跃，握住枪身，落在苻生十步开外的地方，枪花一舞，她道：“这是还你的礼。”在天界被火烫伤，沈璃还记得清清楚楚。

苻生看着自己焦黑的手，倏地仰头哈哈大笑：“有趣有趣，这才配做我的对手。”话音一落，没有片刻停留，他身形蓦地一动，动作竟是比方才快了十倍不止，苻生冲上前来，无刀无剑，只化指为爪，空手与沈璃战了起来。

两人身形交错，时而化为风缠斗于苍穹之中，时而化为光转瞬便消失了踪迹。

瞬息之间，沈璃便与他过了不下百招，越是斗沈璃心中越感奇怪，此人招数，竟与她自己的招数有几分相似，但细细探来，细微处却有不同，一样撼天动地的招数，本该极为刚烈，可他使起来却有几分阴险诡谲，令人防不胜防。

“碧苍王可有认真？”一招过罢，两人在空中分站两边，他诡异一笑，“我倒觉得，你的下属比你更用心一些。”

沈璃闻言，往下一看，三名将军本只与三个魔人缠斗，而此时，她陡然发现下方不远处，方才被自己划破脖子的那个魔人也加入了，以四对三，让本就吃力的将军们更是无力招架，此时有名将军显然是受了伤，后继无力，情况危矣！

沈璃心头一急，俯身而下，冲向那方，可苻生怎会放过她，随即跟在后面，纠缠而上，沈璃大怒：“滚开！”

“恕难从命。”苻生手往前一伸，指甲猛长，他五指并拢，指甲如刀，拦在沈璃身前，“王爷乃是我的对手。”他说话之时，下面有魔人一拳击中刀穆将军的腹部，只见刀穆将军吐出一口鲜血，沈璃心急而焦，眼眸深处红光闪动，周身煞气澎湃激荡。

“我说，滚开！”她银枪一挥，苻生举手来挡，苻生的指甲比沈璃想象中的要坚硬，沈璃的枪也更出乎苻生所料，短兵相接，两人皆被对方力道震开数米，沈璃毫不犹豫地继续向将军们那边冲去，而苻生则看着自己的指甲，眸中光芒一动，再次追上前去。

沈璃一声喝，以枪刃割掉了其中一个魔人的脑袋，破开一个缺口，护着三名将军落在地上，红缨银枪扎入地面，红色火焰凝成屏障，将她自己与三名将军护在其中。“土遁，撤。我殿后。”

她命令方落，三名将军还未开口，忽见火焰屏障蓦地被撕出一个缺口，锋利的五个指甲穿入屏障之中，五指一张，火焰屏障被破，沈璃一咬牙，眸中红光更甚，银枪去处，热浪翻滚。她将追来的苻生逼退几步，分心喊道：“撤！”

没有后顾之忧，她方能寻得逃脱之法。

三名将军此时亦看明白了形势，如今最难对付的不是那几个魔人，而是这青袍青年。他们已经受伤，再拖下去，只会连累沈璃。三人相视一眼，土遁术咒语刚吟了个头儿，一声魔人的嘶吼蓦地将咒语打断，竟又有两个魔人自树丛之中奔出，径直向三名将军撞来。

刀穆已经受伤，另外两名将军为护他，往他身前一挡，挡住了前方的攻击，可是却没有人注意到，最开始被沈璃割断双手刺破心脏的那个魔人，竟在地上苟延残喘，那魔人此时爬到了刀穆脚下，一口咬住了他的小腿，刀穆咬牙忍住剧痛，高举手中大刀，劈砍而下，径直将魔人脑袋斩落，不想刚结果了一人，先前与他们在空中缠斗的几个魔人再次落下，合围上来，前面两名将军回护不及，只听刀穆一声忍耐不住的惨叫，被那几个魔人拽住四肢，鲜血飞溅，他们将刀穆分食入腹。

沈璃刚引开苻生，忽听身后惨叫，余光之中瞥见如此一幕，登时脑袋一空，连背上被苻生五指划过也未曾有感觉。

原来……他们竟真会将人分食。

原来，她魔界的将军们……是从这样的修罗场里杀出来的……

苻生疯狂一笑："此景可美？上一战，我的爱宠们，可是如此好好饱餐了一顿呢！"

她那般重视的将领，那样活生生的生命，与她一同守护这片土地的人……竟如此任人鱼肉……

"混账……"沈璃指尖泛白，将银枪握得死紧，"混账东西。"她垂下头，说得咬牙切齿，她向着将军的方向刚要迈步，苻生伸手再次拦住她。"还未战完，可不许你救人……"

不等他将话说完，沈璃蓦地抬头，苻生微微一惊，他见一丝猩红从沈璃眼底泛出，染红了她一双黑白分明的眼，然后聚积起鲜红的液体，似血一般黏稠地从她眼角滑下，滑过脸颊，蜿蜒出一道诡异的痕迹，没入土地，霎时之间，沈璃周身气流暴动，宛如飓风旋起，席卷天地万物，沈璃头上束发的金色发箍为之破裂，黑发飘散，在强烈的气流之中，那一头黑发如同自发根处被灌入岩浆一般，慢慢变得通红。

沈璃只觉腹中有一股极为滚烫的气息在涌动，慢慢烧灼她的血液，烧干她脑海中的理智。

红缨银枪升腾起白色雾气，随着气流在沈璃周身缭绕，忽然之间，气流骤止，不过眨眼之间，沈璃已消失在原地，径直杀入魔人聚集的地方，她没有用枪，一掌拍在其中一个魔人头顶，那人脑袋霎时燃起了大火，只听凄厉号叫刺人耳膜，沈璃却似什么也没有听到一样，转身又是一掌，打在另一个魔人胸口之上，烈焰就在他胸中烧起。

不过三两招的时间，她触碰了在场所有的魔人，他们无一例外地烧了起来，最后，待魔人尽数燃成灰烬，沈璃一挥手掌，竟对着一名将军拍去，然而携着灼热温度的掌心却停在了将军心口前三寸，没有碰上。

沈璃微微一躬身，有些混乱地甩了甩脑袋，像在极力找回理智，最后她头一转，猩红的双眼瞪向苻生。转瞬之间，她身影便落在苻生跟前："你该死！"她一字一句，说得极为艰难，话音一落，她挥手便向苻生打去。

苻生伸手一挡，只觉坚硬如铁的指甲登时一软，沈璃的手毫不受阻地拍在他脸颊上，这一掌掴得极为响亮，苻生连连退了数丈远，他立即施了凝冰术，捂着自己被沈璃打到的脸颊，冰与火在他脸颊上相互碰撞，疼痛并未让苻生表现得多痛苦，只是令他的目光更为森冷。

“不愧是……凤凰。”

他语调阴晴难辨，不等他将自己脸上的伤势调理好，沈璃再次攻上前来。散发着刺目光芒的银枪携着雷霆万钧之势袭来，锐不可当，苻生一咋舌，一路被压制逼退。好不容易找到一个空隙，他驾了云，转身逃走。

沈璃追杀而去。

一名将军在地上大喊：“王上！穷寇莫追！恐中奸计！”

沈璃哪儿还听得见他的话，追着苻生的身影，和他一前一后消失在了空中。

一路奔至人界，沈璃忽觉周围水汽重了许多，她分心一看，苻生竟是逃到了海上。

趁着沈璃分心的时机，苻生一个信号发上天际。不消片刻，数名黑衣人蓦地出现在他身侧。

沈璃一回头，红缨银枪当空一扫，滚滚火焰冲那几名黑衣人而去。有两人未来得及反应，当场被烧为灰烬。另外几人迅速躲开，分立四方，他们极为配合地吟诵出咒语。

空气中的水汽瞬时变得冰冷，化为极小的冰碴，往沈璃周身贴来，似要将她包裹在里面。沈璃嘴角忽然咧出一个莫名的弧度，她腹中热度更甚，热气在身体里运转了一周天，让她皮肤上冒出了一簇一簇的火焰。

热浪滚滚，烧干了所有水汽。

众黑衣人大惊，微带慌乱地望向苻生：“大人，止水术对她毫无作用！”

止水术……

这三个略带熟悉的字刺痛沈璃的耳膜，一道白色的身影慢慢浮现在她越发混沌的脑海，她好似听见他在轻叹："你又将自己弄得如此狼狈。"

这些家伙怎么会止水术……那明明是神的法术。

沈璃微微愣神，苻生看出她的分心，忽然一声大喝："将魔人尽数唤来！"

一声令下，黑衣人手中拿出一个奇怪的乐器，不过吹了两三声，远处便有嘶吼声传来与之相和。苻生一挥手，将一道海浪尽数化为冰箭，锋利地向沈璃刺来。

杀气迫近，猛然让沈璃回过神来，她不躲不闪，周身火焰熊熊而起，瞬间将冰箭尽数燃尽，连苻生也没来得及看见她的动作，他只觉下颌一热，沈璃已经拽住了他的衣襟。"说，尔等宵小，如何学会止水术的？"

苻生一笑："王爷对那个神明的事好似极为关心啊。"

沈璃冷冷盯着他，手放在他的心脏处，只要稍一用力，她便能将他心脏整个烧掉。

电光石火之间，一道霹雳从天而下，逼得沈璃不得不扔了苻生，退开数丈，再一回头，那边立了一个黑衣黑发的青年，他的面容，沈璃再熟悉不过。

"墨……方……"

第十七章

三界之大，寻你不见

墨方望了沈璃许久，最后眼睑微垂，侧头看向身后的苻生，声音轻而冰冷："谁允你做此事？"

"属下有罪。"苻生毫无认罪之意，"只是碧苍王身怀之物乃是我们必须索取的东西，属下不能不取，隐瞒少主，是害怕少主耽于往昔，恐少主心怀不必要的仁慈。不如先由属下将其除掉，灭了这后顾之忧。"

"谁允你做此事？"墨方声音一厉，眉宇间是从未在沈璃面前流露过的威严。

苻生一默，颔首道："是属下自作主张。"他看似服软，然而眼底深处却有几分不以为然："可今日，碧苍王必须得死……"

"走。"墨方只淡淡说了一个字。苻生抬头不满地望向墨方，又一次重复道："今日碧苍王必须得死。"

墨方轻轻闭眼，似在极力忍耐："我说，走。这是命令。"

"如此。"苻生稍稍往后退开一段距离，"请少主恕属下抗命之罪。"

墨方动怒，气息方动，忽闻沈璃微带怔愣的声音："少主？"他拳头不由得握紧，转头看向沈璃，她双眼赤红，寻常束得规规矩矩的发丝此时已经散乱得没了形状，为她平添了几分狼狈。她发根处泛红，红色还在缓缓蔓延，墨方唇角一动，一声"王上"不由自主地唤出口来。

"少主……"沈璃只怔怔地看着他，似一时不能理解这样的称呼，她猩红的眼在两人之间打量了一番，又环视了一圈从四面八方包围而来的魔人，她脑海之中零乱地闪过许多片段，残破的衣冠与剑，不见尸首，熟悉魔界的军中奸细……

“原来……是你啊。”她恍然了悟。

墨方眉目微垂，没有答话。

沈璃静静立在空中，说话的声音似极为无力：“细思过往，我犹记得是我在王都将你点兵为将，三百年相识，我与你同去战场十余次，更有过生死相护的情谊，我予你信任，视你为兄弟……”沈璃声音一顿，气息稍动，语调渐升，“沈璃自问待你不薄，魔君待你不薄，魔界更不曾害过你什么，你如今却杀我百姓，戮我将领，害我君王！做这叛主叛军叛国之将！”她举枪，直指墨方。“你说，你该不该杀。”

墨方沉默不言。反倒是他身后的苻生哈哈大笑起来：“若不曾参过军，何来叛军，若不曾入过国，谈何叛国！”苻生扬声道：“我少主何等金贵，若不是情势所逼，怎会屈尊受辱潜于现今魔界！若要论叛主叛军叛国，你现在效忠的这个魔君才真真是个大叛徒！窃国之贼！”

“闭嘴。”墨方一声喝，抬头望向沈璃，“王上，欺瞒于你皆是我的过错，我知我罪孽深重，已无可饶恕……”

“你既认罪，还有何资格叫我王上。”沈璃声音极低，手中红缨银枪握得死紧。

苻生一声冷笑：“少主切莫妄自菲薄，你何罪之有？错的，是这些不长眼睛的愚忠之人。”苻生一顿，抱拳恳请墨方，“少主，我们大费周章攻入魔都是为了凤火珠，如今属下已经确定凤火珠便在沈璃身上。这天上天下唯有此一珠，若不夺来此珠，百年谋划恐怕付诸流水，还望少主莫要感情用事，大局要紧。”

墨方拳头握得死紧，又一次极其艰难地吐出一个“走”字。

苻生面色森冷，好似下定了什么决心一般，不再开口规劝，只悄悄往一旁使了个眼色，一名黑衣人看见，点了点头，刚要动身，忽觉胸腔一热，竟不知是什么时候，沈璃那杆炙热的银枪已穿胸而过。

沈璃手一挥，红缨银枪带着黑衣人的尸首飞回她身边，弹指之间，穿在银枪上的黑衣人被烈焰一焚，登时化为灰烬。沈璃眼中鲜红更甚，几乎要吞噬她尚清明的黑色瞳孔。

“想从本王这里抢东西，先把命放下。”

苻生眉头一蹙，一挥手，大声下令：“上！”墨方还欲开口，苻生狠狠捏住他的手腕，语气诡谲阴森：“少主心中可有大局？”墨方一怔，这一耽搁，众魔人皆收到命令，一拥而上。

沈璃此时虽比平日勇猛十倍，但对上如此多的魔人，依旧讨不到好，这些魔人是真正的亡命之徒，只要主人一声令下，即便是粉身碎骨，他们也毫不犹豫地要完成他的指令。

沈璃周身虽有极烈的火焰燃烧，但那些魔人竟不顾被焚烧的痛苦，以身为盾，四个魔人分别抱住沈璃的四肢，令她动弹不得，沈璃烧了四个，又来四个，车轮战极为消耗她的法力，渐渐地，她有些体力不支，一个不留神，竟被魔人们拽着往海里沉去。

苻生见此时机，手中结印，咒文呢喃出口，手往下一指，白雾骤降，覆盖于水面。在沈璃沉下去之后，海水立即凝结成冰，他竟也不管那些与沈璃一同沉下去的魔人死活。

看着渐渐结为坚冰的海水，墨方拳头握得死紧。苻生瞥了墨方一眼：“待冰中没有了沈璃的气息，我取出她身体中的凤火珠后，这具尸体便留给少主做个纪念吧。”

墨方沉默了许久，像是下了极大的决心一般，声音凝重：“放了她。”

“恕难从命。只差一点我们便可成功，此时我如何能放弃。”

“若我非要你放人呢。”他不是在询问，而是在威胁。

苻生静静看了墨方许久：“那便从属下的尸体上踏过去吧。”

话音未落，忽听冰面有“咔嚓”开裂的声音，苻生一惊，转头一望：“不可能……”未等他反应过来，一道热浪破冰而出，红缨银枪携着破竹之势直直向苻生的胸膛刺去，枪尖没有半分犹豫，径直穿透他的胸膛。沈璃双目比血更红，一头黑发已尽数变得赤红，她便像人界壁画里的那些恶鬼修罗，只为索命而来。

“本王今日便要踏烂你的尸体。”言罢，沈璃径直拔出银枪，染血的银枪煞气更重，极热的温度令一旁的墨方也深感不适。沈璃没给苻生半分喘息的机会，枪头横扫而过，直取他的首级。

墨方见此情形，不得不出手从侧面将沈璃一拦，便是这瞬息时间，让苻生得了空隙，踉跄逃至一边，黑衣人忙拥上前将他扶住。

放跑了苻生，沈璃转头看向墨方，未等他开口，一掌击在他胸口之上，烈火自他心口燃起，烧灼心肺，墨方忙凝诀静心，粗略压制住火焰升腾之势，刚歇了一口气，恍见沈璃已又攻到身前。

“你也该为魔界众将领偿命！”

墨方往后一躲，唇角苦涩地一动：“若能死了倒也罢了……”

沈璃此时哪儿还听得进去他的话，只纵枪刺去。墨方只守不攻，连连避让，转眼间已引着沈璃退了好远。

苻生掌心有黑色的气息涌出，他摁着伤口，目光冰冷地望着正在交战的两人，阴沉着嗓音道：“少主欲引沈璃离开，今次绝不能放沈璃逃走，你们拦住少主后路，你们着魔人引住沈璃。待我稍做休整，便取她性命。”

苻生吩咐完毕，黑衣人领命而去，苻生侧身召来一个魔人，只手落在他心口处。“好孩子，不到如此地步，我也不会这样对你，便当你为主人尽了大忠吧。”语音刚落，魔人双眼暴突，一声闷哼，他僵硬地转头，看见苻生五指化爪，径直掏出他的心脏，将他的身体一推，魔人便如同废弃的玩具一样，坠入大海，在沧浪之中没了踪迹。苻生将心脏化为一道血光，融入身体之中，不一会儿，苻生向天长舒一口气，好似畅快极了，而他胸口被沈璃捅出来的伤口竟以肉眼可见的速度在慢慢愈合。

黑气自他胸口的伤口中涌出，待伤口尽数愈合，黑气沿着他的胸膛向上，转过颈项，爬上脸颊，最后钻到他的双眼之中，只见他的眼白霎时被染作漆黑，像是某种动物的眼睛一样，寒意森森，直勾勾地盯着沈璃。

此时的沈璃腹中灼热，烧得她自己都觉得疼痛，然而便是这股疼痛，让她的身体源源不断地涌出巨大的力量，仿佛能烧灼山河，她越战越是不知自己为何而战，所有的理智被一个滚烫的“杀”字渐渐侵蚀。

身后有人袭来，不过没关系，沈璃知道，现在的自己即便受了再重的伤依旧能继续战斗，她不管不顾地继续攻击墨方，招招皆致命。

墨方与沈璃纠缠本已经吃力，但见她身后有魔人袭来，他心底一惊，又见沈璃根本没有躲避之心，心头一急，下意识地想为沈璃去挡，然而便是他分神的这一瞬，沈璃的红缨银枪毫不留情地直刺他的咽喉，他慌忙一避，仍旧被枪刃擦破颈项，鲜血涌出，斑斑血迹之间，墨方愣愣地盯着沈璃……

她是真的要杀他，没有一丝犹豫。

是啊，于沈璃而言，他做出那般令人痛恨之事，怎能不杀。

可是，到了这种时候，墨方才发现，枪刃实在太过冰冷，他竟有些接受不了……

沈璃身后的魔人一击落下，沈璃头也没回，周身热浪澎湃而出，径直将那魔人推开数丈远，墨方也无例外地被推开，沈璃一闪身便又杀至墨方跟前，又一枪扎下，是对着他心口的地方。墨方一咬牙，手中紫光一现，一柄长剑携着雷霆之光握于他掌中。

“叮”的一声脆响，他堪堪挡下沈璃那一击。

若是凡器只怕早已损毁，而这紫剑却无半分损伤，反而光华更盛。沈璃此时哪管对方使出什么法器，只一纵枪，对墨方照头劈来。墨方横剑一挡，两股巨大的力量撞击在一起，致使气流翻滚，如波浪一般激荡开来。

“咔”一声清脆的细响，沈璃那杆红缨银枪与紫剑交接处竟裂开了一道口子，沈璃猩红的眼微微一动，只觉手中银枪重量大减，煞气顿消，不过一瞬，这陪伴了她数百年的兵器“啪”地折成了两段。

斩断银枪，紫剑来势不减，险险停在沈璃的颈项处。

墨方没时间道歉，只道：“王上，东南方没有人看守。”

沈璃只愣愣地垂下手，两段破损的银枪沉入海底，她抬头看向墨方：“时至今日，你让我如何信你。”

墨方牙关一咬：“既不信我，那便恕墨方不敬之罪。”

他不管沈璃皮肤上有多少灼人的火焰，径直将她的手腕一拽，竟是一副要带着她逃的姿态。沈璃被他握得一怔，只这一个空当，她忽觉后背一凉，低头一看，自己胸前竟穿出了五根手指。

墨方愕然回头，但见沈璃身后的苻生，瞳孔紧缩。

沈璃口中涌出鲜血，她的胸口不痛，痛的是腹中越发不可收拾的烫人温度。

苻生在她身后大怒道：“凤火珠在哪儿！快给我！否则我这就撕开你的胸膛！”他欲抽手，沈璃却蓦地一把将他利刃一样的指甲拽住。

“我说了……”她轻轻闭上猩红的眼，“要抢本王的东西，先把命放下。”

她不再压制腹中灼热，任由它随着血液四处散开，烧灼四肢百骸，她能感到血液在寸寸蒸发，也知道自己将被自己身体中的火慢慢烧死。可是……

听着身后苻生厉声惨叫：“不可能！不可能！止水术为何不管用！止水术……啊！大计未成！如何甘心！”不远处所有的魔人凄厉嘶吼，那些黑衣人也无法幸免。

沈璃唇角微勾，她不知这些人的目的，也不知他与墨方在谋划什么。

可是两名主谋在此，他手下的那些魔人只怕也是倾巢出动。就此杀了他们，不管他们再有什么阴谋也施展不出来了。除了眼前这大患，不管是对魔界，魔族，还是魔君，甚至……甚至是天界，也是好的吧。

火烧入心，沈璃不由得蜷起身子，身后的苻生已经没了声音，墨方的气息也感觉不到了，她终是忍不住发出一声疼痛的闷哼：“好……痛啊……”

直到现在，她方敢流露出一丝软弱，只是这天地间，再无人知晓了。

碧苍王沈璃，会以一个英勇赴死的形象留在世间吧。

没人知道在生命最后的时刻，她还是和一般女子一样……害怕，一样忍不住地想念……

无数灰烬洒落入海中，被翻滚的海浪一波一波地推散开。海风一扬，好似被吹入云端，空气中仅剩的那些气息不知飘去了何处。

九重天上，天外天中，白色的毛团在宽大的白衣长袍边上打了个滚，黑白棋子间，行止在与自己对弈，沉思的片刻，他拿起茶杯，刚欲饮茶，忽觉一股清风拂面，他不经意地抬眸，奇怪呢喃：“今日天外天竟起风了。”

他放下茶杯，只听“啪”的一声，茶杯自底部碎裂，漏了他满棋盘的茶水，淌了一片狼藉。

“此次偷袭魔界与天界之人，已被我魔界碧苍王剿灭。”来自魔界的使者一身素袍，俯首于地，向天君禀报，“魔君特意着卑职来报，望天君心安。”

天君点头：“甚好甚好，没想到碧苍王有这么大的本事，敢问碧苍王何在？她此次剿匪有功，朕欲好好嘉赏她一番。”

“谢天君厚意，不过……不用了。”魔界使者贴于地上的手，握紧成拳，他沉默了许久，终是控制住了情绪，公事公办地道：“王爷已经战死。”

天君愣了一瞬，还未来得及反应，忽听“吱呀”一声，竟是有人不经禀报便推开了天界议事殿的大门。逆光之中，一袭白袍的人站在门口，屋里的人看不清他脸上的表情，只见他在那儿站了许久，似乎在走神，又似乎在发呆。但待他迈步跨入屋中，神色却又与往日没有半分不同。

“神君怎么来了？”天君起身相迎。行止却像没有听见他的话一样，只是盯着魔界使者问：“你方才，说的是何人？”

使者看见他，规规矩矩地行了个礼，道：“回神君，魔界碧苍王沈璃，已于昨日在东海战死。”

行止沉默了许久，随即摇了摇头：“荒谬，如此消息，未经核实怎能上报。”

此言一出，不只使者一愣，连天君也呆了呆，两界通信，若未核实绝不可上报，行止怎么会不知道这种事。使者叩首于地：“若不属实，卑职愿受五雷轰顶之刑……”

行止神色一冷：“别在神明面前立誓，会应验。”

使者拳头握得死紧，关节泛白，声音掩饰不住地喑哑：“神君不知，卑职更希望受这轰顶之刑。”屋中一时静极，几乎能听到极轻的呼吸声，唯独行止没有传出哪怕一星半点的声响，便如心跳也静止了一般。

“尸首呢？”他开口，终究是信了这个消息。

“王爷在东海之上与敌人同归于尽，尸首消失于东海之际，无法寻回，当时赶去的将军，唯独寻回了两段断枪。”

行止一默：“在东海……何处？”

“沧海茫茫，寻得断枪的将军回来之后，便再无法找到当时方位……”使者似有感触，“无人知晓，王爷如今身在何方。”

心中不知是什么划过，疼痛得似有血将溢出，然而却被无形的力量狠狠揪住伤口，粗暴地止住了血液。

行止面色如常，像什么情绪也没有一般，对天君道：“昨日我于天外天察觉一丝气流异动，似是人界有事发生，今日听闻碧苍王在人界战亡，想必其生前必有激斗，碧苍王力量强大，其余威恐对人界有所危害，我欲下界一探，不知天君意下如何？”

行止如此说，天君哪儿还有拒绝的余地，他点了点头："如此也好，可用朕替神君再寻几个帮手？"

"不用，他们会碍事。"

往日行止虽也会说让天君尴尬的言语，但却不会如此直白。天君咳了两声："如此，神君身系天下，还望多保重自己。"

行止要转身出门，魔界使者却唤住他："神君且慢。当时在场的将军说，他曾听见敌人口中呼唤，使用的是止水术。而据卑职所知，这天上天下，唯有行止神君懂此术。卑职并非怀疑神君，只是……"

"止水术？"行止侧头扫了魔界使者一眼，"他们使的必定算不上止水术。"言罢，他没有更多的解释，转身离开。

去人界的路上，行止心想，即便是前不久，他还在琢磨，沈璃这样或许会成为麻烦的存在，不如消失，可却不承想，她竟真的会如此轻易地消失，更不承想，她的消失，令他如此心空和茫然。

祥云驾于脚底，不过转瞬间便行至人界。天君说得没错，他贵为神明，身系天下，此一生早已不属于他自己，他该护三界苍生，该以大局为重，他有那么多的"不行""不能""不可以"……

海上云正低，风起浪涌，正是暴雨将至之时，行止立于东海之上，静看下方翻天巨浪，细听头顶雷声轰鸣，而世界于他而言却那般寂静。

"沈璃。"他一声轻唤，吐出这个名字，心头被攥紧的伤口像被忽然撕开一样，灌进了刺骨的寒风，他举目四望，欲寻一人身影，可茫茫天际浩浩沧海，哪里寻得到。

霹雳划过，霎时暴雨倾盆，天与海之间唯有行止白衣长立，电闪雷鸣，穿过行止的身体，神明之身何惧区区雷击，然而他却在这瞬间的光影转换之中，在那振聋发聩的雷声之后，恍然看见一个人影在巨浪中挣扎，她伸出手，痛苦地向他求救："行……呃……行止……"

巨浪埋过她的头顶。

行止瞳孔一缩，什么也没想，几乎是本能地就冲了下去，他伸手一捞，只捉住了一把从指缝中流走的海水……

是幻觉啊……

巨浪自行止身后扑来，他只愣愣地看着自己空无一物的掌心，呆怔着被大浪埋过。

在海浪之中，他听不见雷声，但每一道闪电都像一把割裂时空的利刃，将那些与沈璃有关的记忆从他脑海里血淋淋地剖出，那些或喜或怒的画面，此时都成了折磨他的刀，一遍又一遍，在他心上划下无数口子，淌出鲜血，任凭他如何慌乱地想将它们全部攥紧，捂死，还是有血从犄角旮旯里流出，然后像昨天碎掉的那个茶杯，淌得他心上一片狼藉，让人不知所措，无从收拾。

“沈璃，沈璃……当真有本事。”

他恍然记起不久之前，沈璃还在调侃他，说自从遇见他之后，她便重伤不断，迟早有一天，会被他害得丢掉性命。他是怎么回答的？他好似说……要赔她一条命。沈璃这是要让他兑现承诺啊。

行止唇角倏地勾出一抹轻笑。海浪过后，行止浑身湿透，他一抬手臂，指尖轻触刚扑过他的海浪，白光一闪，天空之中雷云骤然又低了许多，气温更低，行止微启唇，随着他轻声呢喃出一个“扩”字，海天之间宛如被一道极寒的光扫过，不过片刻，千里之外的海已凝成了冰块。

行止立在波浪起伏的海面上，只是此时他脚下踏着的却是坚硬如青石板地的冰面。

海浪依旧是海浪的形状，可却不再流动，天空中的雷云四散，那些雨点皆化为冰粒，噼里啪啦地落了下来，滚得到处都是。

海天之间再无声响，一切都归于寂然一般。

行止在冰上静静走着，每一步落下便是一道金光闪过，荡开数丈远。他像是在寻找着什么东西，只专注于脚下。

行止心想，沈璃便是化为灰烬，他也要在这大海之中，将她的灰，全找回来。

他一步一步向前走着，不辨时辰，不辨日夜，每一步皆踏得专心，而东海像没有尽头一样，无论他走了多久，前面也只是被他封成冰的海，别的……什么也没有。

“神君。”

前方一人挡住了他的去路，行止抬头看她：“何事？”

幽兰在冰面上静静跪下：“望神君体谅苍生疾苦，东海已冰封十天十夜，东海生灵苦不堪言，神君……”幽兰见行止双目因久未休息而赤红，他唇色惨白，幽兰垂下眼睑，轻声道，“神君节哀。”

这话原不该对神明说。神明不能动情，本是无哀之人，既然无哀，又何谈节哀。

行止看着远处无际的海面，倏地一笑：“很明显吗？”

幽兰垂首，不敢答话。

行止又向前走了两步。“从前，我从未觉得三界有多大，以神明之身，不管去何处皆是瞬息之间，然而今时今日方知晓，三界之大，我连一个东海也无法寻完。”他一笑，“寻不到……也是天意吧。”

言罢，他手一挥，止水术撤，天地间气息大变，海面上的冰慢慢消融。

随着术法撤去，行止只觉胸中一痛，冰封东海终是逆了天道，他这是正在被天道之力反噬呢……

喉头一甜，一口鲜血涌出，幽兰见之大惊，忙上前来将行止扶住。“神君可还好？”

行止摇了摇头，想说“无妨”，但一开口，又是一口热血喷出，落在还未来得及消融的冰面上，行止咧嘴一笑，伸手抹去嘴边血迹，此生怎会想到，他竟还有如此狼狈之时，如此狼狈！

原来，被天道之力反噬竟是如此滋味。先前那般躲，那般避，终究还是躲避不过，若能早知今日，他当初便该对沈璃更好一点，更好一点，至少，护得她不要受那些重伤……

他当然……是喜欢她的啊。

只可惜，他再也说不出，沈璃也再不能听到了。

第十八章

美绝人寰的东海渔夫

阴暗的屋子中，只有角落的火光在跳动，将她的影子投射在背后的石头墙上，映出一个“大”字的形状。她手脚皆被沉重的玄铁链牵扯着，固定着她手腕脚腕的地方，并不是用铐子铐住，而是直接在她骨头里面穿了根拇指粗的铁钉，稍有动作便会拉扯伤口，有疼痛钻心而入，然而即便是不动，身体的重量也让她的手腕难以负担。关节处已水肿了一大圈，被铁钉钉住的伤口周围发黑溃烂，使人不忍细看。

“啧啧啧，每天都这样，每天都这样。”女子对面的牢房里缩着一个男子，他名唤北小炎，被捉到此处关着已经有些时日了，但先前他除了偶尔被审问几句话以外，日子过得还算安生，可自打这个女人来了之后，他每天都过得那么心惊胆战，无关乎其他，光看看被施加在这个女人身上的刑罚，他都胆寒发抖。

被吊着的女子此时像死过去了一般，气息全无，但北小炎知道，不消片刻，这个女人便会再次醒过来，她的生命力总是强得让人惊讶。

“咯……咯！咯！”正想着，对面的女子忽然剧烈咳嗽起来，撕心裂肺的，好似要将内脏都咳得吐出来。

听得北小炎都不忍心，想去帮她拍拍背了，但他现在也是自身难保，唯有望着她摇头叹息。在女子的咳嗽声停下来之后，牢房外响起了几声吆喝：“哎，那个碧苍王又醒了。去通知大人来吧。”

“这次该你去了，大人这次复活花了比以往更长的时间，这两天身子不爽，脾气可坏着呢，我连着去了两次，上次更是差点丢掉脑袋，这次说什么也该轮到你了。”

“啧！好吧好吧，看好门啊。”

外面安静下来。

北小炎望着对面隔着两个铁栅栏的女人，嘀咕道：“有什么不能招的，每天打每天打，你不嫌痛，看得我都恶心了。”

“知道与我一同落难的人不开心，我便也安心了。”对方用粗哑的嗓音淡淡地说出这话，让北小炎嘴角一抽，不满道：“碧苍王沈璃，今天你没聋啊，嗓子也是好的，好不容易有一天有这么美丽的开头，你说话就不能悠着一点？”

她垂着脑袋，冷笑：“这种鬼地方，什么开头都不会美丽。而且……我倒希望，我日日皆是五感全失。”

北小炎弯腰，去窥探沈璃被垂下来的发丝挡住的眼睛，道：“还好嘛，你今天眼睛看不见，嗅觉呢，触觉呢？只要触觉不在，今天你就好熬过去了。”

“托你的福，今日五感恢复了其三，恰好，触觉便在其中。”

北小炎打了一个寒战，抱腿往墙角一缩。“那你可得忍住，我可不想在看见血肉横飞的时候听见你的惨叫，会被吓死的。”

沈璃弯了弯唇，没有再多说话。

从那日海上一战到现在具体过了多久，沈璃不知，只隐隐从北小炎的口中听出，如今距当时大概有三个月之久。三个月，若是在人界倒还好，若是在天界或是魔界其中一隅，只怕外面已经是沧海桑田。

魔界的人怕是以为她已经死了吧，也不知魔君的伤恢复得如何，都城秩序可否恢复正常，肉丫和嘘嘘知道她已战亡的消息是否会伤心痛哭……天外天那位淡然的行止神君，是不是也会有几分感慨呢？

她突然恶趣味地想看看，行止脸上的淡然不复存在时的表情，不过这样的念头也只有想想。

行止身上背负的太多，他失去那份淡然，便是三界皆悲，他不能有一分动容，这是神明应有的态度。

沈璃静下心，撇开纷杂思绪。

她不知自己何时被囚禁在了此处，那日的烈焰是她记得的最后一幕，待再醒来之时，她已经被抓来了这里，而且她的身体仿佛与之前有许多不同，体内空荡荡的，不管她想如何调动法力，都是一丝气息也无，简直就像一个未曾修炼过的凡人，但是她的皮肉却比先前结实许多，且时时散着极烫的温度，像是在烧一样，虽然她自己感觉不到，但北小炎闲来无事往她这里扔了几块他从地上抠出来的泥巴，但凡触碰到她身体的，无一不被直接烤干，散为沙粒。

所以锁她用的是极寒的玄铁链，唯有此物才可抑制她身体中的火灼之气。

但沈璃欲从此地逃出，光靠结实又滚烫的皮肉却是不行的，没有法力，她寸步难行。

更麻烦的事情是，她的五感，视觉、嗅觉、听觉、触觉、味觉，每天皆有几种感官莫名消失，或是今日无法视物，或是明日听不见声响说不出话，又或是如同今天这般，消失了两感，出现了三感，每天皆在变化，令她烦不胜烦。

不过左右是在这牢房之中，她动弹不了，五感于她而言，也不如往常那般重要。过了初时几日，沈璃便也习惯了。有时遭到逼问毒打时，沈璃甚至还有些庆幸自己的触感时不时消失一下，没有痛觉加上皮肉厚实，实在让她好受不少。

看着对方竭尽全力地折磨自己，而自己却毫无所感，只用冷冷的眼神鄙视于他，每每想到这样的场景，沈璃便难免打心眼里生出一股优越感。

沈璃正想着，忽闻“哗啦”一声，黑衣人领着青袍男子缓步走进地牢。跳动的火焰映在来人的脸上，光影在他脸上交错，让他被烧得皱巴巴的皮肤看起来更令人恐惧恶心。

然而今天的沈璃却不用面对这张可怖的脸。

“王爷今日可好？”他沙哑的嗓音刺入沈璃的耳膜，沈璃只是冷笑，不搭理他。

是苻生，这些日子日日来拷问她的人，也是抓她来这里的人，在经历过那样的炙烤之后，沈璃觉得自己是凤凰，天赋异禀，大约不怕火，然而这个家伙居然也没有死，这便令人有些难以置信了。

沈璃甚至怀疑当日的一切，是不是自己做了一个梦，幻想着背叛魔界的奸细是墨方，幻想着自己在海上与苻生有一战，幻想着自己将自己烧死在了大海之上。然而数日下来，从听觉偶尔恢复时，听门外侍卫的闲聊，还有北小炎嘴里的一些嘀咕，沈璃大约知晓，当初那一切都是真实的，她真的是烧起来了，墨方真的是奸细，而苻生真的是——

不死之身。

他竟身怀复活之能力，在不伤及其要害的情况下，能一遍一遍地复活自己。

沈璃这才知晓，原来他的名字——苻生竟是又有“复生”之意。

真是个难缠的家伙，不过好在他现在被自己一把火烧成了一副鬼德行，法力大不如前，那些魔人也被她烧了个干净，连墨方也被她烧得不知踪迹，他们可谓损失惨重，暂时无法出去为非作歹，好歹能给魔界换来几丝休养生息的机会，若能趁此时与天界军队建立更紧密的联系，到时即便天界的兵再不管用，魔族将士便是将他们那些通天的法器偷来用用，战力也能提高至少十倍，若她能回去……

一丝疼痛自手腕脚腕处传来，打断沈璃的构想，即便沈璃再能忍耐，此时也被这钻心的疼痛折磨得皱了眉头。牵扯着沈璃手腕脚腕的玄铁链被人大声敲响，穿透她骨头的铁钉为之震颤，这样细小的震动比大幅度的晃动更磨人心智，令人奇痒而无法可挠，奇痛却无法可缓。

若她能回去……沈璃咬着牙关，忍着这奇痒奇痛，心中只道，自己约莫是没有回去的一天了。她现在只盼苻生能日日将她折腾得更狠一点，让她早日丧命，解脱这苦痛，一了百了。

接着有人拿强光在沈璃眼前照过，又有人拿着一个鞭炮在沈璃耳边炸响，爆炸声让沈璃下意识地侧了侧脑袋。

苻生粗嘎地一笑："想来王爷今日听觉触觉是有所恢复了。这嗓子应该也是好的。那么，王爷今日还是不打算将凤火珠交出吗？"

又是这个问题。

沈璃虽然厌恶极了苻生其人，更不想回答他任何话，但在这个问题上，沈璃实在是心感无奈："被我吃了。"她如是说。她知道这些人嘴里所提的"凤火珠"约莫就是魔君给她的那颗"碧海苍珠"，但依魔君所言，那是她的东西，她也依魔君所言将那颗珠子吃了下去，然而苻生现在让她交出那颗早不知被消化到了哪儿的珠子……沈璃一笑，极尽嘲讽："你来掏啊。"

苻生一咬牙，扬手便要掌掴沈璃，然而他衣袍中的手仍遍布被烧灼之后的痕迹，他强忍住怒火："既然碧苍王不肯配合，今日便再受些皮肉之苦吧。"

言罢，他一扬手，旁边的侍从拎出早已备好的玄铁鞭。苻生捂着嘴咳嗽了两声，之后退到一边，接下来无非是一场鞭刑。

沈璃垂头受着，对面牢房中北小炎的脸色却比沈璃更白，看见这样的她，便如同看见了这样的自己，他缩在角落里，尽量不引起外面人的注意，但在苻生转过头之时，还是看见了蜷在墙角的他。

"三王子莫要害怕，你如此配合我们，知无不言言无不尽，我们自是也不会亏待三王子。"

北小炎点了点头，吓得大气也不敢喘一口。

这一场刑罚一直持续到苻生疲了，他摆了摆手，走出了地牢，那些侍从也跟着离开。牢门锁上，又只剩下了火把、北小炎和沈璃。看着一身是血的沈璃，北小炎有些不敢开口，牢房里静了许久，反而是沈璃先开口问道："将北海所有的情报告诉他们，令他们夺了北海王权，致使北海一族成为其傀儡，三王子便无半分愧疚？"

“我……”北小炎语气吞吐，“我自然愧疚……但是我也没办法，我不是你，我受不了这样的痛苦，而且我母妃有罪，我自幼便受他人歧视，北海王族之于我，实在无甚亲情。我叛了他们……也是无奈之举。”

沈璃沙哑开口：“谁人没有几个苦衷，然而背叛一事，总难让人原谅。”

北小炎一默：“人不为己天诛地灭，你……你又何必对他们嘴硬，都这样了，他要什么你给他不就好了。”

沈璃的身体只靠两条铁链挂着，即便是在这样的情况下，她还是呵呵笑了出来：“我当真吃了……”

北小炎看妖怪一样地看她。沈璃只道：“三王子不用忧心，本王乃是无坚不摧之身……”北小炎垂下头，嘀咕道：“真不明白你，都这种情况了，还能笑得出来。”

当然能笑，她已经被练出来了。

枯坐了不知多久，北小炎渐渐起了睡意，睡意正沉，忽闻几声脆响，北小炎一惊，睁开眼，看见一个黑衣人立在沈璃跟前。黑衣人双拳握紧，一双手在沈璃耳边抬起又放下，好似想碰她而又不敢触碰。“王上……”黑衣人一声悲哀的唤，嗓音极尽沙哑。黑衣人手中紫剑一现，径直斩断困住沈璃四肢的玄铁链，将昏迷的沈璃往怀中一抱，“我带你出去。”这五个字喑哑却决绝，不容人反驳。

沈璃在颠簸之中醒来，她看见有光景在眼前不停地流转，鼻子能嗅到青草和风的味道，沈璃心想，今天恢复的是视觉与嗅觉吗……只是，苻生又想出什么法子来折磨她了？这眼前的幻境便如同外界，那么鲜活自由，让她不由自主地心生向往。

明明她也只被囚禁了不久，但这些景色之于沈璃，便像上辈子的事情一般，她动了动指尖，想伸出手，想去重温一下风穿过指缝的感觉。

周遭流转的光景忽然一停，沈璃看见自己如今身处一片森林之中，一张将惊喜紧紧压抑住的脸出现在她的视野里——墨方。原来，这竟不是什么幻境，是墨方救了她……为什么？背叛了魔界之后，他又背叛了苻生吗？

墨方唇角颤动，似在说着什么言语，但此时沈璃什么也听不见，她也说不出话，只是摇了摇头，稍稍用力推开那人。手腕上的玄铁钉尚未被取出，便是这轻轻一推，沈璃一口气险些没提上来，她今天感觉不到疼痛，但身体还是会痉挛。

墨方忙将她放下，让她倚树坐好，然后双膝跪地，静默地俯首于她身前，似在认罪，又似在道歉。

沈璃闭上眼，权当看不见。

今日便是沈璃能说话，她也会做出和现在一样的反应，因为对墨方，她已经无话可说。魔界那些将军，那些与他的衣冠残剑一起摆在棺木里的尸首早已在两人之间划出了清晰的敌我界线，在沈璃心里，那个与她行军作战，同生共死的兄弟已经亲手把他自己杀死了。这是他想要的结果，沈璃便尊重他选择的结果。

跪在她身前的，是犯魔族疆域，屠魔族百姓，杀魔族将领的敌人。

若枪在手，她便会与他一战。

墨方跪了许久，本打算在沈璃唤他之前不欲起身，但地面传来的细微颤动，令墨方面容一肃，他心知现在不能再耽搁下去，若此时不走，他怕是再难助沈璃逃掉，当下狠狠磕了个头："王上，冒犯了。"他起身，将沈璃一揽，抱了她便继续向前走。

穿过片片树林，经过最后一排树木，便是白石沙滩，墨方将沈璃放在两块沙滩巨石旁边，让她倚石坐好，他或许还有话想说，但地面颤动得越来越明显，墨方只得暗暗咬了牙，随手捡了块石头，念了个诀，将石头化为沈璃的模样，揽在怀中，他转身，头也不回地向另一方奔去。

沈璃这时才缓缓睁开眼，没有看墨方离去的方向，只是望着天边的云，吹着从海上来的风，眸色微暗。

天色越发昏暗，海天相接处，霞光转得如梦似幻，沈璃微微眯起了眼，睡意渐浓。

星辰转换，朝阳初生，越过海面的第一缕阳光静静地落在沈璃的脸上，她一动不动，睡得极沉，沙滩上有一个缓慢的脚步声将沙踩得咯吱作响，一道人影绕过巨石，他的影子被朝阳拉得老长，在沈璃脸上划过，他向海边走了几步，忽然身形一顿，转过头来，看见了那个陷在两块石头间熟睡的身影。

行止在那里呆呆地站住，一时竟无法迈动脚步上前，就怕自己一动，那个幻影便就此消失。

直到沈璃在梦中轻咳了两声，因她的动作而被震颤的空气荡到自己身前，行止方才明了，并不是幻境，而是活生生的沈璃。

他迈步上前，脚步急促，竟踩住了自己的衣摆，险些摔倒。

他走到沈璃跟前，半跪在她的身前。“沈璃。”他伸出手，指尖轻触她的脸颊，滚烫得灼人心神的皮肤将疼痛从他指尖一路烧到心尖。他没有放手，整个手心都贴了上去，捧着她的脸颊，轻轻摩挲。“沈璃。”他轻声唤她，好像除了她的名字，他将其他所有的言语都忘干净了一样。

这是沈璃啊，那个已经“战亡”的魔界王爷，那个本来再也回不来的女人，是活生生的沈璃!

被烧灼的疼痛蔓延，然而行止却又为这些疼痛感到欣喜，他呼吸急促，额头轻轻抵在沈璃的额头上，她的体温对行止来说也是烫得恨不能马上撒手，但行止却笑了出来，像神志不清一般，将沈璃的脑袋摁进怀里，在几乎快烧起来的温度中轻轻笑着：“你这是……救了我一命啊。”他在她耳边细声呢喃。

但过了一会儿，沈璃未曾转醒。她气息极弱，行止稍稍松开她，欲替她把脉，待他目光落在她的手腕上，看见那根还穿透着她骨头的玄铁钉，行止一愣，一时还未反应过来那是什么东西，待得明白，行止呼吸微顿，目光呆怔地将她四肢扫视了一遍，待见她四肢皆是如此，行止的呼吸停滞了许久，脸色微微有些泛白：“你到底……是怎么照顾自己的……”

他垂下头，看着沈璃的手，有些不敢触碰，但不碰又如何了解她的伤势。

行止眼睑微垂，指尖轻触她因瘫软而贴于地的手，不过轻轻一碰，沈璃的手下意识地痉挛了一下，牵动骨骼，玄铁钉与她的骨头不过稍稍摩擦了一下，沈璃喉头便发出一声闷哼，咬紧的牙关与皱起来的眉头诉说着她的疼痛，行止心头一紧，掌心凝出白色的寒气，在沈璃手腕上绕了一圈，沈璃脸上的表情立时缓和不少。

她几乎不在人前喊疼，这样的表现若不是她在睡梦中，或许根本不会流露出来吧。

行止心中有气，真想狠狠教训沈璃一顿，这个碧苍王，总是太逞强。然而，当看见沈璃在这样的疼痛之后竟继续熟睡，像是习惯了一样，他顿时什么气都提不起来了，只觉心尖一缩，血液将心口的疼痛挤压到了四肢百骸，令他一时有些控制不住手指的颤抖。

这段时间，她定是极其难过，因为没人护着她，所以便只好逞强。

“……我会护着你。”他轻声说着，轻抚沈璃脸颊的手极是轻柔，但声音却带着不容置疑的坚定，“日后休管天外天塌，三界俱毁，我也定护你无虞……”

他话音方落，忽觉怀中人呼吸微重，她扭了扭头，转醒过来。

沈璃眼前一片漆黑，什么也看不见，耳朵里也没有声音，但触觉告诉她，她身前有个人，她嗅到那人身上有极重的海的味道。“我自己可以走。”她冷声说着，“时至今日，你我已是陌路，下次若战场相见，沈璃必不会对你手下留情，你今日要么杀了我，要么便走吧。”

对面的人没有答话，自然，即便对方答了话，她今日也是听不见的。但身前的人没有动，沈璃却能感觉得出来。

冰凉的手指轻轻触碰她的眼睛，沈璃皱眉，侧头躲开，而那只手又不依不饶地捏住了她的耳朵，沈璃微怒，欲抬手将他打开，但手臂一动，便是一股钻心的痛，她脸色更白，咬牙忍过了这一波疼痛，方觉那只手终于放过了她，沈璃忍道：“墨方，若你心中尚记得往日一丝情分，便走吧。”

沈璃的自尊心极重，此时让墨方离开，有七分是因为敌我立场，有三分却是关乎自尊骄傲。

她五感轮流消失，无法行动，连抬腿走路都要人扶着，这样狼狈的碧苍王，她打心眼里不想让别人看见。

对面的人沉默了许久，竟又伸过手来揽住她的后颈，沈璃一惊，还没反应过来他要做什么，膝弯处便被他另一只手揽住，那人一用力，竟将她打横抱起，她手脚处的玄铁钉在他行走的过程当中在骨头中摩擦，而沈璃此时却因这种被抱的姿势而更为心惊。

她与墨方上过多次战场，也有受伤的时候，行动不便时，墨方也帮过她，不过或是扶，或是背，甚至扛在肩头上也有过，但从未试过如此姿态。这样的姿态……她只见过军中某将军成亲时是这样抱媳妇进洞房的。

是以，她对这个姿势有些抵触，被这么一抱，就像……就像被当成了小媳妇一样，令人心感别扭。

沈璃大怒，用尽身体里最后一点中气呵斥道：“大胆！放本王下去！”

那人不理，沈璃这才发现有些不对，墨方几时对她做出过这种事，即便是背叛之后，他来救她，也对她恭恭敬敬，昨日走时还在她跟前叩首行礼，这才一日怎会变得如此放肆！

沈璃心中不由得升起一个极不祥的念头，墨方将她放下的地方是海边，这附近说不定有什么人类的村庄城镇，今日这对她又摸又抱的家伙，莫不是什么山村渔夫之类的人类糙汉吧！

鼻子嗅到此人身上有浓重的海腥味，沈璃越发坚定了自己的想法，然后脸色更加难看起来，他如今把自己这么打横抱着，难道是打算如同那个将军抱媳妇一样，将她抱去做什么不该做的事？

沈璃越想越心急，当下拼尽全力，一抬手肘，狠狠一肘打在“渔夫”的咽喉处。

“渔夫”脚步一顿，沈璃挣扎着要从他的怀里逃跑，然而还没等她逃离，四肢的疼痛便让她浑身痉挛，她忍得住，但身体早已经超过负荷了。她不停地发抖，忽觉自己被人换了一个姿势。那人好似找了个地方坐下，让她坐在他怀里，然后一手抱着她的腰，一手轻轻拍着她的背。

像是在怜惜地轻抚，又像是在告诉她：没事，我不会伤害你，我会保护你。

可“渔夫”指尖传来的颤抖却让她觉得，这个“渔夫”自己也在忍耐着巨大的疼痛。

沈璃已经连着三天没有恢复视觉了，先前在牢里便罢了，左右不过是被锁着，看不看得见，听不听得到也没什么要紧，但她现在却是在外界，一个陌生的地方，她急需了解周围的环境，这是哪儿，安不安全，离魔界多远，离她逃出来的地方又有多远。

最重要的是，她想知道，身边这人，到底是谁……

她现在没有法力，探不出对方的深浅，只能通过偶尔通畅的五感了解一些零散而浅薄的信息，比如对方是个男人，应该是个渔夫，他不爱说话，这三天里，便是听觉恢复的时候，也没听他说过什么话。就她目前的感觉来说，此人应当无害，但对尚未“见过面”的人，沈璃心里还是存了三分戒备，而且，最让沈璃不解的是——他为什么要救她？

不图财也不为色，没有计较地付出，在现在的沈璃看来才是最令人生疑的地方。

外面有脚步声传来，沈璃睁开眼，眼前仍旧一片漆黑，手脚上的玄铁钉让她动弹不得，此时她便是个废人，只能躺在床上由人伺候，这件事让她感觉极为无力，甚至心想，待她走时，定要将这“渔夫”杀了，绝不让此事再有别人知晓。

有细微的声响传来，这个人动作很轻，倒不像那些粗鲁的山野村夫，沈璃嗅到食物的味道，应该是要吃饭了。“也不知是中午还是晚上……”她无意识地嘀咕，本来没打算让人回答，但那边鼓捣东西的声音却是一顿，一个稍显沙哑的男声道：“午时。”

这个声音陌生得紧，沈璃愣了一瞬，恰逢今日能说能听，便继续问道：“这是哪儿？”

“海边。”他一顿，又补了几个字，“东海边上。”

墨方竟是把她送到了东海边上，他难不成指望有谁还能将她捡回去吗……魔族的行事作风，墨方和她都清楚，一旦确认的事便不会再对其抱有任何不切实际的幻想，她失踪已这般久，魔君定是认为她死了，哪里还会派人来寻她，至于天界……约莫没人会来寻她吧。沈璃不由自主地想到行止。

虽说她遇见行止之后，好似每次战斗都会受伤，但每次行止也都恰好救了她的命，而这次……

一勺米羹放在沈璃嘴边，其味清香，沈璃顿觉腹中饿极，觉得这米羹虽没行止做得好，但一个凡人能做成这样也相当不错了。她动了动手指，道：“我自己来。”可她肩头一动，刚要起身，身体便已痉挛，四肢像石头一样让她坠回石板床，令她动弹不得。她今天感觉不到痛，只有一股无力和挫败的感觉从心底升起。

碧苍王沈璃……何时有过这般狼狈之态。

一声轻叹，“渔夫”将米羹喂到了她嘴里，别的什么话也没说。

沈璃静静喝完“渔夫”喂来的米羹，一碗喝罢，对方道：“还吃吗？”

沈璃沉默了许久，答非所问道：“这四根玄铁钉，是内外复合而成，由外面的玄铁将里面的铁芯包裹住，当时他们先以内部铁芯穿过骨肉，而后再将外部玄铁旋合而上，将两者扭紧，一头一根铁链，方可致我无法挣脱。”她语气淡漠，声调几乎没有起伏，就像被穿骨而过的人不是自己一样，“这几日外逃颠簸，旋钮已有所松动，我欲求你帮我将这四根玄铁钉拧开，其间或许场面有些难看，但若事成，本王愿承你一愿，以此为报答。”

对方半天也没有应声，沈璃在黑暗中看不见对方的表情，也不知对方要如何回答，便觉时间过得更久。

“好。”他短短应了一个字，却像是下了比她更大的决心一样。

“如此，趁着我今日察觉不到疼痛，你便帮我拧了吧。”

“渔夫”将别的东西收拾了一番，先在沈璃床边放了一盆热水，而后才将手放到她手腕之上。沈璃笑道：“没想到你做事倒是细致，你可有修道的念头？若想成仙，待我伤好，还是可以给你寻点门路。”

对方一声轻笑：“我却认为，修仙道却不如如今自在。”

沈璃似有所感：“仙人们是极自在，那天界最不自在的……怕仅仅是那一人……”

放在沈璃手腕上的指尖微微一颤，那人没再说话，握住沈璃手腕两头突出的玄铁试着拧了拧，那旋钮果然有所松动，若再使点力，便是凡人也应能轻松拧开。

“渔夫”鼓捣的这两下已让沈璃额上渗出了薄汗，她闭上眼睛，调整气息：“尽快。”她不会痛，但身体却有个极限。

对方用了劲，拧松了玄铁钉与其中铁芯，沈璃已青白的手腕上微微渗出几滴血，像血液都快干涸了一样，若再晚点时间取这东西，她的手脚怕是再也无法用了吧。

一个手腕上的玄铁钉被抽出，重重地砸在地上，玄铁似极热，落在地上只听“哧”的一声轻响，白气升腾，而后又迅速凉了下来。那人却似毫无感觉一般，继续空手拧开沈璃另一只手腕上的玄铁钉。

然而沈璃此时浑身痉挛，哪儿还有时间注意这些细节。

她只觉身体里的血液在极快地流动，心跳快得像要炸掉，呼吸极为困难，大脑也渐渐混沌，在她本就漆黑的世界里，添了许多乱七八糟的画面。

她好似看见自己极小的时候魔君教她枪法与术法，而在她们旁边有一只眼阴森森地看着她们，沈璃莫名地心慌，她退了两步，竟有了转身就跑的冲动，然而她一转头，却见墨方已站在她的身后，目光冷冷地看着她，在墨方的背后，那只独眼阴魂不散地飘在那儿，与墨方一同冷冷地看着她。然而不知从什么时候起，墨方的眼神渐渐变得与初时有些不同，但那只眼睛透出来的光却越来越冷。

沈璃心头一紧，转身往另一个方向跑去，前方的路像是没有尽头，只是无尽的黑暗，在她身后，诡谲的笑声不断传来，像是要将她逼入绝境一般。沈璃跑得都快喘不过气来了，她索性停住脚步，手一挥，欲抓住银枪与来人一战，但只听“咔嚓”一声，两段断枪落在身前，沈璃一愣，身后的笑声越逼越近，沈璃一咬牙，回过头，待要看看到底是何方妖孽时，笑声骤停，周围气息一静，一瞬间，什么东西都没有了一样，但是她跟前却有一条细缝，里面有风轻轻吹出。

沈璃慢慢仰头一望，却发现这里竟是墟天渊的大门，与她那天晚上独自去墟天渊时看见的一样，没有瘴气渗出，只有一条细缝。

忽然之间，缝隙之中那只独眼猛地飘了过来，目光森冷地盯着沈璃。骇得沈璃倒抽一口冷气。

“吾必弑神……”

他阴森森地开口：“吾必弑神！吾必弑神！”其声越来越大，震得沈璃心神难宁。“闭嘴。”她难受地挤出两个字，却见有黑色的瘴气从墟天渊的大门缝隙中飘出来，沈璃被瘴气逼迫得向后一退，那声音越发大了起来，沈璃大喝：“闭嘴！”她双眼一红，周身升腾起赤红烈焰，好似要将所有的一切都燃尽。

“沈璃。”一声微带清冷的轻唤从另一方传来，她双目赤红，往旁边看去，还是那个葡萄藤架下的小院，青衣白裳的男子躺在竹制摇椅上对她伸出了手。“来，晒晒太阳。”他说得那么轻描淡写，就像没看到她这边的混乱一样。

沈璃愣愣地望着他，然后侧头看了看自己周身的烈火，她摇了摇头："我不过去，我会害了你。"

那边的人脸上笑容未减，但果然收回了手。

沈璃静静垂下头。

赤焰灼身之中，她忽觉一丝凉爽之意覆上周身，她呆怔着抬头，那人却已换了一身衣服走到她跟前，然后笑着将她搂进怀里，他轻轻拍着她的后背，像安慰孩子一样安慰她："我很厉害，没事。"

沈璃眼中的赤红慢慢褪去，她知道自己应该离开这个怀抱，她的责任和他的责任都逼迫着两人渐行渐远，但是……愿上天仁慈，原谅她这一刻的无法挣脱和不管不顾。

就让她……做完这一场梦。

她放松身体，任由行止抱着，在这一片空无的漆黑当中，好似要融进他的身体……

沈璃睁开眼，阳光有些刺眼，她看见一人坐在桌旁的椅子上，他只手撑着脑袋，正沉沉地睡着，宽大的白袍拖了一地，青玉簪松松地绾着几缕青丝，披散下来的发丝遮了一半的脸颊，逆光之中，他美得不像话。

有哪个……渔夫……能长得如此惨绝人寰地好看……

沈璃心绪一动，一时竟不知自己该做什么表情，而长久的呆怔之后，她竟默不作声地咧嘴笑了出来，心道："行止啊行止，我还真的又被你捡到了啊，上天当真不仁，竟许咱俩如此孽缘！"

她四肢的玄铁钉已被尽数取出，伤口处裹着白色的布条，不是人界的布料，看样子，这布料当是从他衣服上撕下来的。四肢的伤口皆有凉凉的感觉，是已经被他治疗过了。

沈璃转过头，闭上眼，不再看行止，她怎么会不知道行止在想什么。

他笃定，若是沈璃知道照顾她的人是自己，必定会立即要求离开，就像那天打开他的手那般决绝。

他们都那么清楚对方身上的责任，也都能猜到对方会做怎样的选择。

但是……

行止未曾想过，碧苍王沈璃，并非无心之人，她……也会软弱，也会想要沉溺于温暖。

沈璃不睁眼，权当自己现在没看到这样的行止，权当自己方才的梦还在继续，权当上天仁慈，原谅了她这一刻的放下责任，不管不顾。

能不能……在伤好之前，让碧苍王不再是碧苍王，她愿只做沈璃，被一个声音沙哑沉默寡言的“渔夫”从沙滩上捡回了家，然后平平静静地过一段凡间日子。

沈璃听着行止缓慢地踏着脚步去屋外烧水，估摸着他快烧好水时，忽而自言自语：“今日倒是能视物了，不想你一个渔夫，家倒是布置得挺好。”

白色衣摆在门的一侧一闪而过，那人影倏地往旁边躲去，沈璃听到一阵丁零当啷的杂乱声响，想是外面的人慌乱之中，打翻了盆又洒了水，场面应当窘迫得紧。

沈璃等了好一会儿，外面也没个声响，但她却能想象到行止那副皱着眉头，摇头苦笑的模样。

真是令人……倍感舒畅。

沈璃侧头向里，弯了嘴角，还没偷乐够，便有人踏了进来，她转过头来，看见的却是一个身着粗布麻衣皮肤黝黑的青年，当真像是常年在海边劳作的渔民一样，沈璃眨了眨眼，听他用这几日她听惯了的沙哑声音道：“姑娘眼睛好了？”

沈璃将他上下细细打量了一遍。“我这五感，时好时坏，今日味觉、嗅觉、触觉都消失了，但却能听能看，还能说话，算是幸运的一日。”

青年眉头微皱：“为何会如此？”

“具体缘由我也不大清楚。左右现在也无法，便先如此将就着吧。”沈璃盯着他的眼睛，道，“多谢公子将我四肢内玄铁钉取出，实在劳烦你了，沈璃本不该继续叨扰，但我现今仍旧动弹不得，恐怕还得托你照料几日。”

他轻描淡写地“嗯”了一声，随即坐下来，拿了个茶杯准备喝茶，但恍觉如今自己不该应得如此理所当然，他拿着茶杯的手一顿，琢磨了一会儿，轻咳一声道：“我每日要出海劳作，姑娘伤势重，前几日为照顾姑娘，我已耽搁了不少时间，这后几日可不能再耽搁了。”

沈璃微微动了动嘴角：“我给你一笔花销便是。”

“并非钱财的问题，而是逝水光阴，你耽搁的，可是在下的生命啊。”沈璃喉头一噎，心想自己就不该应他的话，哪承想她现在已用沉默相对，行止还是厚颜无耻道，“不如这样，先前姑娘应了在下一个愿望，然而万事总要成双成对的才好，你不如再应我一个愿望，如何？”

“你要什么？”

“在下现在便是说了，姑娘怕是也做不到，便先留着吧。如此我也可以尽心帮你养伤。”

沈璃侧头看了他许久：“公子原是如此话多之人。”

“玄铁钉取之前，姑娘像个多说半句话便能气绝而死的人，我自是不敢多言。而如今……”他一顿，终是喝到了手中的茶，茶杯的杯沿掩盖了他唇边的弧度，“这不是为了诓姑娘答应我许愿嘛。”

便是沈璃不答应，他也不会将她扔出去，沈璃心里清明极了，但她却还是望着他的侧脸应道：“好，我承你双愿。只要沈璃力所能及，定助你达成所愿。”

他放下茶杯，唇边的弧度还是如往常一般，但只笑了一瞬，他稍稍转过头，背着沈璃，抿了抿唇，抹掉唇边的笑，道：“我煮了鱼羹，姑娘可要尝尝？”

沈璃点头，虽然，对今天的她来说，吃鱼羹与喝白水都一样……

沈璃在这小屋里住了些时日，她的四肢伤得太重，好得比往常慢许多，她的五感也还是没有恢复，她告诉自己不要急，但每每吃饭都要人喂的时候，她便恨极了苻生，更重要的是……

“我要如厕……”沈璃硬邦邦地说出这话。

其实这事他们之前做过很多次了，只是之前不知道他是行止，沈璃只当是个普通渔民，回头伤好，杀了他便是，但现在知道是行止，其一，她伤好了也杀不了他……其二，她……好歹也还是会害羞的……其三，行止，他是神君啊，是该让人供起来的人，他本不该为任何人做这种事……

在沈璃的思绪还在复杂争斗的时候，行止却习以为常地将放在墙角的夜壶拿出，他特地为沈璃改了改，方便她现在的身体使用，让她可以坐在上面。行止探手到沈璃的被子里，将她的腰带松了，然后把裤子往下拉了拉，沈璃的衣摆长，他先在被子里把她的衣摆理了理，然后才将她从被子里打横抱出，放在夜壶上，让她坐好，最后面不改色地出了门。

沈璃坐着调整了许久情绪，然后才放松了自己。但最后清理一事，她是打死也不会让行止来做的。拼着裂开伤口的疼痛，她自行清理好了，然后耷拉着脑袋喊道：“好了。”行止便又从屋外进来，再将刚才的事反着做了一遍。

他给沈璃盖上被子的时候，看见她手腕上有血渍渗出，他眉头微不可见地一皱，嘴角动了动，但最后却什么也没说。

每次这事之后，沈璃总要别扭一段时间。行止将她安置好了便将空间留给她，自己则去院子里，其实他没什么事要做，只是看着房间里发呆。

又过了些时日，沈璃勉强能下地走路了，她心头难免有些急功近利地想让自己能跑起来，只是她现在走两步还是会摔倒，碰见没有触觉的时候倒还好，也不痛，爬起来继续走就是，但触觉一旦恢复，她若是摔在地上，摔的地方不同，四肢关节可是钻骨地痛，饶是她再能忍，也要在地上缓个好半天。

而她每次在屋子里练习走路的时候，挑的皆是行止不在的时候。她已经够狼狈了，不能在别人面前，尤其是行止面前更狼狈下去……

行止不在的时间越来越长，早上吃了早饭便不见人影，沈璃也日日不停地锻炼着四肢，但筋骨的恢复速度哪儿是她强迫得来的。

这日沈璃视觉没有恢复，她摸着桌子走，待走得累了，她想倒点水喝，摸到了桌上的茶壶，但却发现自己的手指并不受自己的控制，她用尽全力想握紧壶柄，但却始终使不上力。

比恢复走与跑更难的是恢复手指的灵活度，那些细小的筋骨恢复不全，拿一个茶杯，握一双筷子，比走路跑步困难百倍。

沈璃此时有些陷入了执念，她拼命地想握住壶柄，但却一直无法成功，若是如此……若是如此，她以后还如何握得住枪，如何护得住族人？她手臂一碰，将旁边的茶杯碰倒在地，碎裂的声音如此刺耳。

门外有急促的脚步声传来，沈璃心中有怒气，一挥手，将桌子上的东西皆拂了出去。“滚！”

门打开的一瞬，茶杯摔在门框上，碎裂的瓷片擦过来人的眉骨，血立时淌了出来。

而行止却连眉头都没皱一下，两步迈上前来，一把揽住快要摔倒的沈璃，将她扶到床边坐好，埋头的一瞬，眉间的血落了两滴在沈璃的手背上，看不见的时候，她的触觉总是比往常更灵敏一些。待他转身要去清扫地上的碎片时，沈璃却一把拽住了他的手。

行止回头看她，沈璃嘴角动了动，却一直没说出话来，但拽着他手的手指越来越紧，一丝也不肯放开。行止索性在她面前蹲下，微微仰头看她：“怎么了？”

沈璃沉默了许久，扭过头，微微耷拉了脑袋：“伤……伤到你了……抱歉。”

知道今天的沈璃看不见，他在她跟前轻轻笑开："没事。"

饶是他如此应了，沈璃也没放手："身体原因……我最近有些急躁。"

"嗯。"

两人沉默下来，不知多久后，沈璃松了一只手，摸到行止的脸，伸出食指在他脸颊上戳了戳："伤的这里？"

行止任由她的手指在自己脸上乱戳，也不给她指个地方，只笑眯眯地回答："不是。"

"这里？"

"不对。"

"这里？"

"也不对。"

察觉到他好似在逗自己，沈璃微微一怒，狠狠一戳："这里！"指尖传来湿润的感觉，但听行止一声闷哼。沈璃收回了手。"抱歉……戳到你眼睛了……"

行止一声叹息，握住了她的手，放在眉骨上。"是这里。"

好像流了不少血……沈璃问："痛吗？"

行止沉默了一会儿，点头："痛。"像被快刀割过一样，凉飕飕的痛之后又是火辣辣的痛，一如心里的感觉。

沈璃沉默下来："我尽量……控制自己的脾气。"

"不用控制。"行止轻声道，"在这里，不用控制。"他想让她肆意妄为。

发了通脾气之后，沈璃冷静下来想想，强求无用。她每天还是坚持练习，但却不再那般急功近利了，如此练下来，身体倒还恢复得快一些，而她的五感时好时坏，在没有触觉的时候，她便着重于练习视觉、听觉，没有听觉的时候，她的嗅觉便被锻炼得更加敏锐，不久之后，沈璃的五感倒出人意料地均有提高，这对沈璃来说，倒是塞翁失马了。

终是有一天，沈璃不用扶着椅子、桌子，自己也能稳稳当当地走路的时候，她突然想去外面看看，在毫无预计的情况下，她推开门，一步跨了出去。

便是这一步，让她看见了站在院子里的行止，他什么也没做，以一个海边青年的模样站在阳光里，静静地与她打了个照面。

他从来没有离开过。

他一直用他的方式无声地陪着她。

“我饿了。”沈璃如是说。

“我煮了鱼汤。”

很普通的对话，却让人心窝子也暖了。

第十九章

世上竟有比你还老的妖怪

自那以后，沈璃生活全能自理了，行止便当真离开了院子，他早上早早地做了早饭放在桌上让沈璃起来吃，自己便收拾收拾，当真与附近渔民一同出海打鱼去了，中午的时候又独自折返回来，提着早上打的鱼，架柴烧火，给沈璃煮上午饭。

在嗅觉恢复的时候，沈璃总能嗅到他身上有海的腥味，只是与初时那种味道不同，那时他身上尽是海风的味道，不掺杂半点鱼腥，就像是他在海上闲着吹了几月的风一样，而现在身上什么味都有：咸味、鱼腥味、血腥味……

他是很认真地在做一个渔民……

就像他投胎成凡人一样，虽然带着天界的记忆，但他也只专注着做那一世凡人该做的事。

如此随遇而安的心态，着实让沈璃佩服。

沈璃近来闲得无聊，早上待行止走后，她在院子里转了两圈，觉得实在没意思，索性迈出了院门，想去看看附近渔民素日到底是怎么劳作的，她现在还走不快，所以当她走到最近的一个渔村时，早上出去打鱼的人已经回来一拨了，他们将各自船里的鱼往船外面卸，唯独行止站在自己的船上，看着一船的东西，似有些头疼地揉着眉心。

沈璃有些好奇，她走上木栈桥，走到行止停放船的地方。“没打到鱼吗？”话音未落，沈璃一眼便瞅到了他船上的东西，一船的珍珠蚌和奇珍异宝，但没一个是能吃的。

沈璃如今法力尚未恢复，所以察觉不出行止身上的神明气息，但龙王可不是什么笨家伙，知道神君在自己的海上撒了网，岂会放过这个送礼的好机会，想必行止即便网住了鱼也被龙王拽了出去，换了这么一堆东西上来，沈璃忍不住“噗”的一声笑了出来。

行止本还有些不快，但见沈璃笑了，他便也弯了眉眼：“你怎么来了？”

“我想看看鱼是怎么打的。”沈璃指着他没有一条鱼的船，道，“不过看来你今天没有打到鱼啊。”

行止点头：“没错，我今日故意网的这些东西。”

这人说谎还真是连草稿也不打。沈璃在木栈桥上坐下。“我看看，这么多宝贝，拿几个去卖钱呗。”

行止摇了摇头，只捡了几个珍珠蚌。“太多了，拿来也无用，下午我便扔回海里去。”

“可别！”沈璃唤住他，“我先选几个！”她忙着往渔船里跳，行止来扶她，适时身后来来回回的渔民走得急，有人没注意撞了沈璃一下，沈璃便直直扑了下去，一头栽进行止怀里，被他抱了个结实，胸膛贴着胸膛，几乎能感受到对方的心跳。

这个拥抱，一如梦里那个拥抱，温暖而令人感到无比安全。

太过真实的拥抱，太疯狂的心跳，沈璃被自己的心跳震得惶然回神，她用力推开行止，自己却险些被身后的渔网绊倒，行止探手将她抓住，语带几分叹息：“如此莽撞，若掉进水里，又得仰仗谁去救？”

话一出口，行止自己先愣了一愣，他扭过头，不自然地咳嗽了两声，沈璃却似没听见他的话一样，只垂头看着船里的珍宝道：“我不客气，自己选喽。”

行止有些惊异地看着沈璃的侧脸，继而柔和了目光。“嗯，若是看得中，便都给你吧，不还回去了。”

沈璃翻找蚌壳的手一顿，她虽在天界待的时间不久，但也知道行止是个素来不收礼的人，这龙王送来的东西拣一两个是意思意思，给龙王一个面子，但若全收了，那意味便不大一样了。

沈璃没有应他，只埋头找了一会儿，一船珠光宝气中，就只有一块似玉非玉的白色圆石头看起来稍微质朴一些，沈璃拣了它，道："看来看去就这石头对我眼，我就要它了，别的都随你吧。"

行止点了点头："我先拿珠子换几条鱼，咱们便回家吃饭吧。"

两人刚爬上木栈桥，行止就拿着珠子找人换鱼，可他刚与一个老实的渔夫说了两句话，旁边便传来一个阴阳怪气的声音："这位小哥捞的又是蚌壳啊。"那人走上前来，恶狠狠地瞪了老实渔夫一眼，渔夫手里的鱼都要递给行止了，被他如此一瞪，渔夫手一缩。那人却径直推了渔夫一把，嫌弃道："去去去，不长眼的东西挡老子的路。"

渔夫忙拿了鱼，抱歉地看了行止一眼，然后赶紧离开。

行止的目光这才慢悠悠地落在那人身上，他不动声色地笑着，又见那人提了提裤腰带，道："你怕是不认识我，我是村长的长子王宝，我见小哥日日都拿蚌壳换鱼，想来你是不喜欢蚌壳吧，正巧，我那儿有不少鱼，你与我换便是。这些蚌壳，啊，还有你船上的那些，都给我吧。"

"不换。"行止淡淡道，"我要扔掉。"

他说的确实是实话，但是听在王宝耳里却生出了另外一个意思，他声调微扬："大胆！我是村长长子！你为何将那些宝物扔掉也不肯给我！你对我有意见？你对我有意见便是对村长有意见！小心我让你吃不了兜着走！"

沈璃在行止身后微微眯起了眼。她见不得仗势欺人的家伙，刚想出声训斥，行止将她手一拽，似没看见眼前嚣张跋扈的人一样，拉着沈璃便要走。

王宝大怒，一蹿身拦到行止面前。"站住！没听见大爷和你说话吗？"他话音一落，目光恰好落在行止身后的沈璃身上，沈璃今日着的是行止给她拿来的棉麻白衣，因着有伤，一身煞气敛了不少，面容憔悴，倒显得有几分柔弱，那人登时目光一亮，上上下下将沈璃打量了一番。"你这不知礼数的东西讨的媳妇倒是不错啊。”

沈璃一声冷笑，若她没有受伤，这出言不逊的家伙怕是已经被她踩在脚下。

“你眼光不错。”行止声音淡淡的，比往常多了几分寒意，沈璃有所察觉，在她看来，行止本是个从不将内心真正情绪流露出来的神，便是偶有流露，也是他选择性地让人感知的情绪。但此刻，沈璃却敏锐地察觉到，行止的情绪并不是他理智选择之后所表露出来的。“你该感谢你有这么一双眼睛。”

话音未落，行止一拳揍在王宝脸上，径直将他打晕在地上，王宝连挣扎也没有，便晕了过去，他脸上被行止揍过的地方肿了老高。行止眼也没斜一下，一脚踩上他的脸，面不改色踏了过去。

沈璃愣愣地看着行止。这样怔然的注视一直持续到行止面无表情地牵着沈璃回了院子。行止终是开口道：“我可是也被打肿了脸？你怎么一直如此看我？”

沈璃这才眨了眨眼，愣道：“不，我只是……没想到你会用这么直接的方式。”

行止他……不应该是在背后使阴招的那种人吗……

行止一顿，眼底滑过几丝复杂的情绪，他隐忍了一会儿，转头看沈璃：“他轻薄你。”

沈璃微怔，道：“呃……算是……”

“换作你，你会怎么处理？”

“揍晕了事……”

“如此，我只是选择了你会选择的方式。”他转过头去，轻咳一声，似有些不被领情的委屈，小声嘀咕道，“我本以为这样你会更高兴一点。”

沈璃看着他的背影，有些愣神，待反应过来他话里的意思，沈璃脸颊蓦地泛红……他这是……讨好她的意思吗……

“高……高兴。”她道，“其实，是高兴的。”她默默垂下眼睑，看着地面，素来坚定冷硬的目光变得柔和了，她心里的情绪像是海浪，一波涌上一波又退去，湿了所有情绪，但沈璃也知道，行止或许只有披上这层外衣，才能如此对她好吧。他想让她肆无忌惮，又何尝不想让他自己自在一段时日呢……

入了夜，沈璃还未睡，耳朵忽然动了动，她这几日听力敏锐了许多，听声辨位比先前更加精确，她听见有人进了院子。约莫有四个人，但一听这脚步声，沈璃便知道来者连武功都没练过，她躺在床上继续睡。

行止的院子，在晚上的时候怎么可能没有防备……

果然，那四人还没走进主厅，忽闻两声闷哼，好像是有两人已经倒下，另外两人一慌，气息大乱，分头乱跑，其中一人冲进了行止的房间，沈璃只得一声叹息，另一人则向她这边冲来。房门被打开，沈璃眼也没睁，只嗅到了他身上的味道，便猜到此人是今日白天遇见的那仗势欺人的王宝。

他喘着粗气，像是被吓得不轻，但喘了一会儿之后，他好似看见了床上的沈璃，他慢慢靠近，待走到床边，沈璃听见他“咕咚”一声咽了下口水。沈璃心下觉得恶心，睁开了眼，目光寒冷似冰，映着窗外透进来的月光，杀气逼人。

王宝被她的眼神骇得往后一退，待反应过来，他立即道：“美人别叫，美人别叫！”他见沈璃果然没有开口，心里稍安，又道：“你们竟是分房睡吗？”他做了悟状。“我……我是村长长子，比你那只会打鱼的夫君不知强了多少倍，不如美人你今日便跟了我吧。”

“你怎能与他相提并论。”沈璃开口坐起身来，声音轻细，“那岂非云泥之别？”

王宝一愣，呆呆地看着沈璃，听她冷声道：“本王活了千年，头一次被人调戏，这体验倒是难得，只可惜你委实太砢碜了，让本王的怜惜之心都没有了。”

“什么千年？”王宝呆怔。

沈璃懒得再多言，径直站起身来，挥手便是一巴掌，她如今伤势未完全恢复，这一掌便吝惜着力气，但对王宝来说已是承受不住，早上挨了行止那一拳，脸上肿未消，沈璃这一掌径直将他的脸打得左右对称。王宝一声哀号，往后一退，沈璃哪儿会这么容易放过他，她伸手将他拽住，却一个不留神抓了他的裤腰带，王宝被拉着转了两圈，裤腰带交付到沈璃手上，他裤子往下一掉，两条腿便露了出来。

沈璃本不欲如此，但听王宝一声惊呼：“美人怎如此性急！”沈璃嘴角一抽，忽觉眼前一黑，一只微凉的手掌覆在她的眼上。背后男子一声叹息：“脏东西，别看。”

沈璃卸了浑身力道，放任自己倚在背后那人怀里。待他放下手，屋里的门大开着，彰显出离人的仓皇，沈璃回头看了行止一眼：“这种情况，我可以应付，不需要别人插手。”

行止笑了笑：“我知道，不过你可以暂时选择不应付。”

因为，他会帮她。

沈璃垂下头，没有说话。其实……她的身体已经那样选择了。

第二日，行止如往常一般早早起床出去捕鱼，沈璃在被窝里睡到自然醒，但睁开眼的一瞬，她察觉到有点不对劲，她看不见东西，听不见声音，也触碰不到任何事物，鼻子没有嗅觉，她想张嘴说话，但喉咙却绷得极紧，她知道自己现在定然也是说不出话的。她更是无法验证味觉还存不存在。

她像落进了一个虚无的空间，里面什么也没有，哪怕她现在被人杀了……她也不知道吧。

沈璃控制住自己的情绪，任由自己在一片黑暗之中沉浮。她没有慌乱，只想着过了这一天应该就好了，可是这一天到底有多长，现在是什么时辰，她不知道，行止有没有回来，看见她这样会有什么反应，她不知道。

天地间仿佛只有她一人，在虚无里徘徊，像是永远也走不出去。

她开始心生畏惧，若是她好不了了该怎么办？若是从此以后她就这样了该怎么办？她还有许多事未做，还有许多话未说，还有那么多的不甘……她怎能在这里消耗余生。

沈璃想逃离这个地方，她让自己不停地奔跑，可在无尽的黑暗中，她根本不知道自己是不是在跑，她看不见方向，看不见道路，甚至看不见自己，不知生死……

时间好像过得极快又极慢，她不知在黑暗里待了多久，耳边忽然能听到一些轻微的声响了，有人在唤她："沈璃，别怕，我在这里，别怕。"那人如此用力地压抑他的情绪，但沈璃听出了他话语中的心疼，那么多的心疼，像要淹没她一样。

鼻子嗅到外界的味道，他身上的海腥味，还有一丝极淡的幽香，是行止特有的味道，属于神明的味道，那么让人心安……

四肢渐渐恢复了感觉，她知道自己被拥到一个怀抱里，被抱得那么紧，像是在保护她，又像是在依赖她。她用力地抬起手臂，回抱住他，轻抚他的后背。

"你一直都在吗？"她听见自己声音沙哑至极，疲惫得像是说不出下一句话。

拥抱更紧，沈璃感觉骨骼都被勒得疼痛，但正是这样的疼痛，让她心里出奇地升腾出温暖的感觉。"我一直都在。"他在她耳边立誓一般说道，"我会一直都在。"

沈璃笑了笑："那下次，我就不会那么害怕了。"

行止喉头一哽，一时再说不出别的话语。

从那以后，行止出门之前都要将沈璃唤醒一遍，确认她今天是不是能感知到外界事物。初始两日沈璃还比较配合，没过几天，沈璃便不耐烦了，待行止唤她的时候，她只将被子一捂。“看得见听得见，就是触觉没了，没问题，走吧走吧。”

行止伸出的手便停在空中，听见沈璃平稳的呼吸声，他哭笑不得地望着她，看她今日这副模样，谁还能想到她那日被吓成那个样子。脸色苍白，浑身颤抖，手脚冰冷，许是她在无意识时才会流露出那种情绪吧，行止想，沈璃这女人，若是有半分神智，也绝不会容许自己有那般脆弱的模样。

“家里没食材了，我便没做早饭，我现在去集市买些食材，不久后便回来，你饿了便先拿水把肚子骗着。”

被子里闷闷地应了两声。

行止摇了摇头，出了门。

然而行止没走多久，沈璃便醒了，掀了被子躺在床上愣愣地发呆，她觉得，自己如今对行止投入的感情实在太多了，多得几乎都不受她控制了，她现在想的是，等过完了这段时间便将所有感情都收回，但是……真的能收回吗？

从未对人许以如此多的依赖，沈璃有一种引火烧身的危机感……

她一声叹息，再也睡不着了，索性掀了被子，下床洗漱，然而刚走到院子里想打水，忽闻几声轻微的动静，沈璃目光一凝，知晓今日来人绝非像前几日那个痞子一般无用。她沉了眉目，微微侧过头：“来者何人？”

“簌簌”几道声响落定，院子里站了五名黑衣人。“王爷可让我们好找。”

沈璃转过身去，目光森冷，盯着说话的那人，将他看得打了一个寒战，那人立即冲旁边的人使了个眼色，周围几人皆咽了口唾沫，沈璃先前将苻生烧伤，灭了他们的同伴与数十个魔人的事迹大家也都听过，她在地牢中的惨状他们皆是见过的，伤成那样的人，如今四肢完好地站在他们面前，难免让人心生惊惧，众人一时皆不敢上前。

为首的那人一咬牙，道："怕什么！苻生大人说她如今必定未恢复法力，不过是废人一个，此时找到她却不抓她，你们都想回去受刑不成！"

最后一句似刺破了众人心中的恐惧，几人相视一眼，刚想动手，却听沈璃一声冷笑："你们主子可有教过，形势不明，切莫妄动？"

几人心中本就没底，被沈璃如此一说，更是一慌，为首那人喝道："她必定是在唬人，动手！"

横竖都是死，那几人心中一狠，抬手吟口诀，一道白气自他们指尖溢出，慢慢在他们身前凝聚，待得他们口诀一停，但见那白气竟凝华为箭，密密麻麻地向沈璃扎来。

躲不过，沈璃知道，她站着未动，却在千钧一发之际，一道屏障蓦地在她身前落下，白色的衣袍被撞击出的风吹到沈璃脸上。

尘埃落定之后，行止稳稳地挡在沈璃身前，神色冷淡。

对面几人愕然："不可能……他竟然挥手间便挡下了止水术……"

"止水术？"行止一笑，"你说的可是此术？"行止一挥衣袖，极寒之气涤荡而出，却让人看不见形状，待反应过来时，那为首的黑衣人已经被冻成了一座冰雕，连气也没多喘一下。

"宵小之辈竟妄图习神明之术。"行止声音一如往常地淡漠，听在耳朵里却令人胆寒战栗。"滚回去告诉苻生，神行止，他日必登门拜访。"

"行……行止神君……"一人被吓得腿一软，往后一踉跄，径直摔倒在地，另外三人吓得打冷战，忙连滚带爬地跑了，摔倒的那人爬起身来也往外面跑，行止却是一声喝："站住。"

"啊……啊……"那人双腿打战，裤底没一会儿湿了一大片，竟是吓尿了……

"将此物搬走。"他指着那冰雕，黑衣人忙不迭地点了头，拼命扛起那冰雕，狼狈地走了。

沈璃在他背后看得目瞪口呆："我征战沙场多年，却不知一个名号竟能将对方吓成这样。你这名号，果然威风啊。"

“威风又如何，先前该起作用的时候，我却没来得及赶到，致使你伤得……”行止一句话淡漠中略带隐恨，他话没说完，兀自把后半句咽了下去。沈璃那本是一句玩笑话，哪承想却勾出行止这么一句，听得她微微怔神。

她隐约觉得，自她受伤以来，行止似乎与以前不大一样，这样的话，换作先前，他怕是无论如何也不会说出口吧。

沈璃无言，院子里静默了半晌，行止问道：“我的身份……你先前便已经知道了？”

沈璃微微一怔，打哑谜一样说道：“你不是早就知道我知道了嘛。”

行止静默。

有些话双方心知肚明是一回事，挑明了说出口却又是另外一回事了。

行止如今再扮不了那个平凡的渔夫，而沈璃也不再是那个寄宿在“渔夫”家的沈璃，他们一个是天外天的行止神君，一个是魔界的碧苍王，沈璃担负的是守护魔界的责任，而行止的生死更是关系着三界安危。如今苻生的追兵已来，他们也该从那场梦里醒过来，是时候面对别的事情了。

“我现今身体已好得差不多，只是法力尚未恢复，在人界待着也不是办法，劳烦神君改日将我送回魔界吧。”

行止看也没看她，一口拒绝：“不送。”

如此干脆利落的回答听得沈璃一愣：“为何？”

行止像耍起了赖皮一般，一边往屋子里走，一边道：“不想送，王爷若有本事，自己回去吧。”

沈璃微怒：“我这个样子，你让我自己怎么回去！”她现在连魔界入口在哪儿都探察不了，更别说腾云驾雾，穿梭于两界缝隙之中了，“你这是在为难我！”

行止一笑：“王爷看出来了。”

沈璃一默，深吸一口气道：“我想回魔界，第一，如今事态纷乱，且不说魔界外忧内患，天界最近气氛也是紧张得很吧，天界和魔界正是加强联系的时候，我这副身子回去虽做不了什么实事，但与拂容君的婚约还在，此时办了婚礼，必定能稍稍消释一下两界间的嫌隙，对双方都是件好事；第二，魔界或许有恢复我法力与五感的法子，总好过在这里干耗……”

“第一，取消了。”行止倒了一杯茶，轻声道，“碧苍王与拂容君的婚约取消了。”

沈璃愣住：“什……等等！为什么！”在她拼命想逃婚的时候，他们被死死绑在一起，但当沈璃终于看开了、想通了时，这人竟告诉她，她与拂容君的婚约……取消了？

“三界皆知碧苍王沈璃战死。”行止淡淡道，“天君的孙子如何能与一个死人联姻，所以，你们的婚约取消了，这也是得了天君与魔君首肯的。”

沈璃呆了一瞬，不知为何，脱口道：“拂容君那家伙必定把嘴都笑烂了。”

行止抿了口茶，摇了摇头：“不，他先前听闻墨方死了，伤心欲绝，好似绝食了两三天，后又听闻墨方乃是叛将奸细，他更是神伤，就差哭了。”

听到墨方的名字，沈璃眉目也是一沉，可行止没有给她太多细想的时间，他又道：“第二，恢复法力与五感的法子，我知晓。且此法就在人界，我本打算待你身体再好一些再告诉你，不过你既然如此心急，我先与你说了也无妨。”

沈璃心头一喜：“当真？”她对于如今法力全失五感不畅的现状虽没抱怨过什么，但心底却是极希望能尽早恢复，毕竟碧苍王一身骄傲尽缚于术法武力之上，若没有它们，沈璃便不大像沈璃了。

“由此处向北，过了北海，绕过一片冰雪平原，自会见到一座大雪山，有一大妖居于其中，她那儿有许多稀罕物事供人买卖，东西或比天界更多。在那处或许能寻得令你恢复法力与五感的方法或药物。”

沈璃眼睛一亮：“如此，或许还可寻到一杆称手的枪！”

行止一怔，忽然轻咳了两声，好似想到了什么尴尬的事。“这倒不用寻，你那断枪，我已帮你接好了。只是我将它放置于天外天，待你伤好之后，我便带你去取。”

她的断枪被行止接好了？

乍一听这没什么奇怪，但仔细想想，此事实在奇怪，她是魔界的王爷，照理说，她死后的东西不是应该交由魔界保管吗？为何行止会得到那两截断枪，而且还重新接好，放置在天外天？她的枪常年受魔气熏陶，又杀人无数，煞气逼人，与行止那一身神气应该相冲才对。若是行止接好这枪，岂不是大损他的身体？这点暂且不论，便说他接好枪后放在天外天，魔君怎会允许？

外人不清楚，沈璃心里却是明白的，对魔君来说，公事上她是碧苍王，私底下她是魔君的弟子，亦像魔君的女儿，自己孩子的“遗物”，魔君怎会轻易给人。

沈璃眉一皱，狐疑地打量行止。行止扭过头去：“休息两日，我便带你北上。”说着他起身便要走。

“喂，等一下。”沈璃唤住他，“你身上……是不是有伤？”

行止回头笑了笑：“我能受什么伤呢？”

对啊，他是那么厉害的神明，他怎么会受伤……

漆黑的房间中，一人静静立着，宽大的衣袍几乎遮住了他的脸。“神行止……”他呢喃，“计划还未成，他出现得太早了。”他侧过头，目光阴冷地看着一旁的黑衣青年。“少主，这便是你想要的结果？”

墨方只冷冷道：“别的都行，唯独沈璃不能动。”

苻生嘲讽一笑：“少主这份仁慈，为何不在逃出魔都的时候用上！我可是清清楚楚地记得，有将军想将你从魔人手里‘救’出来，是你用剑在暗中杀了他！彼时你为何没有这般仁慈！”

墨方静静闭上眼。苻生继续道：“沈璃不能动。你明知凤火珠是计划当中不可或缺的东西，却还将她放走！少主啊少主，儿女私情，当真迷了你的眼吗？这数百年的付出，便如此葬送在那一个沈璃身上？若主上知晓，必定极为痛心。”

“我会找到替代之物。”墨方沉默了许久后，道，“你此次欲北上去那金蛇大妖处，我听闻她那儿有许多奇珍异宝，我自会去寻，若能找到替代凤火珠之物，你便不可再动沈璃。”

苻生冷笑：“若寻得到，我自是不会再动沈璃。”

墨方颔首，转身离去。

苻生静静坐了一会儿，忽有人来报：“大人，捉来的那一百个人类被喂过丹药后，其中的九十五个死了，剩余五人中，有三个完全成了魔人，还有两个陷入昏迷。”

“残次品，杀。”苻生挥了挥手，将来人打发走，他想了一会儿，又道，“把从行止手里逃出来的那几个人也拿去喂丹药。他们习过法术，若是成了，应当更为厉害。”

“是，大人，还有一事，那北海三王子似已没有什么秘密可以吐露了。”

苻生点头：“如此，便将其内丹剖取出来，与另外两物放在一起，好生保管。”

寒风呼啸，一扇巨大的石门嵌在山谷之间，将上山的路全部封死，许多人等在山门前，或闭目养神，或三五成群轻声交谈。

“冷吗？”

“你觉得呢？”沈璃扒下行止给她披上的狐裘披风，放到行止怀里，“你且自己披着吧。我觉得这温度刚好。”

沈璃这话引起了旁边人的侧目。来这大雪山做买卖的人，谁不是有点修为在身，有的是独霸一方的妖怪，有的是修仙门派的高手，他们的身体自是比寻常人强百倍，但此处寒冷与别处并不相同，风雪中似带了几分法力，扎人骨骼，便是法障也挡不住，在此处不用外物避寒，确实也太招眼了些。

行止拿着狐裘，不客气地披上，沈璃却等得有些不耐烦了，她望着前面巨大的石门问道："不是说天黑便会开门吗？这太阳早就落山不知多久了，怎么还不放人进去？"

行止看了看天色："大概是主人……忘了吧。"

他话音刚落，火光在石门上自动点亮，石门"吱呀"一响，向里打开，内里阶梯步步向上，道路两旁的火把皆是自动点亮，人们慢慢往里面拥去。长长的山道一眼望不到头，沈璃一挑眉："这雪山金蛇妖是什么来头，架子端得这么高。我先前怎么没听说过？"

行止一笑："那只能说明你不喜宝物买卖。"行止道，"此妖的岁数或许比我更大一些，你跟着她摆的这些排场走，便当是尊敬长辈吧。"

沈璃有几分诧异："比你还老？竟是上古时候的妖！"

行止听得沈璃前面那四个字，身子一僵，微微转过头来，眉头微蹙，盯了沈璃的脸半晌。沈璃被他看得毛骨悚然，也往后看了看，最后确认行止是在盯她之后，刚想问他怎么了，恍然反应过来，自己方才是不是脱口而出了什么不该说的话……

"呃……"沈璃琢磨了一会儿安慰道，"我觉着，没有哪个和你一样年纪的人能长得像你一样……"这话好像也不对……沈璃挠了挠头，让她放狠话吓杀手她在行，但安慰人这一事，她做起来确实有点力不从心。"我是说……其实你的年龄，你不说，没人看得出来。"

看见行止眉梢一动，沈璃扶额叹息："好吧，对不起，我说错话了。"果然安慰人这种事一点也不适合她啊！

"你介意吗？"

行止注视了她许久之后，才淡淡问道。

沈璃忙摆手："不介意，当然不介意。"她一抬头，却对上了行止带着浅浅笑意的双眼，微微弯起的眼睛弧度，映着跳跃火光的灵动双眸，直笑得沈璃心口一颤，心跳有几分紊乱。

行止不再纠结于这个话题："山路太长，你伤才好，不宜登山，我背你上去吧。"

他伸出手，沈璃愣了许久，猛地回过神来，她微微踉跄地往后退了一步。"这……这怎么行。这点路我自己走便是。"

像是料到她会拒绝一样，行止的手更往前递了几分。"那我牵着你。"没等沈璃摇头，行止手一抓，径直将沈璃的手纳入掌心，也没看她第二眼，一副自然极了的模样。

沈璃从初始的惊讶到怔怔，可她再想抽出手哪儿有那么容易，行止便像是在两人的手掌心施了法术一样，让她无论如何也挣脱不开。她只有看着他的背影，跟着他的脚步，一步一步向上。他的发丝随着走动轻柔地拂过她的脸颊，沈璃觉得，自己眼前这个行止约莫不是以前那个行止吧。

这样的行止，让她还怎么与他划清界限啊……

登上山顶，风雪更盛，来做交易的人们皆随着火把的指引，进了一个像宫殿一般的大殿之中，沈璃本也随着人潮走，行止的手却一紧，他指了指一旁杂草丛生的小路："我们走这边。"

行止说得准没错，沈璃依言而去，果然，踏上小路不过行了两步，眼前的景色霎时流转，这冰雪封天的大殿顶上竟然出现了一片波光潋滟的湖泊，而湖中央有一座极为秀丽的阁楼静静矗立，楼旁种着桃花柳树，景色美得有几分妖异，如同幻境。

"噗噗"两声响动，沈璃低头一看，只见一个小女孩从地里奋力爬了出来，她站起身拍了拍身上的灰，一条极小的尾巴在她背后来回晃动。"前方是主人居所，闲人不可擅入！"

"劳烦通报，行止君来访。"

小女孩望了行止许久，倏地浑身一僵，双眼泛出青光，声音一变，宛如妖媚女子："哟，这是什么风把神君给吹来了。"

沈璃被这小女孩的变化吓得一惊，起了些戒备之心，行止回头看她，安抚道："无妨，是通魂术而已。"

"哎呀，神君竟还带了个俏姑娘来，快请进快请进。"言罢，小女孩手一挥，一条泛着幽蓝光芒的通道自行止脚下延伸到湖中央。沈璃奇怪："这金蛇大妖竟是个女子？"她一边问着，一边踏上那幽蓝的光芒，只觉周围场景瞬息一转，眨眼间，他们便到了湖中央。

"为何不能是女子呢？"柔软的声音在沈璃耳畔响起，沈璃微惊，转头一看，一名身着艳丽的红色襦裙、手执团扇的妖艳女子已站在自己身后，她笑眯眯地看着沈璃，"奴家金娘子，有礼了。"

沈璃不喜与初见之人离得太近，稍稍往后退了一步，金娘子一笑，身子飘似的移到行止身边。"神君带的这姑娘戒备心好重啊。"

行止亦是一笑："在金娘子面前，自是不能放松戒备。"

"神君好坏，怎能这样说奴家，外面天冷，咱们进屋细说吧。"言罢，金娘子转身进屋。行止也欲跟随，却被沈璃拽住了手，她眉头紧皱："此人当真没有问题？"

行止琢磨了一下沈璃话中的意思，笑问："你问的是哪方面的问题？"

沈璃正经地回答："她会不会媚术之类的术法……"

行止闻言，埋下头，竟像是控制不住一般笑了起来，他拍了拍沈璃的脑袋："安心，我不会被勾走的。"这话太过亲密，听得沈璃脸颊微红，行止捉住沈璃的一缕头发捻了捻，呢喃道："倒是……若她会媚术，要担心的人，只怕会换成我了……"

小楼之中，虽没摆放火盆取暖，但屋里的温度与屋外的温度简直是两重天。行止取下狐裘，让一旁来服侍的小女孩拿走。金娘子已在桌旁坐下，桌上摆了一个棋局，她对沈璃招了招手："姑娘可愿陪奴家下一盘棋？"

"抱歉，沈璃棋技浅薄，不献丑了。"

金娘子一噘嘴："好吧好吧，那神君来。"行止一笑，却没有动，金娘子将棋子搁下。"无事不登三宝殿，说吧，神君这是有什么麻烦？连自己都解决不了，要来找奴家了。"

"金娘子可有法子将她治好？"

"俏姑娘病了？"金娘子缓步走到沈璃面前，她上下打量了沈璃一眼，"嗯，气息虚弱，前段时间必定受过重伤，但是这伤势已经恢复，应该没什么大碍才是。神君要我治什么？"

"她法力未恢复，且五感时不时便会消失。"

"哦？这倒是奇事。"金娘子笑道，"来，姑娘，伸出手让奴家把把脉。"

沈璃依言伸出手，金娘子翻起沈璃的袖子，可当她看见沈璃手腕上狰狞的伤疤之时，她微微一怔："这……竟伤成这样！"金娘子用手指轻轻碰了碰那些皱巴巴的皮肉，可刚一碰，她的手指便缩了回去。"姑娘的皮肤竟如此灼热。"

很……烫吗？

这些日子行止没少接触她，每一次都面不改色，她本以为自己的身体只是比寻常热一点，不再如之前那般灼热了，没想到还是……会灼痛人啊。那行止……

正想着，金娘子手里凝出了一团白气，她这时才敢摸了摸沈璃的手腕。"不疼不疼，娘子给你吹吹。"一副哄小孩的架势。

这女妖……是在调戏她吗？

沈璃嘴角一抽："多谢，已经不疼了。"

金娘子这才认真把起脉来，沈璃只觉一股极细的气息自手腕处钻进体内，顺着经络，慢慢走遍全身，而在做正事时，金娘子还不忘噘嘴抱怨："多年不见，神君倒是比起从前没用了许多啊，连个人也护不好。姑娘家伤成这样，也不见你心疼心疼，当真是薄情寡义。"

行止只垂头笑，一言不发。金娘子见行止不搭理她，便又对沈璃道：

“姑娘跟着他定是不开心的吧？不如你将他踹了，跟着奴家走可好？同为女人，奴家会更贴心的。”

沈璃额上默默地淌汗，她总算知道行止入门前的那句呢喃是何意了。这金蛇妖……对女人的兴趣竟比对男人的兴趣要多啊……

“啊。”金娘子忽然沉吟道，“原来是这样。”

沈璃抬眼望她，金娘子道：“姑娘是凤凰之身。依奴家看，前不久姑娘定是才涅槃过，照理说不管是身体还是灵力都会有较大长进，但姑娘身体里好似有一力量强大之物，在你涅槃之时，劫火将此物焚化，融到你的经脉之中，致使此物与你身体中本来的灵力相冲，两相抵抗，才导致你法力暂失，五感时有时无。若长久如此，情况只会愈演愈烈，姑娘或许真的就变成废人了。”

沈璃想到那日五感皆失时的惶然，心中一沉。

“为今之计，只有让你身体里的两股力量相互融合，疏通经脉，方能真正完成你的涅槃重生。”

沈璃目光一亮：“金娘子可有方法？若金娘子愿相助，沈璃日后必定报答。”

金娘子掩唇一笑：“奴家确实有方法，至于这报答嘛……姑娘便以身相许，可好？”

“这……”沈璃喉头一噎，但闻行止开口道：“天外天的星辰近些年比往常更明亮一些，若金娘子治好沈璃，行止愿摘星以报。”

金娘子眼睛一亮：“哎哟，哎哟，哎哟！天外天的星辰奴家数千年前怎么求神君神君都不肯给，这下竟如此轻易地答应了。”她眼珠子一转，笑眯了眼：“奴家之前可算是误会神君你啦，原来你竟将这姑娘看得如此重啊！神君你怎的不早些表现出来？不然奴家哪儿敢这么正大光明地捉弄这姑娘。”

沈璃侧头看行止，张了张嘴，想问：那些星辰，应该不能随便摘吧？若是摘了，你会有事吗？

行止也看向沈璃，浅笑着摇了摇头，沈璃的所有疑问，都在行止这浅笑中咽了进去。他不让她开口问话，就像是在害怕问责一样。

“成，奴家帮姑娘治病就是，只是今天天色不早了，你们上山也累了吧？先回去睡一觉，明日再说。”金娘子往回走了两步，像是想起什么似的，又转头告诉沈璃：“险些忘了说，治疗一旦开始，九日之中，日日都必须接受治疗，一日也不能少，若少了，前功尽弃不说，或许会让姑娘就此命丧黄泉哟。”

沈璃抱拳：“劳烦金娘子了。”

翌日，外面风雪交加，金娘子领着沈璃与行止穿过买卖交易的大殿，殿中空无一人，想来白日这里是不会对外开放的，殿中的稀奇珍宝陈列在案，沈璃左右张望，金娘子一笑：“这里的东西都是奴家用来卖的，不过姑娘若是看上了，奴家倒是可以少做笔买卖，将东西送给姑娘，只是姑娘若愿意将奴家亲上一亲，那便好了。”

沈璃嘴角一抽，身后的行止硬生生地将她的脑袋拧正，迫使她看着正前方。“走吧。”

金娘子一笑：“奴家不过是开个玩笑，神君这便吃醋了啊，真是小肚鸡肠呢。”

行止推着沈璃便往前走，没有理她。

穿过大殿，又走过一片雪地，方行至一处山洞前，金娘子转身道：“神君该止步啦，里面便是奴家为姑娘治伤的地方，还望神君在洞外守着，切莫放人进来。”

行止道：“我亦可进去守着。”

“这可不行。”金娘子让手上升腾出白气，她探手拉住沈璃，“待会儿奴家可是要为姑娘宽衣解带的，这女子的肌肤怎能让男子随意看见，即便你是神君，那也不行。你若非要进来，那好，你来为姑娘治伤，我在旁守护指导，只是治疗过程中必有肌肤之亲，神君，你……”她眼中妖媚之气逸出：语带三分调戏，“你行吗？”

行止脸上笑意未减：“如此，我在外面守着便是。”面对金娘子赤裸裸的挑衅，行止居然说出这么一句服软的话，着实让沈璃大为吃惊，她怔然，又听行止道：“但……还望金娘子也注意分寸，别做不必要的举动，莫要……触及底线。”

话音一落，沈璃只觉周遭寒意更盛，金娘子却是一笑，对沈璃道：“来，姑娘，咱们进去吧。”说罢将她往一个黑乎乎的洞穴里面引。全然进入洞穴之时，沈璃蓦地顿住脚步，这里面什么都看不见，声音也像是被厚厚的石壁隔绝了一般，鼻子更嗅不到任何味道，简直像是再一次陷入五感全失的状态中一样，唯有手被握在金娘子的手掌里。

“姑娘？”金娘子轻声询问。

“等一下……”沈璃努力调整情绪，再睁眼时，她褪去了所有脆弱，“走吧。”因为牵着她的人不是行止，所以……她得将自己武装为无坚不摧的碧苍王。

金娘子金色的眼眸在黑暗中一亮，她轻轻笑道：“奴家可真喜欢姑娘的脾性呢。”

继续往前走，沈璃隐约看到了一丝微光，那是一间简陋的石室，有一张石床，上面铺着干枯的稻草，在石床的后面，是一条深不见底的通道，金娘子将沈璃牵至石床边让她坐好，笑道：“此处乃是奴家素日练功打坐之地。”

沈璃奇怪地望着那条向下延伸的黑乎乎的通道。“那儿又通向何处？”

“那里？”金娘子虽还笑着，但却语带警告，“那里可不是活物该去的地方，姑娘知道奴家是妖，既然是妖便难免生出一些邪念，那处装的便是奴家数万年来剖离下来的邪念与欲望，奴家将它们封在此山深处，这么多年也不知它们在下面长成了个什么模样，但姑娘若爱惜性命，便一定要记住，千万别进去，千万别对那通道好奇。”

沈璃点头：“是我方才问得冒昧了。”

金娘子一笑："无妨无妨，这本也是我要交代你的事。那么，姑娘，请宽衣吧。"

沈璃的手放在腰带上，突然想起了什么似的，她身子一顿。"要……脱光吗？"

金娘子笑得极为开心："脱光也可，不脱光也可，奴家不介意的。"她话音刚落，一道厉芒倏地自洞外穿进来，径直扎在金娘子脚边，沈璃定睛一看，那竟是一支尖锐的冰箭。

这……应当是行止弄出来的玩意吧……

"哎呀，神君生气了呢。"金娘子咯咯笑道，"奴家险些忘了，以神君的法力，要透过法力屏障，做偷听之事，可是简单得很。罢了罢了，姑娘，你只脱上衣便可。"

行止……在偷听？不知为何，一想到这事，沈璃脱衣的动作便有些难以继续，但现在哪儿是为这种事犹豫尴尬的时候，沈璃一咬牙，扒了衣裳。待再转头时，金娘子已经不在石室之中，沈璃一愣："金娘子？"

"奴家在这儿。"

只听一阵"窸窸窣窣"的声音，一个金色的蛇头从稻草之中钻了出来，她爬上沈璃的腿，缠绕住沈璃的腰，最后将蛇头搭在沈璃肩头上。"嗯，奴家以这副身躯，倒是觉得姑娘的体温正好呢。真暖和。"

沈璃感觉微凉的蛇身在她身上蹭来蹭去，时而紧时而松，且她赤身裸体，饶是再三告诉自己要淡定，也难免有些羞赧："不知娘子如何帮我治疗？"

"说来也简单，不过就是将奴家的法力注入你的身体，帮你疏通经脉，平衡你体内的两股力量罢了。"她正事刚说完，便开口道，"哎呀，姑娘的背好多伤口，看着真让奴家心疼。不过……奴家也好生喜欢啊，真有血性，太帅气了，啊，不行不行，奴家不要那天外天的星辰了，奴家还是要你。"说着，她分叉的舌头探出，在沈璃脸颊上扫了扫。

沈璃默默推开她的脑袋，好在这人现在是蛇身，否则……她约莫会忍不住揍她吧。

“唰”的一声破空而来的声响，无数支细小的冰箭扎来，金娘子蛇尾一挥，将冰箭尽数挡去，在沈璃耳边咯咯笑道：“姑娘，你看神君多紧张你呢。”

沈璃忍耐道：“治伤。”

“奴家开个玩笑而已嘛，你们夫妇俩真是一顶一地没趣，哼。”金娘子微微一仰头，“治伤便治伤，有些痛，你且忍着。”

言罢，蛇身在沈璃身上收紧，刺痛自她颈项处传来，沈璃似能清晰地看到锋利的牙尖刺破皮肤时的画面，有一股冰凉的气息蹿进经脉里，随着气血的流动，游遍四肢，冰凉，但却有一丝通畅之感。待这气息在身体里运转了一个周天后，它忽然在沈璃腹部停了下来，渐渐地，一股灼热之气被它引了出来，沈璃现在的身体中本没有法力，但这股灼热之气出现之后，她忽觉身体里沉睡已久的法力也跟着复苏，立即与那灼热之气缠斗在一起，好似要将彼此吞噬掉。沈璃额上渗出汗水，腹部灼热得连她也感觉到了疼痛，好似又达到了那天浴火之时，要将她自己烧起来的温度……

金娘子缠绕在她腹上的蛇身忽而散发出冰凉之气，抑制了沈璃腹部的灼痛，沈璃体内的那股冰凉之气同时也起了作用，将缠斗在一起的法力与那灼热之气包裹其中，以外力迫使它们融合在一起，最后化为一股沈璃从没感受过的气息，隐匿在了沈璃身体之中。

冰凉之气继续流动，如法炮制，疏通了四五个气息交缠的地方。

约莫一个时辰后，那股气息收归金娘子的齿间。她松了口，一声喟叹，而沈璃颈上被她咬过的伤口也在慢慢愈合。金娘子道：“今日是第一天，便先疏通这几处，待姑娘明天适应之后，奴家再多疏通几处，姑娘现在可有不适？”

沈璃握紧拳头，然后又松开手掌：“没有……只是身体里好似有些奇怪。”

"怎么？"

"我说不上来，反正感觉是舒爽了一些。"

"如此便好。"金娘子身上亮光一闪，她再次化为人形立在沈璃面前，"那么，姑娘穿好衣裳，我带你出去吧。"

"娘子……我有一问。"沈璃沉吟了许久，终是开口，"有人说过，碧海苍珠……也就是我身体里那股灼热之力，它本来是属于我的东西，我是衔着它出生的。为何如今……它会与我身体中的法力相冲？"

"衔珠而生？"金娘子歪着脑袋想了想，"哦，原来姑娘便是大名鼎鼎的碧苍王啊。"

"这力量既是王爷天生便有的，那依奴家拙见，定是你后天修习的法力、术法与先天之力相冲，才导致两股力量无法融合。"

后天修习的法力、术法……她的一切都是从魔君那里学来的，而碧海苍珠也是魔君给她的，魔君既然知道碧海苍珠，便必定知道她身体里的法力与碧海苍珠的力量相冲，既然如此……为何这么多年来，魔君一直如此教她？

接下来的五天时间，沈璃日日与金娘子来到洞穴之中，每次治疗前，金娘子总是少不了对沈璃一番调戏，前两次不习惯，多来几次，沈璃便麻木了，左右金娘子还是知道分寸的，并不会做出什么过分的事来，倒是在治伤的时候金娘子常常分心与沈璃闲聊，一些上古逸闻从她嘴里说出来总是别有一番趣味。

金娘子连带着也说了许多行止以前干过的事，什么诞生之初因容貌过于美丽而被众神赠花插头，以为戏弄，什么与神清夜竞美，以一票之差输掉，愤而数百年不曾踏出房门一步，最后还得靠神清夜以美酒相哄，方能释怀。

沈璃听得好笑，原来行止之前竟是那样一个人，只是或许后来有太多事情发生，如神明一个个死去，天外天越发空寂；如挚友清夜被天罚，从而永堕轮回；如之后独力扶持天界；如淡看山河变化，唯剩他一人孤立于世间。

历经失去的那么多苦痛，要他如何不淡漠。

沈璃与金娘子的关系便在这些奇闻轶事中越发融洽，而行止每每守在洞外，听见她们聊的那些与自己有关、恨不能永不记起的事情，则扶额长叹：“蛇为妖人，当真长舌。”

是以五天之后，行止便不再以法术窃听，只在外面守着，等沈璃出来。

与沈璃熟络后，金娘子说话便更直接了，这日疗伤已毕，她忽而道：“好妹妹，姐姐想了很多天，还是觉得这事应该跟你说一下。”

沈璃看她。金娘子道：“不知你可有感觉，你身体里的那股灼热之气，似乎并非单纯的魔气或者仙气，再加上你先前与我说，这股气息的来源是碧海苍珠，容姐姐大胆一猜，你这碧海苍珠，更像是妖的内丹。”

“妖？”

金娘子点头，复而在床上枯稻草里翻了翻，拿出一颗灰扑扑的珠子，她将上面的灰擦去：“你看，这便是我的内丹。”丹上光芒骤升，沈璃只抽了抽嘴角：“你便将你的内丹如此随处扔着？若我没记错的话，妖怪没了这东西可是会死的！”

金娘子一笑：“姐姐早已不是普通的妖怪了，别用常理揣摩我。”她稍敛了眉目：“不过，我与你说，妹妹当真就没觉得自己的身世有点离奇吗？”

沈璃皱眉：“我只知自己是在战场上生下来的，我的娘亲与父亲皆是魔族军队中的人，我被魔君养大，千年来，从没有人怀疑过我的身份，我自是并不觉得自己身世离奇。”

金娘子一默：“兴许你那魔君有许多事瞒着你呢，待你伤好，不妨回去问问她，或有所得。”她探手帮沈璃系上腰带，“还有两次治疗，随后便不能再如此亲近你了，奴家真是心有不舍呢。”

沈璃一笑：“金娘子于沈璃有恩，待沈璃将琐事皆办完了，定会来找金娘子饮茶对弈，以解金娘子寂寞。”

金娘子捂嘴一笑：“如此，奴家可等着了。”她话音未落，倏地眼眸一厉，眼底起了点杀意，“哎哟，今天可是个稀奇日子，竟然有些个不要命的家伙，到奴家这里来撒野了。”

沈璃面容一肃：“可难收拾？”

“约莫是有点难收拾，不过妹妹别怕，这再难收拾，撞到我与神君的手上也是从骨头变成烂肉，容易消化极了。你且在这儿等着，待姐姐将他们应付了再进来领你出去。”

沈璃蹙眉：“我也一并去。”

金娘子将她摁下：“你如今法力恢复几成啦？今天触觉又没了吧，你的武器呢，想赤手空拳地上阵吗？”沈璃被金娘子说得呆住，最后金娘子摸了摸她的头：“乖，完全被治好之前，你便安心被人保护着吧，让我来。”

金娘子走后，洞穴之中寂静无声，沈璃看了看自己的手掌，这样无力的感觉还真是让她无法适应呢。她不习惯坐在盾牌后面、分享胜利消息，她应该……

耳中听闻一丝极轻的风声，然而在这个几乎封闭的洞穴中本是不该有风的。沈璃眉目微沉，目光倏地落在洞穴的一角，极轻的响动刺激了她已无比灵敏的听觉，她应该——

战斗！

沈璃倏地一仰头，仿佛有利刃自她头顶飞过，有几根发丝落了下来，她的目光立即追至另一个方向，在那处，一个东西忽隐忽现，沈璃微微眯起眼：“来者何人？”

照理说外面有金娘子与行止守着，应是一只蚊子也飞不进来才对，这家伙为什么……

他显出身形，那张脸，沈璃记得。便是这人，前不久才在那个海边小屋偷袭过她，她犹记得这人当时是扛着被行止冻住那人跑掉的，现在竟又找来了，只是这次……他好似与上次有些不同。

他弓着背匍匐于地，面容狰狞，龇牙咧嘴，有唾沫从他嘴角落下，若不是有一个人的身型，沈璃几乎要以为他就是个野兽了。

他为何……会变成这样？

不等沈璃想出结果，那人一声嘶吼，扑上前来，沈璃往旁边一躲，险险避开，然而此人动作极快，一伸手，锋利的指甲径直向沈璃腰间挠来，沈璃一咬牙，用身体里好不容易恢复的那点法力快速凝了个法障，将他一拦，沈璃趁机躲开，那人飞快跟上，这战斗力与几天前根本就不是同一水平！

沈璃心知不能与他硬拼，她目光左右一转，看见石床后那条黑乎乎的通道，沈璃心生一计，一边躲闪，一边又退回石床处，她故意惊呼一声，假装被身后的石床绊倒，身子往后一仰，那人果然飞身扑来，沈璃躺在床上，双脚一抬，借着他扑过来的力量，将他一蹬，径直将他蹬到那通道之中。

看那人掉了下去，沈璃长舒一口气，忽闻行止气喘吁吁地唤：“沈璃！”她扭头一看，只见行止不知什么时候已跑了进来。

“外面如何……”话音未落，沈璃只觉背后衣服一紧，她骇然转头，只见那人如从地狱中爬出来的厉鬼，拽着她的衣服，而在那人身后还有一双猩红的眼睛将她望着，沈璃还未将其看清，巨大的力量牵扯而来，沈璃手边无物，只觉失重感袭来，整个人已随着那力道，被拖进了深渊。

掉落的那一刻，她好似觉得自己被风吹凉的手，被一只温暖的手用力地握住。

有人不顾一切地陪她坠入深渊……

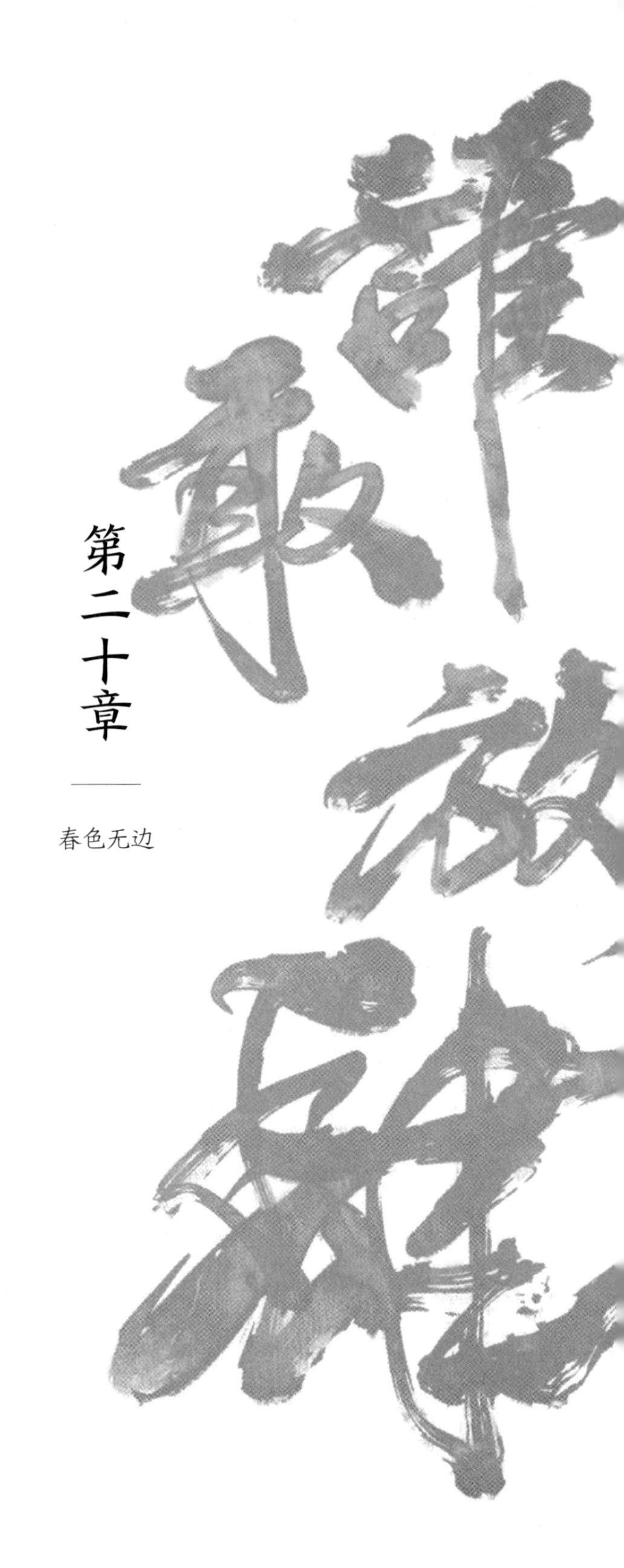

第二十章

春色无边

有冰凉的水滴落在脸上，沈璃睁开眼，只见四周一片漆黑，她这是……掉到这种环境里了，还是又陷入了五感全无的境况中？沈璃掐了掐自己的脸，有些许痛感传来，想必她现在不是五感全失，而且触觉既然已经恢复，想来她掉下来也有些时候了。也不知有没有到让金娘子疏通经脉的时间，若此事断了，那只怕糟糕了。

沈璃站起身来，触摸到坚硬的石壁，想来此处应该是那通道底部的石洞，她现在的法力尚不足以让她飞出去，难道……要手脚并用地爬上去吗？

正无奈之际，沈璃忽闻有脚步声自洞穴另一头传来，踏步轻而稳重，是行止的脚步声，她心头一喜，唤道："行止。"

那方脚步加快，没一会儿便走到了她身前。"你醒了。"他话音一顿，"今天是眼睛看不见吗？"

沈璃一愣："此处有光？"

"本是没有，不过你先前在东海挑的那块石头竟是个会发光的东西，拿着它倒勉强能视物。"

沈璃点头："方才我还在想，自己没法飞出去，这下倒好，既然你寻来了，咱们便一同出去吧。"

行止沉吟了一会儿："出去只怕没那么容易，你醒之前我已来回将此处探了几遍，此处看起来是一个普通的石洞，周遭有八条通道，但这几条通道皆是封死的，出不去，而头顶上也找不到我们掉下来的那条通道，想来此处是设有封印。"

“嗯……金娘子说过，此处是她丢掷邪念与欲望之地，她在这里设了封印。”

“原来如此。”行止道，“她倒是选了个好地方，此处本就是天地之间自成的封印之地，易进难出，再加上她的力量，确实可做封印妖物的好地方，只是……”行止带着苦笑，“这可害苦了我们。”

“这……莫不是神君也无法可破？”

“法子是有，不过，却需要时间，而你等不起。”行止声音微凝，“再有三个时辰你便该接受治疗，而短短三个时辰，我什么也做不了。”

“不如暂且等等吧。”沈璃道，“或许金娘子在外面会有救我们出去的法子。”

行止一叹：“为今之计，也只有如此了。”

石洞中一阵静默。

行止忽而问道：“冷吗？”沈璃摇头，又听行止道，“我却是有几分冷。”沈璃一默：“神君身子倒是娇弱。”言罢，她寻着行止的气息，慢慢挪了过去，挨着他站着。“金娘子说我如同火炉一般，如此站着，你可有觉得好受一些？”

“嗯，再近点。”

沈璃又挪了一小步。

行止在她身后微微勾了唇角：“再近点。”

沈璃奓毛：“我都贴着你站了！”

行止笑了出来，过近的距离让他的气息不经意地喷在沈璃耳后，激得她脸颊一麻，微微燥热起来。

沈璃垂着脑袋，沉默了一会儿，忽而问道：“金娘子说与我本身法力相冲的那股力量或许是妖力。”她声音有些闷：“她既然看得出来，神君与我好歹也算接触了些时日，你不该看不出来吧。”

行止只“嗯”了一声，也没解释是什么意思。

沈璃张了张嘴，一句“你为何不曾与我提过？”没敢问出口。罢了，沈璃心道，为什么要提呢，每个人都有自己的考量。

时间慢慢流逝，越发临近沈璃该接受治疗的时间，而石洞上面却没有半分动静。行止忽然开口道："她……素日是如何帮你治疗的？"这话一问出口，沈璃便知道了他心里的打算，因为……她也是这样想的，实在不行，不过是疏通经脉一事，行止应该也能做吧，只是……

沈璃稳住所有情绪，冷静道："咬破颈边皮肤，将法力注入，然后以法力助我疏通体内气息。"她省略了许多，因为她想，平时金娘子虽让她褪去上衣，但褪去衣裳只是为了方便金娘子用蛇身为她降温，这隔着衣服应当也是能降温的吧。

行止皱眉："便只是如此？"

沈璃肯定道："只是如此。"

行止沉默了一瞬："这次，我来帮你。"他心中有数，估摸着时辰快到了，他撩开沈璃的发丝，将她颈边的衣裳轻轻往旁边拉扯。沈璃的颈项在他眼前出现，他隐隐能看见沈璃的锁骨。思及许久之前，他还是那个凡人行云之时，那只没毛的凤凰在夜晚凉风之中，变成了一个裸身少女，当时他面不改色心不跳地给她披上了自己的青衣，如今……如今只是看见锁骨，却让他有几分失神……

真是太没出息了。

沈璃等了许久，察觉到行止的气息一直轻轻落在她的皮肤上，但他却老是不下口，她奇怪："我颈边很脏吗？"说着她伸手去揉了揉，只听行止一声叹息，拽住了她的手。"很干净。"他声音微哑，说罢便咬了上去，行止的牙齿远不如金娘子变成蛇身时的牙齿那般锋利，而沈璃的皮肉也当真皮实得紧，是以行止这一口将沈璃咬痛了，也没咬破皮。

沈璃"嗞"地倒抽一口冷气，有些生气："你是在戏弄本王吗？不能认真一点？"

行止只想扶额。

末了，他在牙上附了法力，只轻轻一下，便破开皮肉，血腥味微微在嘴里散开，他将法力送到沈璃经脉之中，随着她血液的流动慢慢流遍她的身体。

然而行止不曾料到，法力越是往里流，沈璃身体中缠斗的气息便越多，然而每当他疏通一处气息，沈璃的身体便更热一分，不过片刻时间，连一周天都未运转完毕，沈璃额上已是热汗涔涔，身体更是烫得不像话。

行止当然知道沈璃有事隐瞒自己，他掌心当即凝了寒气，从沈璃两个肩头往她身体里送，然而寒气运转的速度却怎么也跟不上她身体里热气升腾的速度。

行止心下一沉，双手滑下，探手到沈璃身前，解开了她的腰带。

沈璃此时已热得有些迷糊，任由行止将她腰带解下，褪去衣衫，然而将掌心贴上时，行止却发现，连自己衣物的阻隔也会妨碍寒气的传送，想到自己将要做什么，他身子一僵，连带着沈璃体内的气息一顿，沈璃立时难受得轻声呻吟，行止回过神来，一闭眼，凝神，将衣裳褪去。

带着凉意的手从沈璃身后探来，扣住她的肩头，赤裸的肌肤相贴，令沈璃无意识地发出一声舒服的喟叹，体内炽热的温度被稍稍压下，而此时另一只手环过她的腰，一直环到腰的另一侧，因为身后的人咬着她颈项的时候微微弓起了背，沈璃的后背贴不到他微凉的肌肤，她无意识地往后蹭了蹭。

身后的人察觉到她的意图，环住她腰的那只手轻轻一用力，将她抱起，让她的后背与自己相贴。

肌肤相触，行止心跳微不可察地乱了一瞬。

沈璃……

她的身体让人忍不住想去触碰。

凝神！

他警告自己。

行止敏锐地察觉到，在自己周身，有邪念在慢慢凝聚。这里有着金娘子数万年来积累下来的邪念与欲望，这些东西没有实体，但一旦心生恶念，恶念便极易被它们捉住，被它们放大。而他正帮沈璃治疗，其间不能中断，不能出任何差错！

他闭上眼，静下心神，专心让自己的法力在沈璃身体中运转，一个一个地疏通她体内冲突的气息。

随着行止法力的流入，沈璃周身热气逐渐被压制下去，她被高温烧得迷迷糊糊的大脑终是找回了一点理智，她眼睛看不见，但触觉却极为灵敏，她知道自己身前正环着男人两条光溜溜的胳膊，背后正贴着带着微凉体温的硬朗身体，是谁抱着她，一想便知。

沈璃承认，在这一瞬间，她大脑几乎空白。

呆怔之后，她的理智渐回，知道行止是在给自己治伤，但是……

行止的头几乎是贴着她的耳边，他正咬着她的颈项，这是一个危险的姿态，因为只要行止一用力，咬断她的经脉，便能置她于死地，可偏偏是这种危机感，还有他绵绵不断地注入她身体的法力，让她更为清晰、更为深刻地意识到这个人的存在，意识到他们现在……以一种几乎不可原谅的亲密姿势贴在一起。

她感受得到行止心脏的跳动，肩头有他呼出的气息，颈边是他微微湿润的唇，偶尔甚至能感受到他喉头下意识吞咽的弧度。一切那么清晰又真实。饶是沈璃什么也看不见，她也咬着牙，紧紧闭上了双眼，好似这样就能少感受一些，好似这样自己的心跳就会稍微平复一些，好似这样……那些陌生的冲动便会慢慢消失不见……

可是……混账！

为什么在她一片漆黑的世界里，现在全是行止的声音，他的心跳声，呼吸声，一切都让人——

把持不住。

沈璃难受地动了动身子，身后的行止呼吸一重，他抱住沈璃的手紧了紧，好似在警告她别乱动，很快就结束了……沈璃能感觉到，那些气息已经在自己身体里运转了两个周天，只需再运转一次，行止便可以松开她了。

沈璃迫使自己静下心来，这种时候，怎么还能胡思乱想，沈璃深吸一口气，胸腔扩张，行止怕勒到她似的松了松手，然而再次抱紧时，扣住沈璃肩膀的那个手臂，却不经意地碰到她胸前。

仿佛有电流流过全身，沈璃浑身一僵，呼吸几乎都停止了。

她不知身后的行止此时是何想法，沈璃只觉得，若再碰一下……她怕是就会疯了吧。而她如今哪儿来的发疯的资本？便是她要疯，也绝不能害了行止……

为什么不行？

脑子里忽然蹿出一个声音，好似是另一个自己在黑暗的角落看着她。“食色性也，若这也算是害人，那天下万物岂不都是获罪而生？”

不行，行止不一样。沈璃想反驳那个自己，他是神，身系天下，他不能动私情……

“他不能，可为什么你要陪着他压抑自己？他不能动私情是他的事，与你何干？你是沈璃，谁也没规定你不可以动私情，既然他需要克制，那你强了他不就行了，既让他不犯天道，你也可满足一己私欲……”

沈璃骇住。

“就在这个山洞里，谁也不会知道。”她听见自己的声音充满了极致的诱惑，“你从来便只会压抑自己，克制自己，什么天下苍生，什么魔界黎民，又有谁会真正对你好呢？就在这里，此生放纵这么一次，谁都不会知道的……”

“天道也怪不到行止头上，这不过是沈璃的一时……克制不住。”

声音渐消，而皮肤却越发敏感，或许是她的错觉，行止环住她的手臂莫名地有些颤动，沈璃体内气息总算运转完最后一个周天，行止的法力也回到了他自己那里。

两人应该分开的，然而，行止却没有松开她，他的牙齿离开了沈璃的皮肉，唇却没有离开，他静静地停在那里，什么也没做，但却像在亲吻她的颈项一般，暧昧得极致危险。

“行止……”她鲜少如此唤他的名字。

“嗯？”他闷声应道，从喉头发出的声音沙哑而极具磁性，轻而易举地撩动沈璃本就不安分的心弦。

她一只手抚上行止环在她腰间的手，另一只手向后伸，抱住了行止的头，沈璃轻轻用力，摁住他的脑袋，她听着自己喑哑的嗓音道：“别动，就这样……别动。”

行止依言，一动不动地以唇贴着她的颈项，感受着她经脉跳动的活力，因为她的动作，她被咬破的伤口有血珠渗出，行止目光微暗，也不知是有意还是无意，轻轻将她渗出来的血舔舐干净。

这个动作轻而易举地挑断了沈璃心中最后一根弦。她摁住行止脑袋的那只手未曾放下，整个人在他怀里转了过去，另一只手抱住他的后背，几乎是带着点急切地将自己的唇印了上去。

属于她的血腥味在两人的呼吸之间流转。

“行止。”她轻声唤着，声音略带迷茫，然而下一句话便说得坚定无比，“我要强了你。”

与她亲吻着的人好似嘴角动了动，半晌之后，才模模糊糊地应了一声：“嗯。”而在他答应之后，沈璃的唇离开了他的唇，摸索着在他颈项处狠狠一吸，行止那处便立即红了起来，“这是我强了你的印记。”她强调，“是我强了你。”

“沈璃。”行止忽而道，“有没有人与你说过，女人老是强调一句话的时候，很招人嫌。”

他一手揽过沈璃的后脑勺，将她摁到自己跟前，不客气地覆上了她的嘴唇，让她没空再说话。沈璃任由他吻着，一只手却将行止另外一只揽住她腰身的手捉住，放到自己胸前，然后迫使行止摁了下去。

“沈璃，”行止道，“真希望你别后悔。”

沈璃一笑：“该后悔的人……应该是你吧。”她一用力，将他推倒在地，近乎蛮横道：“不准拦我。”她轻轻俯下身子：“你自己也不行。”

“沈璃。”她听到他唤她名字，但却没有理他。

若真有天道，沈璃心想，那就来怪她吧。

是她纵欲，一晌贪欢，是她控制不住心中欲念，是她太想知道自己喜欢的人、爱慕的人与自己“在一起”时的感觉。

若真有天道，那便来怪她吧。

当撕裂的痛楚传来时，她几乎无法继续下去，但这样的痛楚也仅有一次，所以，再痛也要继续，即便是撕裂自己，绞碎血肉，她也要继续下去。

她心里是那么想和行止在一起，她是那么想能和他时时刻刻在一起！

沈璃听见行止藏着心疼的声音：“很疼吗……”

沈璃眼睛霎时便湿了。她趴在他的胸口上，声音喑哑颤抖：“很痛。”她说：“很痛啊，行止。”

迫使自己离开也那般痛，与他在一起也那般痛。

沈璃不知所措，不知自己该做什么表情才好。

行止轻抚着沈璃的脑袋，将她抱在怀里，轻轻拍着她的背，贴着她的耳畔道：“我会在，我会一直在，不管天崩地裂，沈璃，我会一直在你身边的。”

沈璃疼得不住地颤抖，最后竟是张嘴咬住了他的肩头。

行止将她搂住：“别哭了，沈璃。”

沈璃其实没有流泪，她心里笃定眼泪是软弱的东西，淌出来也什么都改变不了，但随着行止的话音落下，她竟有一种败给了软弱的无力感，任由自己的眼泪浸湿了他的肩头。“你站着说话不腰疼。”

行止一声轻叹，认输一般地承认：“我也疼。”

沈璃抱住他，倏尔笑开，然而笑一会儿，眼泪又淌了出来，她便抹干了泪，继续笑："我们俩……还真是不可理喻。"

"是呀，不可理喻。"原来自己……行止贴着沈璃的肌肤轻笑，原来神明……也不过如此。他已经那么用力地克制自己那些心头痒，但沈璃只是轻轻一个动作已让他的防线瞬间分崩离析，溃不成军。

"我不明白……"沈璃气息紊乱，"为……为何会有人热衷于此事。"

分明比刀割更为难受。

呼吸在两人之间流窜，他们都冷静了一会儿，行止道："若是痛极，便罢了。"

沈璃一咬牙："亏你还说得出这种话。"她手指紧紧扣住行止的背，牙齿咬住他肩头："今日便是痛死，本王也决不罢休！"

这是唯一一次啊，沈璃咬牙，第一次或许也是最后一次，彻彻底底地拥有彼此，她用尽全力把三界挡在心房之外，把身份、责任、担当尽数扔掉，像偷像抢一样换来的行止，怎么能罢休。

她要他，就算撕裂自己，就算灰飞烟灭，就算堕落到地狱的最底层，她也要他。

这一生，至少有这么一瞬，她只做沈璃，将自己全心全意地送给一个人，也将那人融进自己的身体里，她不敢奢求太多，也奢求不了太多，便是这一瞬已足矣。

身体的欢愉换来的还有心里好似被捏碎一样的疼痛，行止感觉到了沈璃的绝望，他不难猜到沈璃在想什么，也正是因为了解沈璃，看透了她的心思，所以行止便更不能控制地去心疼她……

她是这么一个爱逞强的人，他怎么就偏偏控制不住地喜欢上了这个人……

"沈璃。"他沙哑地唤着她的名字，"我会和你在一起。"他说着，像发誓一样。"一直在一起。"

"所以，你别怕了。你不用那么害怕。"

沈璃伸手摸上行止的脸，倏地一笑："真奇怪，为什么明明已经靠得这么近，抱得这么紧，而我却觉得……惶恐。"

"相信我。"行止在她颈边落下一吻，轻轻一吸，"沈璃，相信我。"

沈璃不知该怎么去相信他，她只能将心里的不安化为行动，埋下头，再次狠狠吻上行止的唇。什么都不想了，现在只做现在该做的事便好，别的，待清醒之后，再去收拾吧。

沈璃心道，反正已至如此地步，至少，得让其中一人开心一点不是？沈璃咬住他的耳朵，轻声道："我没有关系。"

行止动作倏地一顿，他有些叹息："你怎么还不懂。"他抬头咬住沈璃的下巴，语气微带谴责："我是想让你……开心啊。"

他们都是那么想让对方……开心一点。

"行止，你不知道，我现在已经足够开心了。"她说，"行止，你不知道，我多想和你在一起。"

"那便在一起。"

"可是不行……"

她的喘息声如此凌乱，但言语却那么清晰又冰凉："可是不行啊。"

沈璃疲惫不堪，闭上眼，渐渐睡熟。

待沈璃再醒过来时，视觉已恢复，她看了看四周，原来这里的石洞竟是这种模样。石洞之中，空气不会流动，那股暧昧至极的气息像是一直在两人周身盘绕一般，行止的衣服盖在两人身上，沈璃一笑，心想，这也算是同床共枕过了吧。

她坐起身来，探手去拽被行止压着的她的衣裳，但行止未动，任凭她拽了许久也未拽出来，沈璃眉头一皱，却听闭着眼的行止一声轻叹："我一直在等你开口叫我呢。"他睁开眼，双眸清澈，哪儿有初醒的模样。

沈璃一默，道："现在醒了，将衣服给我吧。"

行止仍旧没动，只道："四五个时辰后，你又该接受治疗了……"

沈璃听罢这话，一时还没反应过来，待反应过来时，脸色一僵，是啊，四五个时辰后又该接受治疗！所以呢！他还打算再被她强一次吗？他想让他们俩就这样光着身子在这地方一直坐上四五个时辰吗！而且……现在这种情况……说这样暖昧的话，他的脸皮就不会火辣辣地烧起来吗！

沈璃静了许久，使了蛮劲将衣服从行止身下拖出。"到时候治便是。"

将行止的衣服扯开，沈璃大方地当着行止的面换上了自己的衣裳。可等她转过身时，却见本裸着的行止也已穿戴完毕，他轻轻一笑："王爷以礼相待，行止自是不能唐突。"

沈璃点头，坐了下来，肃了面容："今日一事，皆是我的过错，神君无须自责。"

见她一本正经地说出这话，行止愣了一会儿，倏尔摇头笑了："第一，我没有自责；第二，你有什么过错？第三，沈璃，你是拿的什么强了我？最后……"行止忽然起身，一瞬便蹿到沈璃跟前，他单膝跪地，俯身挑起沈璃的下巴，在沈璃什么都没反应过来时，印上了她的唇，磨了片刻，才将她放开，他毫不躲闪沈璃呆怔的目光，笑中微带几分无奈："我知道自己在做什么，一直都很清醒。"

沈璃像是僵住了一般，忘了做出回应。

半晌之后，她才猛地推了行止一把，行止未动，她却自己摔坐在地上。

沈璃掩唇，望着他："你疯了。"

行止轻笑："约莫是吧，从你'葬身东海'那一刻起，我好似就不大正常了。"

"不行。"沈璃面容一肃，"不行！我可以疯，别人可以疯，甚至三界之人都可以癫狂，但是你不行。你系着他们的命，你不能疯。"

"那可怎么办？"行止道，"我已经踏入了万丈深渊，我挣扎了，也拒绝过，可最后，上天还是不曾放过我，沈璃，你说我该怎么办？”

沈璃沉默，行止看了她半晌，道：“若只是动情，未曾行逆天之事，便不会受天道反噬。沈璃，你若愿信我……”他一笑，“或说你若愿帮我，便与我在一起试试？天外天不受外界干扰，我们可以一直待在那里。”

沈璃看着他，然后摇了摇头：“我做不到。”

现在有那么多事尚未解决，苻生尚在，魔界便一直存在危险，而她的身世也逐渐变得扑朔迷离，天外天虽安稳，但安稳不是沈璃追求的生活状态，在这石洞里，她可以告诉自己只做沈璃，可以容忍自己一晌贪欢，可一旦出去，她便是碧苍王，在魔界有一个叫碧苍王府的家，她手下还有那么多的将士。

就算行止够洒脱大胆，指天发誓地说他不会因私情而违逆天道，但沈璃却放不下责任。

而且，即便退一万步，他们当真去了天外天，行止身边有了她这么一个算不准什么时候便会引他出事的女人，天界之人又如何能容忍一个随时可能会塌掉的天外天挂在他们头顶。

彼时，安静的天外天，只怕也安静不起来了吧。

行止沉默许久，随后笑道：“也罢，现在在这里谈什么都是假的，待出去之后再说吧。”

石洞里静默了很久，沈璃好似想起了什么，问道：“先前一直忘了问，与我们一同掉下来的，不是还有苻生手下的一个黑衣人吗？他呢？”

行止一怔，摇头笑道：“沈璃，饶是我活了这么久，也只遇到了你这么一个女人，在情事之后能立马翻脸谈正事，当真半点也不含糊。”他这半是好笑半是无奈的调侃让沈璃不自然地轻咳一声，行止看了她好一会儿，才收敛了笑，正了脸色：“那人在掉下来的时候便消失了。像是力气耗尽便灰飞烟灭了一般。”回想当时的情景，行止微微蹙起了眉头：“如此情景，难免让我想起一些往事。”

能够让行止蹙眉的往事，沈璃好奇地打量他。行止抬眼，目光与她相接，他眼底掩藏了一丝情绪，琢磨了一会儿，他道："当初妖兽作乱于魔界之事，你应当是知晓的吧？"

千年前妖兽作乱于魔界，神行止撕出空间罅隙，将其尽数封印于其中，是为墟天渊封印，沈璃自是知道这段往事的。她静静点头。

行止微微一勾唇："只怕你知道的并不完全。数千只妖兽出现于魔界，而它们却并非凭空而来，它们乃是上一任魔君六冥以禁术炼制而成。其时六冥不满天界无能，不甘屈居于天界之下，欲取天君之位而代之，然其调军队攻打天界的计划却遭朝中大臣极力反对，当时朝中大臣以'天界对魔界虽无功但无过，若行兵，恐损魔界黎民'之由挡了回去。

"六冥心有不甘，私下炼制妖兽数千，意欲攻上天界，却因妖兽数量过多且力量强大，他无法掌控，从而使妖兽作乱于魔界，魔界无力抵御，传书至天界，天君才来寻我。这便有了之后封印妖兽之事。"

沈璃听得愣住，她想起与蝎尾狐的那一战，一只未曾完全恢复法力的妖兽便将她和魔界将士弄得如此狼狈，可见当时数千只妖兽的力量有多强大，而这么强大的力量，竟是被一人炼制出来的，那人……未免也太可怕了些。他的可怕并非在于力量的强大，而在于他不满足的内心，不知节制地制造出妖兽，若无行止封印，他怕是会害尽苍生——包括他自己吧。

"当时初下魔界，我初次与妖兽对战，并不知它们是何物，战了三天三夜，才发现，它们极难被刀剑或法术杀死，而且即便将它们杀死，它们也只会化为一股黑气，被附近别的同伴吸食入腹，增强另一群妖兽的力量。"

若是如此……封印它们也确实是最快的方法。沈璃不由得感慨行止当时战术转得果决机灵，想到先前她还因此事而质疑行止，她便觉得有点不好意思。

"至此，你可有想到什么？"行止忽然问沈璃。沈璃一怔，这才将他刚才的话重新想了一遍，然后脸色倏地一白。“那些魔人和追来的这个黑衣人，皆有些类似妖兽？”

行止点头：“我们第一次在扬州与其相遇之时，他们或许尚未被做得完全，而这一次一次接触下来，倒是让人觉得，做出他们的人，技术见长啊。”

沈璃咬牙：“定是那苻生搞的鬼，只是他为何会知道当初炼制妖兽的方法？还有你的止水术……他们到底想干什么……”

行止摸了摸她的脑袋：“你不擅心机，且容易忘记事情，要让你将这局想个通透明白，委实是难为你了。”

沈璃不满地眯起眼，行止一笑，像逗猫一样，他道：“首先回答你第一个问题，依我看来，苻生其人未必知晓炼制妖兽的全部方法，否则，他已经可以直接炼出妖兽来，又何苦折腾出这些看起来还是个半成品的魔人。他应当是知道一部分炼制方法，而另一部分却因某些原因而无法知晓。我现在奇怪的是，他知晓的那一部分炼制方法从何得来，我记得六冥已被我斩于剑下，世上不该还有谁记得炼制之术……”

行止沉吟了一会儿，暂时抛开了这个疑惑：“而第二个问题和第三个问题或许可以并在一起回答，首先，他们所谓的‘止水术’在我看来不过是小孩玩的凝冰诀罢了。没有神力，如何操纵神术？另外，你可还记得以前我们遇见的睿王？”

“自是记得。”

“上次你也听见我与他转世的谈话了，他便是永堕轮回的神清夜，乃我挚友，止水术虽是我的法术，但我却教了一些给清夜，你可记得那一世，苻生也出现了？兴许是他设法窥探到了清夜关于神明的那些记忆，将这止水术学了个皮毛。”

沈璃恍然大悟：“现下想来，当初有许多事也许都是他暗自动了手脚，比如皇太子找上那时还是行云的你，再比如烧了你那小院，逼迫咱们投靠睿王，当初咱们在睿王府时，我感觉到了一股魔气……原来竟是他。”

行止点头：“你倒是也有将事情记得清楚的时候，你继续往下猜猜试试，他做这些事，为了达到什么目的？”

沈璃眼珠一转：“逼得我不能离开你，然后只得被魔界追兵抓回去与拂容君成亲……他想让我与拂容君成亲？”沈璃奇怪：“这于他而言有什么好处？”

“好处自然不是你与谁成了亲，而是你与那个人成亲之后，会去天界。”行止唇角一勾，“他想让你离开魔界。”

沈璃心头豁然开朗，然而却有更多不解堆在了她的前方。看着沈璃皱紧的眉头，行止笑着继续引导她：“那段时间，若是我没有延长你与拂容君的成亲日期，你必定已嫁上天界，而那时，魔界发生了什么？”

沈璃稍一回忆，倏地脸色一白，她蓦地站起身来：“墟天渊……他们的目的是墟天渊！”

彼时妖兽逃出，重伤边境守军，魔君着墨方、子夏两位将军前去支援，而后子夏拼死传信回魔都，力竭死于魔宫之前，墨方……墨方重伤，是了，墨方是他们的人，他怎么会死。

而后不久，行止来魔界重塑封印，又过了不久，人界地仙山神相继被抓走，虽不知他们抓地仙山神的具体目的，但必定与苻生造出的半成品魔人有关！那时她还在扬州城中与三个魔人交手。

“如此说来，他们得到的炼制妖兽的方法是来自墟天渊……”

沈璃揉了揉眉心，脑中有些纷乱，那么多的事情，在当时的她看起来不过是表面的模样，好似一切都是自然如此，原来在表面之下，竟还有另外一只手，在推着事情前进。

沈璃问：“这些事，你一早便知道？”

行止摇头，“也是待线索多了之后，才慢慢将事情串联起来。”

沈璃扶额：“我们得快点从此处出去，我要尽快将这些事情报告给魔君，以做应对之策。”

行止眼眸微垂："虽然我亦是极不想如此说，但魔界现在的魔君……我劝你最好还是对他存两分戒心。"

沈璃闻言一怔。行止抬头看她，目光微凉："千年前，封印妖兽之后，我亦是元气大损，无力再管魔界之事，新任魔君便是由魔族自行选出，其时，魔族之中尚有不少人不满魔界臣服于天界之事，心属六冥。然而当时魔界一片混乱，急于选一个有才且能担当重任之人为魔君，未曾多注意其个人立场偏好，我亦说不准现任魔君到底是个怎样的人，不过我可以肯定，他有事瞒你。"

沈璃眉头也未曾皱一下，径直道："魔君会欺我瞒我，但绝不会害我，我信她。"

她果断而坚定的回答听得行止微怔，旋即垂下了眼眸："你若是也能如此信我，便好了。"

他声音极小，但是沈璃怎会听不到，她扭过头："这不一样。魔君于我而言，亦师亦……父。没有她，沈璃这条命便不会留到现在，她于危难之中救我无数次，如今，就算知道她骗了我一生，她要我这条命，我给了她又何妨。"

行止静静地看着她，随即垂眸一笑，呢喃道："我怎会让你将命给他？事到如今，你让我……怎么舍得。"

石洞中一时静默，沈璃别过头岔开话题："说来，苻生他们为何会知道我们到了此地？以你的身法，定是没有人跟得上才是。"

行止摇头："若我猜得没错，他们并非来找我们的……"

沈璃一惊，来这大雪山，他们莫不是冲着那些奇珍异宝而来？不过也不对啊，若是想要那些宝贝，怎么会打到这个偏僻的石洞来？唯一的解释便是——他们的目标是金娘子。沈璃眉头一皱："我们落下来时，你留金娘子一人在上面挡住苻生，她不会有事吧？"

"倒是不用担心她，别的不说，若论逃命的本事，她自是一等一地好。"

“哎哟，奴家这才想下来救人呢，便听见神君这么说奴家，真是好生让人伤心啊。”娇媚的声音自头顶传来，沈璃抬头一望，上面的石头仍旧密封，但金娘子的声音却像是只隔了一层纸一样，清晰无比，“奴家不依，神君得与奴家道歉才是，不然，奴家就不救你们出去了，哼。”

行止琢磨了一会儿：“如此，我便不道歉了。你自回去吧。”

沈璃听得一瞪眼，金娘子在上面笑开：“哟，敢情神君这是还想和妹妹待在一起呢，这我可更不依了。”言罢，他们头顶倏地破开一个大洞，黑乎乎的通道直接通向上方，“快出来。”这三个字金娘子说得又快又急。

行止会意，身形一闪，将沈璃的腰揽住，一旋身便飞上了通道。上面正是金娘子那个石室，她站在石床边，行止与沈璃一跃出，她便双手结印，一道金光封在洞口之上，贴着石壁滑了下去，只听有无数尖细的嘶喊声在下面吵闹着，撞击着那道金光，意欲逃窜而出。待金光一阵大盛，所有的声音消失无迹。

金娘子抹了一把额上的汗，叹道：“总算把这些家伙给封住了。”她转过身来看向行止与沈璃，眼角暧昧地一挑：“你们在下面，没有被它们欺负吧？”

沈璃轻咳一声，拨开行止还揽在她腰间的手，正色道：“神君一身神气清正，这些邪念自是无法造次。”

金娘子听罢，眉眼一耷拉：“没有啊……”听语气像是失望极了。

她到底……在期待他们在下面被她的那些邪念怎么折腾……沈璃默默地抹了一把冷汗。

忽然，像是想到了什么，金娘子眼睛倏地一亮：“昨日怎么治……”她话刚开了个头，行止眉头一皱，沉声一喝：“小心！”

金娘子一转头，只听身后一声凄厉的嘶吼，刺得她耳朵生疼，不小心摔倒在地，与此同时，一团黑气猛地自通道之中冲出来，擦过金娘子身边，箭一般地往外射去。留下了一串女子尖细而猖狂的笑。

“这下可糟糕了……”金娘子捂着耳朵瘫软在石床上，沈璃忙过去扶着她，听金娘子细声呢喃，“这不可能啊，它哪儿来的力量冲破封印……”

行止静默，复而开口：“许是吸食了我们心里的那些情绪与欲望。”

金娘子抬头望他：“神君，敢问你的欲望是有多强啊？这可害苦了奴家啊！”

“既是我的过错，我帮你将其追回便是。”

行止这话音一落，金娘子忙道：“可别！奴家自己去就好，你们摸不出它的脾性，回头再中了它的招，那不是亏大发了。”

沈璃皱眉：“方才那到底是何物？我见它那尖厉的声音好似对你伤害极大。”

“奴家好歹也往里面扔了万把年的脏东西，时间久了，它自己也能凝出一个形状来，倒有些类似奴家的一个影子。因是从奴家身上分出去的东西，所以它对奴家的弱点自然是极其明了。”

“如此说来，你岂不是更不能与它对阵。”沈璃道，“这祸是我闯出来的，当由我去收拾。”

金娘子转过头，一双柔弱的手轻轻摸在沈璃脸上，眼波似水：“好妹妹，你怎生这般有担当，真是太让奴家心动了。”言罢，她一噘嘴便往沈璃脸上凑，可还未贴上，行止便一把将沈璃拽开，让金娘子扑了个空。行止皮笑肉不笑地一勾唇：“好好说话。”

金娘子撇了撇嘴：“它了解我，我自是更了解它，不过是我扔下的东西，还真当奴家收拾不了它吗！”她理了理衣衫，自石床上下来：“不过那东西能蛊惑人心，将人心中欲念与邪念勾出来，然后不停吸食，以壮大自身。在下面的时候，你们定是中招了吧？”她目光在两人身上暧昧地一打量，沈璃被她看得脸颊一红，扭过头，不自然地咳了一声，金娘子笑得眼睛都眯了起来：“就这点来说，它倒是极为麻烦的一物，为防它害人，奴家得尽快将它捉回来。”她摆了摆手：“奴家这便告辞啦，二位保重啊。”言罢，她身形一闪，走得极为果断。

沈璃一声“等等”尚未唤出口，便见室内又是一道金光，金娘子再次出现在两人面前。“啊，方才忘了说，最后一次治疗的时间快到了，想来上一次的治疗神君已经代劳了，那么这次便再劳烦神君一次吧。治完之后，妹妹或许会昏睡一阵子，待醒来之后五感定能恢复，至于法力则要依靠每日打坐吐息，慢慢找回。”她冲沈璃眨了眨眼，“最后一次哟，可别浪费。”

一阵风声，沈璃望着金娘子消失的地方抽了抽嘴角，这家伙的邪念和欲望哪儿像是被剥离出去的样子啊！这分明是在赤裸裸地暗示啊！而且说完这么一句暧昧的话就跑，不觉得自己很没有责任感吗！

沈璃转头看行止，本欲谈谈正经事，但见行止捏着下巴，一脸正经地打量着她，点头道：“说来，确实要开始最后一次治疗了……又是石头上吗……”

“你就不能正经点！”沈璃耳根红着，沉声呵斥，但却喝得行止一笑：“王爷，敢问行止哪句话不正经了？”

沈璃一默。正尴尬之时，洞内又是金光闪过。沈璃犹如惊弓之鸟：“还想作甚！”

金娘子一脸受伤：“哎，不过是转眼的工夫……妹妹……妹妹怎生如此对奴家？”她一双眼波光潋滟，看得沈璃扶额。“不……一时没控制住，对不住……”

“奴家是想说，我去捉这邪念或许会费些工夫，先前来找麻烦的那个叫什么苻生的人啊，你们回头还得去找他算账是吧？若找到了他，记得先将奴家的内丹拿回来啊。”金娘子说得委屈，“那日你们掉下去，奴家心里着急，一时不察，被他的人找到内丹，然后抢了去，虽说这内丹奴家要不要都没关系，但凭什么白白给了他……”

“苻生拿了你的内丹？”沈璃正色，打断她的嘀咕，沉声道，“他为何要你的内丹？”

“奴家也不知。”金娘子摆了摆手，“这次当真不说了，再晚可就让那东西跑远了。”

金娘子又风风火火地走了。沈璃在石室下听了行止与她说过的事后，知道苻生此人做事必定是极具目的性的，他此时拿走金娘子的内丹又与之前哪些事情有联系，又牵扯到他的哪些企图……

见沈璃眉头越皱越紧，行止伸出食指在她眉心揉了揉，道：“这些现在想不出来便罢了，回头自会知晓，当务之急，是将你的身体治好。”

沈璃身体微微一僵，但治疗却是不能不做的，她点了点头，然后背过身，慢慢褪了衣裳，饶是方才行止已经在下面将她看了个完全，但换了个地方，重新毫无阻隔地相对，还是让她有些羞耻感，褪去衣裳后，她没敢转身，只轻轻遮掩着胸部，侧头用余光看着后面：“可以开始了……”

行止此时却尚未褪去衣裳，只看着她的后背，目光微凉。

他指尖在她背后的皮肤上滑过，让沈璃不由自主地微微战栗，她蹙眉，奇怪地回头：“怎么了？”

行止摇了摇头，收回手指，似无奈一笑，道：“心疼了。”

这三个字听得沈璃微怔，她嘴角动了动，最后却只将头转过去，没有说话。

带着微微寒意的手臂从后面将她拥入一个凉凉的怀抱，像昨日那般肌肤相贴，如此清晰地感受着对方的心跳。“沈璃。”他在她背后轻声道，“我欲护你一生安乐无虞，你可愿意？”

沈璃沉默了许久，只一声叹息：“先治伤吧。”她道：“只是这次，千万别再……我有点原谅不了自己。”

行止在她耳边轻笑：“你当我是什么急色之徒吗？你心有不愿，我自是不会强迫。而且……昨日你那般逞强，现在身体应该还不舒服吧。”他这话说得沈璃脸颊一红，想到昨日那些细节，沈璃只觉脸都要烧起来了，行止的唇齿落在她颈边，咬下去之前，他道：“身体的欢愉是其次，我想要的，是让你满足。”

明知不应该的，可在行止的唇触碰她皮肤的那一瞬，沈璃心里仍旧起了异样的感觉，她知道，自己心里有多喜欢他，身体就有多渴望他。

治疗完毕，当帮助沈璃疏通经脉的法力回到行止口中时，沈璃只觉浑身霎时被抽干了力气，眼皮重得几乎抬不起来。睡过去之前，沈璃挣扎道："我该……回魔界……"

行止抱住她瘫软下来的身体，静静立了一会儿，然后才将她放到石床上，为她穿好了衣服，他摸了摸沈璃的脑袋："我知道你会生气，但如今我无论如何也不会放你回魔界了。"

沈璃再醒来的时候，只觉身边皆是和风祥云，她揉了揉眼睛，视觉在；耳边有风声刮过，听觉在；感觉到自己被人抱着，触觉在；鼻子闻到身边人身上淡淡的香味，嗅觉在；她一舔自己的掌心，出过一点薄汗，微有咸味，味觉也在！

"行止。"她有些亢奋地喊了一声，身边的人轻声应了，她畅快一笑，"五感总算是全部恢复了！"

行止被她的情绪感染，也微微眯起了眼，又听沈璃道："余下时间只待静心打坐，不日便可恢复法力，其时，我必当替魔界与自己讨回苻生那笔账！"她话音一落，行止唇边的弧度微敛，他道："我替你讨回可好？"

沈璃一愣，肃容摇头："他设计害了魔界，又折磨于我，这个仇我要亲自来报。"

行止争辩道："他意在墟天渊，乃是我留下的祸端，自当是由我去料理。"

沈璃奇怪："这并不冲突啊，我们对付的是同一个敌人，我要自己报仇，并非不让别人帮忙，你若想去，咱们联手便是。"

行止沉默了一瞬："我是说，只有我去。"

沈璃这才觉得不对，眉头一皱，问道："这是哪儿？"

“快到南天门了。”

沈璃皱眉：“你带我来天界作甚！我不是说回魔界吗？”说着她挣扎着要离开行止的怀抱，却倏尔觉得浑身一僵，霎时动弹不得。她大怒：“你到底要干什么！”

“天外天有自成的结界，外人皆不得入，里面是最安全的地方，你在那里等着，待我料理完所有事情，自会放你出来。”

沈璃声色微厉：“你要软禁我？”

行止看了她一眼：“如果你非要这么说，那我便是软禁你。”

“荒谬！”沈璃呵斥，“你当真疯了不成！”

行止不再说话，待入了南天门，守门侍卫见了他，正欲跪下行礼，但见他怀中抱着的人，一时竟看得呆住，两名侍卫忙上前拦道：“神君！神君！这是……碧苍王？”

沈璃正在气头上，喝道：“自是本王，还不让你们神君清醒清醒，将本王放下！”可话音未落，她只觉喉头一紧，行止竟是连嘴也不让她张了！

真是好极了！

一名侍卫像看呆了一般呢喃自语：“竟还真的找到了……”

另外一名侍卫狠瞪了他一眼，他会意，立马转身往天君住处跑去。留下的那名侍卫则拖住行止道：“神君，神君，这可是要回天外天？”

行止不理他，迈步便走，侍卫忙唤道：“神君留步啊！前些日子因你在下界……呃……在东海处行事……稍激，天外天有所松动，神君此时回去怕是不好……”

天外天松动？

天外天松动必定是因为这唯一的神遭到了天道制裁……沈璃惊愕地盯着行止，这家伙到底在东海做了些什么！原来他之前身上带伤，竟是天道力量的反噬吗……

行止前行的脚步一顿：“可有伤人？”

“只是零星落了点瓦石下来，并未伤人，但是天外天瓦石甚重，将九重天砸出了一些小漏洞，瓦石落到下界，幸而只砸到深山之中，未伤及下界黎民。”

便是几块瓦石就如此让人心惊胆战……

沈璃暗自咬牙，面对这样的现实，如果她还耽于自我感情，那未免也太自私了一些。

“嗯，事后我自会找天君商量，你自去守着南天门吧。”行止淡淡落下这话，转身欲走，那侍卫还要开口阻拦，便听见天边传来一声高喝。

“神君留步！神君留步啊！”天君竟未乘御辇，独自乘云到了南天门，他下了云，看见行止正抱着沈璃，天君重重地叹了一口气：“神君啊！你这是……你这是……何必！”

行止静默，在天君身后，天界数百名文官武将踏云而来，一时在南天门前挤满了人，大家皆是看看沈璃又看看行止，再互相望几眼，每人口中皆在叹息，心里也不知绕了多少个弯子，将沈璃里里外外骂了个遍。

他们的神情沈璃怎会看不懂，若易地而处，她只怕也得在心里唾弃这二人一遭吧，儿女私情焉能与大道苍生相比？而在这种环境之下，行止却是一笑，他悄悄对沈璃道：“沈璃，你是不是从没想过，自己也有扮‘祸国妖姬’这种角色的一天？”

沈璃一怔，只想叹息，这种情况还开得出玩笑，行止神君……倒也是个人才。

众人见行止如此，皆是面容一肃，场内安静下来。其中以天君为首，他双手置于身前，抱拳躬身一拜：“望神君怜三界疾苦，苍生不易。”

天君身后百官皆俯首跪下，伏地叩首，其声如浪，涌入行止耳朵。

“望神君怜三界疾苦，苍生不易！”

在这种情势下，沈璃动不了，说不出话，而行止也静默无言。

沈璃看着跪下的仙人与躬身的天君，这些仙人素日里谁不是一个赛一个地骄傲，如今他们肯如此恳求行止，想来，他们也是拿不出办法了吧。

沈璃不知行止看到这一幕是怎样的心情，她在心里苦苦笑开：

“行止，你看，若是在一起，没人愿意祝福我们的。

“就算这样……你还要去冒险吗？”

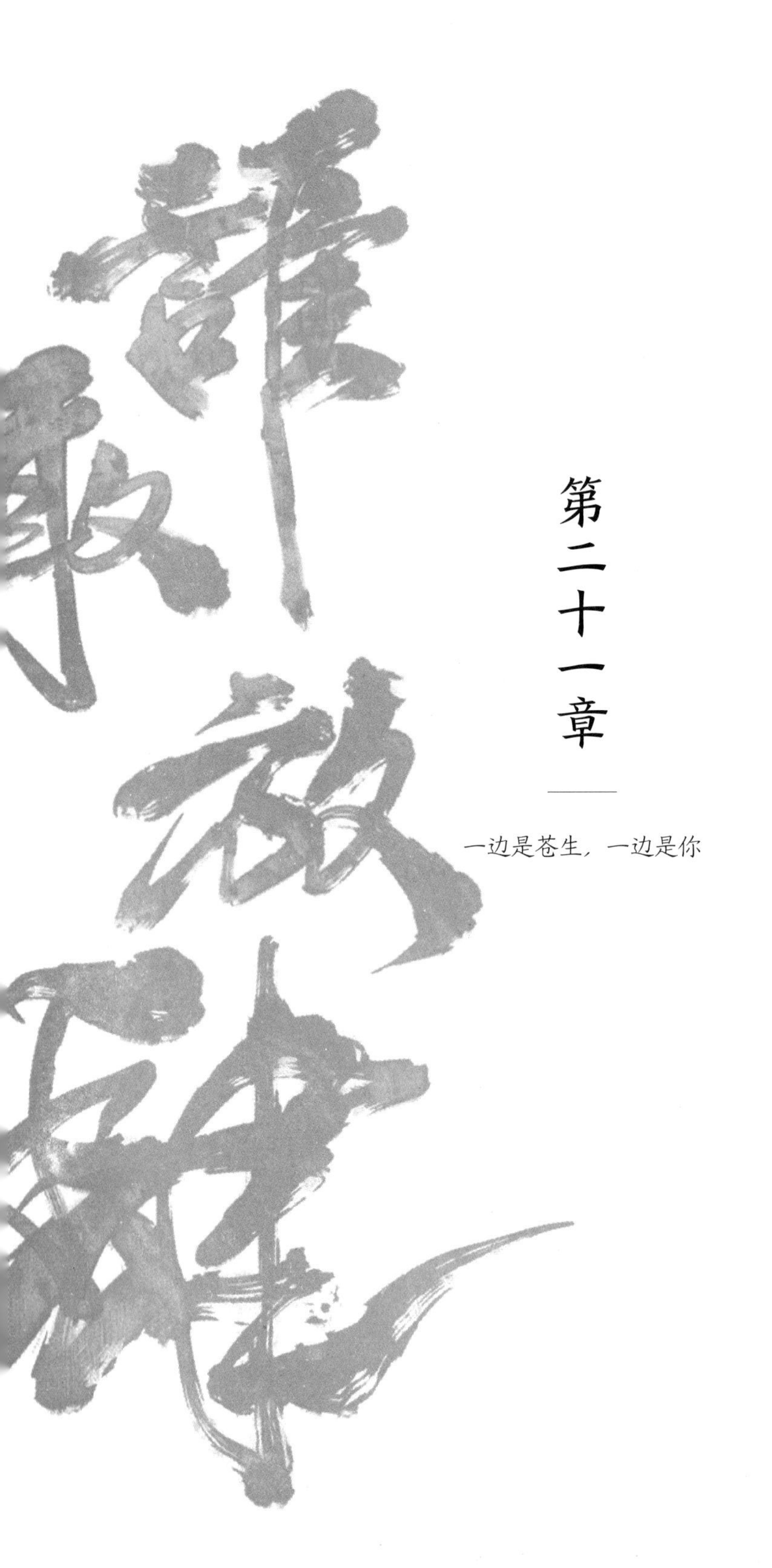

第二十一章

一边是苍生，一边是你

南天门前，气氛凝重，仙人们齐刷刷地跪了一片，行止也未开口让他们起来，只抱着沈璃，笑道："三界疾苦我知，苍生不易我也知，只是行止如今还未危害苍生吧？众仙家以未曾发生的事论行止的罪，实在不该。"

有心急的仙人抬起头来，微怒道："神君前些日子在下界以止水术冰封东海十天十夜，违逆天道，以致神体受损，天外天已有所松动，瓦石覆下，穿九重天而过，落入下界，虽未伤人，却已至万顷山林被毁，连绵大火在人界山中烧了整整半月！连累数百山神土地连日施法灭火，敢问神君，此事可否论罪？"

冰封东海十天十夜！

沈璃愕然，他当时真失去理智了不成！

行止沉默了半晌："此事是我的过错，理当论罪。"

那仙人又道："想来神君也并非时时能控制住自己情绪，这一次便罢，好歹是让人劝住了。下一次会不会又出甚意外？神君今日寻回碧苍王，且将她带走，岂非悬一祸患于三界之顶？敢问神君，让苍生如何能安！"

行止目光微凉，天君见状，忙道："神君休怪，勿元仙君素日便是这火爆脾性，说话太冲，望神君息怒，只是神君……勿元仙君说得并非没有道理，还望神君三思。"天君一开口，跪着的百官便也跟着道："望神君三思。"

沈璃便与他们一同望着行止，行止望着众人，声色薄凉："此事，乃是我的过错，与碧苍王沈璃无半分干系。还望众仙家不要胡乱指摘。再者，行止有错，但只错在妄动神力，违逆天道，并非错在心属一人。”

此话一出，众仙人立时有些不满，听行止这话，他这是打算一意孤行啊！

果然，行止像是没听到他们的议论一般，双眸盯着天君，语气果决，道：“此次天外天松动，稍后我自有补救之法。人界山林烧毁，我也愿承担责任。唯独沈璃之事，我一步也不会退。”他垂下眼眸，看着怀里愣愣看着他的沈璃，一瞬间，有些不由自主地让眼神柔和了下来：“且不论你们，便是她，也不能说不。”

简直霸道得蛮不讲理。

“若有不服者，”行止抬头，勾唇一笑，“借碧苍王的话‘尽管来战’。”

嘈杂尽消，一片寂静。

行止便在众人惊愕的目光中，将沈璃带回天外天，无人敢拦。

天外天上，星辰漫天，神明居住的地方沉淀着万年不破的肃然与安宁。

行止把沈璃放在他自己的床上，给她盖好被子之后，望着她，难得苦笑抱怨：“动不动就拿三界苍生来逼我，这三界，有何人受桎梏如我？”

沈璃直勾勾地盯着他，行止会意，指尖稍稍一动，沈璃喉头一松，她开口道：“你立于最高处，受苍生爱戴，得天之大力，这三界，又有何人受供奉如你？”沈璃道：“哪儿有便宜都让你占了的事。”

行止一笑：“我不过是抱怨一两句罢了，这也能讨得你教训。”

沈璃看了他一会儿，正色道：“在魔界，我未曾干过粗活重活，吃的东西，穿的衣裳，皆是人家供上来的，我没有别的本事，唯独武力强大，能让人家继续供着我的理由好似只有靠出卖武力，护得魔界平安。让干了粗活重活、心甘情愿供着我的人，安生地活下去。”沈璃一顿：“行止神君，或许每个人都有生而该做的事。这是责任，也是使命。”

行止看着她，唇边的弧度没有落下，但眼中的光彩却微微暗淡下来：“你以为我不知晓这个道理吗？”

沈璃闭了闭眼，清理了眼底所有情绪。“我喜欢你，比任何人都渴望与你在一起，想在那个小院里，坐在葡萄藤下，晒晒太阳，吹吹小风。我那么喜欢你，恨不能把自己的血肉全都融到你的身体里去，恨不能每时每刻都与你呼吸交缠。行止，你不知道，沈璃有时候，因为喜欢你，都快变成连自己也不认识的模样了。”她每一个字说得都那么认真，但每一个字都被她刻意剥离了情绪，“我知道我此生再不可能如此深爱一人，但是，我也更明白，感情并不是我活着的全部理由。”

“我还有非做不可的事，而你也有非承担不可的责任。所以，行止……”

“不是全部理由，那至少是你活下去的其中一个理由。”行止打断沈璃的话，他笑着，摸了摸沈璃的头，“对我来说这便够了。”

他起身欲离开，并不想再听沈璃说下去，只强势道：“我的责任我自会承担，而你非做不可的事，我也会替你完成。所以你不用再琢磨使命、责任这些东西，你想要的，我都会帮你……”

“你若什么都帮我做了，那还要我来干吗？”沈璃微微动怒，行止的声音也凉了下来：“你法力未恢复，什么事情也做不了，先乖乖躺在这里，养好身体后，再谈其他。”

“我法力恢复后，你便将我的银枪还我，然后放我回魔界？”

行止一默：“不放。”

“岂有此理！”沈璃向来吃软不吃硬，见行止如此专横，顿时大怒，“我做什么为何要你来同意？我……”

“我会心疼。”行止几乎是脱口而出，“我会心疼你。”沈璃一怔，奓开的毛立时像蔫了一般被顺了下来，行止接着道，“所以，那些危险的事情都交由我，你只需好好待着，我便自能安好。”

沈璃神色一软，微带叹息：“行止……沈璃并非供人把玩的雀鸟，不能囚在牢笼里。”

行止离开的脚步一顿，回头望了沈璃一眼：“你如此一说……”他手一挥，数十根冰柱自地中冒出，直插屋顶，将他睡榻之处硬生生变成了一个囚笼，把沈璃囚在其中。看着沈璃愕然的目光，行止一笑：“左右你也是生气，这样却能让我安心一些。”他指尖一动，让沈璃行动恢复至自如状态。“饭食我待会儿会送来。”

当……当真是个混账东西！

行止打算一意孤行到底。沈璃被囚了三天，行止每日都送来饭食，但其余时间他都很忙，连话也不能陪沈璃多说两句，转身便要走。沈璃知道，他要将整个天外天走一遍，看看还有没有哪里松动了。没有行止在旁，沈璃倒也能安心打坐，调整体内气息。天外天灵气充裕，给了沈璃意外的帮助，不过三天时间，沈璃身体里的法力便恢复了六七成。而且这六七成的法力比以前精纯不少，这真是让沈璃欣喜不已，但一直被关在囚笼之中，让她空有一身武力却无处施展。

想到她走时魔界的状况，沈璃有些叹息，也不知他们现在怎么样了，魔君的伤有没有好，都城坏掉的防备壁垒是否修好，嘘嘘和肉丫在王府里生活得如何，先前知道她的‘死讯’，他们必定极为伤心，如今她被行止找到的消息应当传回了魔界，他们应该心下稍安，但是见不到面，始终还是心有牵挂吧……

沈璃又是一叹，却听一串略带急促的脚步声向这边而来。

不是行止，行止从来都是不疾不徐的。沈璃眉头一皱，登时戒备起来。

女子绰约的身姿闯入沈璃眼眸，幽兰走得气喘吁吁，终于看见沈璃，她脸上一喜，但见沈璃身前立着的数十根冰柱，脸色又是一白。沈璃皱眉看她：“你来作甚？”

幽兰两步上前，对沈璃道：“天君欲对你动手，我来带你走。”

沈璃奇怪，皱眉不动，幽兰见状，又上前两步道："昨日我不经意路过天君寝殿，但闻他与几名武将相商，今日设计引行止神君去下界，而后让人上天外天喂你吃腹心丹。"

"那是什么东西？"

"此药能令服食者魂飞魄散，但身体却完好无损，且它在服食者死后会占有这具身体，并按照主人的指示来行动，天君想将你杀掉，然后把你的身体变成傀儡。"幽兰急道，"算算时间，他们应当快来了，但……这……这冰柱该如何是好！"

沈璃一默："我有两个疑问：其一，天外天不是有结界吗，你们如何上得来？其二，我为何要信你？"

"天界帝王一脉有上古时期神明所许的通往天外天的资格。那几位将军皆是我叔父，与我一样有帝王血，所以能上得了天外天。至于为何信我……"幽兰一顿，倏尔垂了眉目，"王爷，若你看过神君那副样子，便不会再有如果你不在，他就会好起来的想法了。我只是……不想让情况变得更糟。"

沈璃一默："劝住他的人，是你？"

"是神君，心死了。"幽兰目光微哀，她轻轻叹息着闭上眼，似是不忍，"可饶是如此，他还是一日不停地在东海之上徘徊，这世上最接近天的人，就像被上天抛弃了一样，只会无望地寻找和等待，不过幸好……"她抬眸看了沈璃一眼，眼底还藏了几分别样情绪："幸好王爷安康。"

沈璃垂眸，回忆起那日海边相遇，行止的心情，怕是她这一生都难以体会吧……

沈璃深呼吸，道："你退后。"

幽兰依言退后，只见沈璃探手握在其中一根冰柱之上，她掌心霎时蹿出一簇烈焰，绕着冰柱而上，但烈焰之后，冰柱只是稍稍落了几滴水珠下来，并未融化。沈璃皱眉。幽兰道："这必定是神君以止水术凝出来的，寻常火焰根本奈何不了它。”

沈璃一哼：“谁道我这是寻常火焰？”言罢，她握住冰柱，掌心通红，沉声一喝，被她握住的那根冰柱霎时冒出白烟，不消片刻，冰柱一软，沈璃一脚将它踹断，从缝隙里挤了出来。

看着掌心冒出的寒气，沈璃甩了甩手：“这止水术确实有些本事。”便是行止随手一挥而就的东西就如此难化，若他较了真，那她岂不是得一直被关得死死的。

“走吧。”沈璃道，“天界的将军寻来都还是小事，若行止回来那便是当真跑不了了。”

与幽兰一同走到天外天的大殿之中，沈璃鼻尖倏地一动，她蓦地侧头一看，登时脚步一顿。

在前方急急带路的幽兰听见沈璃脚步声渐远，她回头一看，见沈璃失神地往大殿中间而去，而在那大殿正中立着一杆红缨银枪。幽兰见过，那是碧苍王的枪，只是……这银枪不是断了吗？当初虽听说行止神君强行将它自魔君手里要了过来，但怎么也没想到，他竟然将这枪修好了，还放在天外天的大殿之中。

银枪与沈璃似有所感应，沈璃每靠近一步，银枪便发出激动的嗡鸣声，犹如在恭迎自己的主人。

沈璃在银枪跟前立了一会儿，细细打量了它许久，倏尔一笑，探手便将枪身握住，如同数万次与它共赴战场时一般，银枪在沈璃手中一转，杀气搅动天外天肃静的空气，枪尾“锵”的一声，插入坚硬的石板之中，卷起的气流激荡而出，撩起殿外幽兰的发丝与衣袍。

幽兰愣愣地看着大殿中的女子，见她唇角含笑，手中银枪嗡鸣，泛着寒光的利刃似乎在吟诵欢歌，沈璃那一身将王之气刺目得让人不敢逼视，但也正因如此，才过分美丽。

这才是沈璃。

握着枪，挺直背脊，仿佛天塌了也能靠一己之力顶起来的碧苍王。

“好伙计，我还以为再无法与你并肩而战。”沈璃轻抚枪上红缨，然而感慨之色不过在她脸上出现了一瞬，她便敛了神情，轻声呢喃道，“日后还是得劳烦你啦。”言罢，银枪在她手中化为一道光芒，转而消失不见，她迈步走向幽兰，步伐愈发坚定。“我们赶快离开。我不想与你们天界的人在这种时候动手。”

幽兰一愣，连忙带路。走了一段距离，幽兰倏地感觉到空气中有几丝气息躁动，看样子是天界的人找来了。幽兰回头望沈璃，有几分怔然，是她的错觉吗？为何她觉得，如今的沈璃好似比先前更敏锐了。

沈璃与幽兰屏息躲过那几名将军，自出口踏入天界。

自上次遭袭之后，天界的戒备确实森严了不少，但那些警卫还不足以察觉到幽兰与沈璃的行踪，她们直奔南天门而去，途经一处，沈璃往下一望，不经意地问道：“在那之后，天界可是又曾遇袭？”

幽兰顺着她的目光往下一看，霎时明了：“王爷不记得了吗？那是拂容君的住所啊。”

沈璃微怔：“拂容君？他的住所如今为何变成了这样？”只见院子不知被什么东西炸过，地上有一个大坑，院里的红花绿草颜色尽褪，像是被什么东西洗过一般，一片苍白。

幽兰一声恨铁不成钢的叹息，但言语中又有几分感慨：“我那不成器的弟弟自小便没做出什么值得家人为之骄傲的事情，这一次，在知道魔界的墨方将军……啊，现在已不能叫将军了吧。知道那个人死后，我这弟弟有几分发了狂似的，体内法力爆发，把自己的院子炸了。他法力极纯，竟是将花草也尽数净化。此后他晕了许久，后来又知道了墨方叛变的消息，整个人沉默了不少，也不让人打理院子，所以才有了你看到的这副模样。”

没想到这拂容君还是真心仰慕墨方的，沈璃有几分惊叹，而且……他的法力竟当真如此纯净，原来此前他夸耀他自己这方面的能力倒还真不是吹牛。

沈璃也没有多想其他，只看了下方一眼，便继续向前。

行至南天门，幽兰先与沈璃藏在暗处，幽兰道："神君现在应当在人界忙碌，你若要去找他，往东走。"

沈璃摇头："我要回魔界。"

幽兰一怔，随即明了沈璃的意思，她目光微暗："我虽不清楚你有什么坚持，但若可以，幽兰希望你们可以一起去面对。"沈璃静默，幽兰对沈璃行了个礼，说："我先去将守门侍卫引开，待寻得机会，王爷请自行离开。"

言罢，幽兰迈步出去，不知对那两名守门侍卫说了什么，引着他们往一个方向走去，不过眨眼的时间，沈璃身影如风，转瞬便跃下南天门，消失在层层云海之中。

幽兰知她离开，并未回头，目光放得又高又远："刚才那边的动静好像是我看错了。"她道："像一场梦。"

穿过两界缝隙，再踏到魔界之中，沈璃只呼吸了一口魔界的空气便立时皱起了眉头。

自行止重塑封印之后，墟天渊不再溢出瘴气，魔界空气日益干净。而今日一嗅，这空气竟比之前更恶浊。想来也是，行止先前遭天道反噬，由他神力所系的天外天落下瓦石，因他而成的墟天渊自然也不能幸免，想必是封印有所松动吧。

魔君此时必定极为头痛吧……

沈璃转而想起先前行止与她提到的苻生的目的，那家伙在打墟天渊的主意，苻生若是想破开封印放出妖兽，此时岂不是大好时机！

如此一想，沈璃登时觉得片刻也耽搁不得了，驾云径直向魔宫而去，然而未入魔宫，沈璃又顿住了脚步。

沈璃脑海里不由自主地浮现行止先前的话语，魔君给她的碧海苍珠，魔君又教她与碧海苍珠相冲的能力，魔君还有事瞒着她……饶是沈璃心性再如何坚定，在面对这一系列事情之时，也难免产生了几分怀疑。

但在她游移不定之时，忽闻一声惊呼："王爷！"

魔界将士的警戒性总是比天界将士要高上许多，岂有任人立在头上这么久而不察的道理。沈璃往下一看，是军中的义晟将军，因着他的一声呼唤，所有人皆抬起头来，看见沈璃，人声一时嘈杂开来，最后，不知是谁带的头，单膝跪下，俯首叩拜，行的是魔界军中最高礼仪，众将士皆随着他放下兵器屈膝于地，俯首一拜，大声道："恭迎王爷凯旋！""恭迎碧苍王凯旋！"

沈璃并未胜利，在先前与苻生的那一场战斗中，她可以说是惨败，折了大将，搭上自己，若无叛变的墨方相救，若不曾遇见徘徊在东海的行止，她怕是早就死了。但她却理解将士口中的"凯旋"，这个"凯旋"不是给她的，而是将士送给魔界大军的。不知对多少将士来说，这个从不打败仗的王，是他们心中的信仰，沈璃的存在，于他们，便像是一面永不倒下的旗帜。沈璃若死，伤的不仅是魔界的实力，更是军队的士气。

而今她归来，对魔界来说便是大喜，她平安，便是胜利。

沈璃落在地面，一拍义晟的肩，让他起来。

大家许了她太多期望，而这些期望，便是她如今无论如何也要守在这魔界疆土的理由。

"都起来！"她扬声一喝，"速归各位，各司其职，不得有误！"

众人领命，沉声答"诺"。声入云霄，沈璃不由得唇角一勾，又回身扶起仍旧跪着的义晟，打量了他两眼："军中可好？"义晟被沈璃扶了起来，素日没什么表情的脸此时却有些激动难耐："回王爷，一切安好，只是……大家都在等着你回来。"

沈璃点头，笑道："我回来了。"

义晟却又"扑通"一声跪了下去。沈璃微怔："怎么？"义晟沉默了许久，才道："此前，王爷战亡之消息传来，是属下将其报上天界，彼时行止神君恰好在天君身旁，我当着他的面，赌咒发誓说王爷已战死，若不属实，甘受雷劈……"他似是身子一软，坐在地上，仰头望着沈璃，哭笑不得地道："王爷，你这可是害苦了属下啊！"

沈璃闻言，倏尔大笑："若行止当真要降雷劈你，我替你受了！"

义晟忙道："王爷才回来，需要静养，这雷，我来挨，我来挨便是！若得几记天雷便能换回我魔界碧苍王，义晟甘愿日日皆受雷劈！"

沈璃敛了脸上的笑，只沉沉地拍了拍他肩膀："去忙自己的事吧，我有要事与魔君相商，先走了。"

不管魔君有什么打算，不管魔君这些年到底是怀着怎样的心思对待她，沈璃心想，能治理出让大家都心甘情愿为魔界付出的军队，这样的人，怎会对魔界不利，又怎会坑害自己亲手养大的孩子？

敲响魔君寝殿的大门，沈璃在外面静静等了一会儿，忽闻里面咳嗽了两声，魔君才道："何事？"

这个声音她从小听到大，但今日，这声音里却多出了许多掩饰不住的疲惫和沙哑，这一瞬，什么阴谋猜忌都被沈璃抛在了一边，她推门进去，熟悉地绕过屏风，走到里榻旁，看见卧在榻上的魔君，沈璃神色一痛："怎么伤还没好？"

看见沈璃，魔君立时从榻上坐起身来，因太过激动，又狠狠咳了两声。

沈璃在她榻边坐下，轻轻拍了拍她的背，魔君伸手将沈璃手腕拽住，捏得那般紧，像害怕沈璃跑了一样。"阿璃，我知道你没那么容易死。"她边咳边道，"师父一直相信你还活着。"

沈璃在这一瞬便红了眼眶："师父……徒儿不孝……"

魔君摇头："回来……咯！回来就好。"

又是一阵猛烈的咳嗽，她似要将五脏六腑都咳出来，沈璃又轻轻拍了拍她的背，轻声询问："上次受的伤怎么还没好？"

魔君摇头："不过是最近几日累了……"她话未说完，握住沈璃手腕的手倏地一僵，而后将沈璃的衣袖推上去，把住沈璃的脉，没一会儿，她一声叹息，语气中情绪难辨，"那颗珠子……终是被你全然吸纳了。"

沈璃拍抚她后背的手微微一顿，声色微沉："师父，沈璃有事要问。"沈璃斟酌了一番说法："此次遇险，阿璃有幸得行止神君相助，而后另有一番奇遇，助我疗伤的那位高人说，这颗碧海苍珠更像是妖的内丹，而师父你教我修习的法力、术法皆与这碧海苍珠相克，师父……"

"你既已知晓这么多，事情也进展到如今这一步，我便不该再瞒你。"魔君闷咳两声，"你将我扶到书桌旁，我们换个地方聊。"

又是那个书桌下的传送法阵，像上次魔君将碧海苍珠给她时一样，法阵将两人送到寂静如死的神秘祭殿之中，殿中高台上空供奉着的珠子已经不见，魔君推开了沈璃，不让沈璃继续搀扶，她缓步上前，取下了面具，变幻身型，恢复了女儿身。

高台之前，她静静立了一会儿。"那已经是许久之前的事情，久到连我也不大记得细节了，可是，你母亲与我一同在此参拜先师的模样，我却一直记到现在。"

"我……母亲？"

"你母亲比我晚三个月入门，拜师之后与我同住一屋，每日皆与我同来参拜师父，她性情随和，得师父喜爱，便也时常侍奉师父左右，师父爱炼药，偶尔也会传习她一些炼药制物之术，她天资聪慧，不消三年，师父门下便只有她承了师父最多本领。这本是一件好事，但……"魔君垂下眼睑，"先师心中尚有他念，炼制之术越高越无法安于现状，最后，他制出一种怪物，而那样的怪物，你已与它们交过手了。"

沈璃声色沉重："是墟天渊中的妖兽？"

"没错，你母亲与我的师父，正是魔界前任君王，六冥。"

魔君踏上高台，手指轻抹那供奉珠子的祭台上的尘埃。"第一只妖兽被成功做出来的时候，身为师父门下弟子，人人皆是高兴而激动的，大家都知道，这于魔界军队而言，可是一个大杀器。然而当妖兽陆陆续续毫无节制地被师父制造出来后，场面开始有些失控，在偶尔管理不当之时，妖兽会将同门弟子拆吃入腹，也有妖兽逃窜出去，伤害魔界百姓。

“朝中抗议之声渐重，然而师父仍旧一意孤行，不停地制造着妖兽，好像真的要如他打算的那般，组建一支妖兽的军队，然后率领着这样的‘军队’攻上天界，将那些高高在上的仙人拉下来，让他们俯首于魔界，以魔族为尊。”

沈璃摇头：“当士兵成了军队的主宰，将军便再无作用，而将军是头脑，士兵是兵刃，没有头脑的军队，不过是一堆只会杀戮的机器。妖兽只怕更不在那人的控制当中……彼时，魔界定是一片生灵涂炭。”

魔君点头：“其时，不管是朝中还是门派里，皆是反对的声音，然而你母亲却极力支持六冥……”沈璃一呆，魔君叹道，“他们也看到了妖兽的危害，六冥自身法力不足以控制这么多的妖兽，所以他倾尽全力炼制出比其他妖兽强出数倍的妖兽之王，妖兽王诞生之初只是一个小孩，与寻常人家的孩子无异，六冥为其取名为凤来，着你母亲照顾，令其吸纳天地灵气而长，相较其他贸然出现于世的妖兽，他更像是自然而生的怪物，因此力量更为精纯强大。

“凤来长得极快，不过三个月时间便与寻常青年无异，而谁也不曾料到，一只妖兽，竟对照顾他的人产生了爱慕之情。”

沈璃愕然，似有些不敢相信魔君话里的意思，魔君眉目一沉：“更没人想到，你母亲也同样爱上了他。”

沈璃怔然垂头，看着自己的掌心，微颤着呢喃：“我是……妖兽的孩子？我是……”她想到从墟天渊里跑出的蝎尾狐的模样，登时眉头一皱：“那种妖兽的孩子……”

魔君沉默了一瞬：“而后不久，朝中大臣私自通报天界，道出妖兽之祸，天界皆惊，派兵前来，然而当时六冥已造出数千只妖兽，天界将士亦是惨败而归，最终天君请动行止神君下界。行止神君以一人之力独战数千只妖兽，斩六冥，擒凤来，最后与天界将士合力将数千只妖兽逼至边境，开辟墟天渊，将妖兽尽数封印于其中。

“行止封印妖兽之后，元气大伤，立时便回了天外天，天界军队也迅速撤离，彼时妖兽虽尽数被封，六冥已亡，而魔界却仍旧乱成一团，一派声称要拥护六冥妾室腹中幼子为王，另一派决心摒弃六冥一党的作风，欲立新王。两派争斗不断，有了长达数月的战争，我知晓六冥一党的作风，若不将他们赶尽杀绝，他日他们必定卷土重来，而其中仍有支持以妖兽之力推翻天界者。我于战场之上立下战功，本是无心，却得几位长老推荐，登上魔君之位。而最后一次见你母亲……是在边境的战场上，我们将六冥一党彻底击溃之时，他们正谋划如何破开墟天渊，逃进封印之中。而你母亲正在其列，且她此时已近临盆。我私自将她带离战场，寻一草木之地助她生产，彼时我才知晓，你母亲在知晓凤来被封印之后，只身一人前往边境，而到了边境之后却入不得墟天渊，知晓六冥一党的图谋之后，方才与他们一道，她想去封印之中见你父亲。”

沈璃咬紧唇，握着拳，隐忍着一言不发。

“生下你后，你母亲出血不止，而你体内妖兽之气太重，她心知她活不成了，为保你今后不致被天界和魔界之人追杀，她便拼着最后的力气将你体内妖兽之气抽出，化为碧海苍珠，交于我手，最后力竭而亡。她最后的心愿，便是你一生都能遨游碧海苍穹，不受身份桎梏，不像你父亲，遭受囚禁之苦。现下想来……这碧苍王的名号，也算是你母亲赐给你的。”

曾经有一个人为了她而付出生命，但是她却什么也不知道，而当她知道的时候，时间已经迟了那么久。

沈璃只觉浑身无力极了，她哑声问道：“她现在……尸骨何在？”

“她说要陪着你父亲，但却不让我立碑，怕有人找到，捕风捉影连累了你。我将她葬在墟天渊旁，而今怕是早已寻不到了。”

“墟天渊旁什么都没有。”沈璃在那里战斗过，她神色微暗，“什么……都没有。”

魔君在高台的台阶上坐下，拍了拍身旁的位置，示意沈璃过去。沈璃垂着脑袋走过去坐下，魔君摸了摸她的头：“你自幼与我修习法术，我教你的皆是与你体内妖兽之力相克的法术，我与你母亲一样害怕，若是有一天外人知晓了你的身份，可会憎恶于你？然而你一天天长大，活得那么精彩，我又在想，你是有权利知道自己身世的。先前那次蝎尾狐逃出墟天渊，我心里既不想让你去，又想让你去，而后知道你到过瘴气泄漏的墟天渊，但却没有沾染瘴气，我心想，你自制力极好，也是时候将碧海苍珠还给你了。而还给你之后，我却一直在害怕，你若变成我所不认识的沈璃，我又该如何是好……”

“师父……”沈璃道，“生我是恩，养我也是恩，沈璃怎么可能朝夕之间便不认你这养育之恩了。不管我出身如何，沈璃就是沈璃，与身份无关。”

魔君摸了摸她的脑袋，静静坐了一会儿，方道：“苻生等人约莫是六冥一派的残党，休养千年，他们总算卷土重来了。墨方之事我已听说，我若不曾猜错，他应当是六冥妾室腹中的那个孩子。我知你重情，但他既已叛变，战场相遇便不能再手下留情。”

沈璃想到那日墨方将她从那个小屋中救出，然而这迟疑不过在她脑海里一闪即逝，她点头应道：“阿璃知道。”

“另外……行止神君与你……”魔君一顿，察觉到沈璃身子微僵，她一声叹息，“千年来，我一直感激神君当年救魔界于水火之中。当初他提议让拂容君娶你，此前我本也不知道他到底意欲何为，直到此次拂容君力量爆发，将自己院中草木尽数净化一事传到魔界之时，我才知晓，拂容君竟有此能力，若你嫁与他，必定日日受其仙力净化，体内魔气尽消。想来行止神君当时虽不知你的身份，但也对你的力量有所察觉吧。”

“他是神君，身上责任太重，若有朝一日他知晓你的身份，恐怕会为苍生而杀你。”

魔君语气一重。沈璃只垂眼静静看着地面："我想……他恐怕早就知道了。"

魔君一愣，沈璃道："此前，我爱上的那个凡人行云便是他下界投的胎……彼时孟婆汤洗掉了他满身修为，却没洗掉他身为神明的记忆。而在那一世，我随你回魔界之前，为救他命，渡了五百年修为给他。"沈璃一笑："再怎样将妖兽之力抽干净，身体里始终还是会保留一些气息吧。他那时应该已知道了。"

在魔界重塑封印时将她带着一起去，那时他或许是动了杀她的心思吧，最后却没能下得了手吗……

沈璃恍悟，原来在那时，行止便开始有点不像行止了，不再只是一个心中只有苍生的寡淡神君。所以那段时间……他对她若即若离，忽近忽远……

行止，他也曾那般动摇过啊。

大地倏地一颤，魔君面容一肃，戴上面具，身型一变，再次化为黑衣冷漠的君王。"震动能传来此处，外面必定有变。"魔君将沈璃一牵，凝了法阵，转眼间，回到了她寝殿之中。

还未推门出去，沈璃便觉一股极其浓郁的瘴气弥漫在空气当中，她眉头一皱，见魔君已率先开门出去。

饶是沈璃见过再多的厮杀场面，此时的魔宫仍是让沈璃惊了一惊，方才还巍峨的宫殿此时已尽数坍塌，亭台屋宇化为灰烬，宫城之中遍地横尸，鲜血如洗。而在不远的地方，一条青色大龙忽而仰天长啸，其声仿佛穿透九霄，振聋发聩。"墟天渊……妖兽……"魔君似不敢置信一般低声呢喃，她一咬牙，"竟然逃出来了。"

沈璃心中亦是一惊，这……竟是墟天渊的妖兽！竟从边境奔逃到了都城！而且，若有妖兽逃出，定不止它这一只……沈璃手中银枪一现，拦在魔君身前，然而忽然之间，她却看见那龙头之上还高高立着一人，看清他的模样后，沈璃拳头握紧，声若地狱修罗："苻生。"

这一片狼藉又是他所为，这些族人……竟又丧于他手！新仇旧恨涌上心头，沈璃双目倏尔转为赤红，指甲蓦地长长，没听到魔君的阻止声，她未发出半分响动，身影如电，转瞬便杀至苻生背后。一杆银枪举起，直刺苻生后颈。

一枪刺中，只见苻生颈脉破裂，鲜血喷溅，而沈璃却没罢手，但见“苻生”的身影渐渐随风消散，她径直回身，横扫一枪，枪尖掠过身后人耳边鬓发，青丝散下，苻生急急退开两步，立于弓起的龙脊之上，笑得阴沉：“王爷功力精进不少。”

沈璃势力未收，只将银枪收回，在手中如花绽放般一转，但闻她沉声一喝，枪尾蓦地扎入身下妖龙的头颅，蛮横的力量宛如一记重锤撞入妖龙头颅，将它脑袋狠狠砸在地上，“轰隆”一声巨响，尘土飞扬，妖龙龙尾乱扫一阵，最后无力垂于地上，巨大的妖兽被这径直一击撞得昏厥过去。

尘埃在沈璃身旁落定，她持银枪立于龙首，目光如冷剑一般落在苻生身上，与彼时狂乱的红瞳不同，此时她眼中沉淀了狂气，极其理智，而那一身杀气却刺得人胆寒。

枪尾自龙头颅骨中拔出，沈璃以枪尖直指苻生：“上来送死！”字字铿锵，汹涌而出的法力激得苻生微微战栗，然而越是战栗，他脸上的笑便越是疯狂。

“哈哈哈哈！好！好！碧苍王如今变得如此厉害，当真是我辈之大幸！”他似已完全恢复，脸上没有半点被烧过的痕迹。他阴冷地勾了勾唇角，“我今日来，本是为引你回魔界，而你已身在魔界，这当真是再好不过……”

沈璃听得这话，眉头一皱，不知此人又有何阴谋，瞥了眼脚下的妖兽，沈璃沉声问：“你将墟天渊的结界如何了？”

“哼，行止君自己的过错，致使墟天渊封印松动，这也能怪到我头上？”苻生微微眯眼，转而一笑，“哦，是了，行止君犯错，着实该怪到我头上。不过，王爷这话倒是冤枉在下了。”他意味不明地一笑：“在下现在可是这世上最不希望墟天渊封印毁掉的人，若是它毁了，连累魔界倒是小事，若将其中妖兽一同埋葬，我可要头疼了。”

墟天渊封印强大，当初行止造封印之时借助五行之力，将其与魔界相连，依附自然之力方可成此大结界。千百年来，墟天渊早已与魔界融为一体，若墟天渊消失，其中妖兽固然能被尽数消灭，但魔界也将成为妖兽的陪葬。

沈璃知晓此事，苻生说不毁封印，这对魔界来说本是好事，但从他嘴里说出来，只让人觉得他有更可怕的阴谋。

身影再动，沈璃纵枪劈向苻生头顶。“你到底在谋划什么！”沈璃厉声问。

苻生倏尔一笑，挥剑挡开沈璃。“我此次便是来邀王爷共商大事的。”他举剑主动攻上前来，兵器相接的声音与他的声音一同响起，“王爷可是计划当中不可或缺的一部分啊！”

“本王岂会如你所愿！”话音一落，沈璃银枪之上附着赤焰，径直向苻生刺去，苻生横剑来挡，然而剑身尚未与银枪相接，便见那剑如融掉一般，软了下去，沈璃一枪直指苻生咽喉，情急之中，苻生向后一仰，就地一滚，略显狼狈地躲过这一击，他摸着自己被烫得发红的咽喉，眉宇间竟有些疯狂的情绪在流动。

“是了……就该是这样。”他失神一般呢喃自语，“该是这样。”他近乎疯狂地看着沈璃，仰天大笑。“碧苍王！今日我必将你带走！圆我千年夙愿！”

他手中忽现一支短笛，笛声清脆一响，天空乌云骤来，而在那乌云之上，竟是数以千计的魔人！

沈璃眉目一沉，想起上次从天界回来时，看见的魔界景象，那些停在灵堂中的将军尸首，还有千家万户挂起的苍白帷帐，她握紧银枪，立誓一般：“此次，本王决计不会再让你们肆意妄为。”

然而当沈璃做好一切准备之时，跟前风一过，黑色身影挡在她身前，魔君静静道：“你退下。”

沈璃一愣，微带诧异：“师父？”

魔君侧头，淡淡看了她一眼：“离开这里，去天界。”

沈璃愕然：“师父……为何？”

魔君尚未答话，苻生忽然大笑起来：“沈木月啊沈木月，过了这么久，你的感觉还是这么灵敏，不愧是主上的得意弟子。”魔君沉默。苻生笑道：“沈璃，你不是想救魔界吗？我有一法能使魔界与墟天渊脱离干系，若你愿助我，魔界便再不用受墟天渊桎梏。”

沈璃眉头一皱，魔君径直打断苻生的话，提醒沈璃：“休要受他言语蛊惑。”

“是不是蛊惑，该由王爷自己来决定。”苻生道，“墟天渊是行止借助五行之力与魔界相连的，只要断其五行力量，便可斩断它与魔界的联系，而五行之中，我已寻到四样替代之物——金、木、水、土，独独缺火。只要将五行封印之物与五行之力进行替换，墟天渊封印从此便与魔界再无干系。”苻生阴冷一笑：“王爷可愿助我一臂之力？”

沈璃皱眉：“你欲让我替代火之封印？”

苻生脸上的笑有些疯狂。魔君声色一冷：“休再听他胡言乱语，墟天渊封印以魔界五行之力为依凭仍旧会松动，而这世间有几样东西能与天道力量相比？即便他当真找到了可替代的四物，那也只能将墟天渊撑住一段时间，他不过是想在墟天渊毁掉之前放出其中妖兽罢了。”

苻生咧嘴一笑：“山神为木，地仙为土，北海三王子为水，金蛇大妖内丹为金，王爷，你应当知道我在说什么。”

沈璃愣住。

“我助你断开墟天渊与魔界的联系，你助我放出妖兽，彼时墟天渊坍塌，危害不了你魔界。”

怔愣不过在沈璃脸上停留了一瞬，她眉目一沉：“那又如何？数千只妖兽同样会害得魔界生灵涂炭。既然同样是毁灭，我自是不能让你痛快了去。”

苻生笑容微敛：“既然如此，可别怪我动狠。”

他手中短笛又是一响，空中厮杀声大作，魔人倾巢而出，魔君将沈璃挡住：“他们的目标是你，你躲去天界，休得让人抓住！”

沈璃一咬牙：“这种时候我如何能自己走！”

“他们若抓了你，换了封印，彼时墟天渊洞开，妖兽尽数逃出，祸乱更难控制。”魔君声色一厉，“这是王命！还不快走！”

魔君推了沈璃一把，只身上前，魔君手中蓦地现出银光长剑，她摘了面具，身型一换，沉声一喝，手中长剑向天一挥，巨大法阵在天际铺开，暂时阻挡了魔人前进的脚步。

就是这柄长剑，从沈璃小时候起，它便随着师父一起教习她武功，从最简单的隔挡到各种复杂的招式，从她连树枝也握不稳一直到她能提枪独自上战场，师父对她而言，不仅仅是教习她法术武功的人，更是陪伴了她前面所有的人生的人，她那么用功地学习法术武功，为的便是能让师父与族人可以在自己的庇护之下安乐生活。

但是现在……现在师父却还要为了她去拼命厮杀，魔界也是因她而饱受劫难。此刻师父更是要她抛下她无论如何也想保护好的人，独自逃走，这不是……本末倒置了吗！

她如何能走！

苻生疯狂地笑着：“沈木月！你倒是越发不自量力！我看你拖着这残破身躯，如何能挡我数千魔人！”

沈木月一笑，神色轻蔑至极：“区区残次品，也敢叫嚣造次？”这样的神情倒是与沈璃有三分相似，或者说，沈璃的性格便是受了她极大影响，沈璃一直将她作为目标，崇拜着，渴望着成为她这样的人。

沈木月这话仿佛刺痛了苻生心中最隐秘的部分，他脸上神色一变，愤恨得面目扭曲：“死到临头，还嘴硬。”

他手中短笛又是一响，空中魔人冲开沈木月方才铺开的法阵，落在地上，魔人们一拥而来，仿佛要将沈木月围在其中，她目光一冷，手中寒剑一凛，剑气升腾，数十个魔人皆被刺破咽喉，然而他们却没有死，只在地上蠕动两下，就又爬了起来，这一圈魔人尚未解决，外围又围上了数十人，苻生笑得猖狂。

沈木月手腕转动，目光左右一转，似在寻找下手契机，然而此时胸腔却猛地一痛，她蓦地呕出一口黑血，是先前的伤又发作了。疼痛一阵阵袭来，让她微微弓起了背。

魔人们抓住机会，一拥而上，将她围在其中，似要将她分食入腹。

其时，一簇烈焰却从魔人围绕的中心烧灼起来，但凡被此火烧灼的魔人，立时皮焦肉烂，且火势凶猛，只要挨着一点，便立即在周身蔓延。围绕着沈木月的魔人一时哀号不断，尽数散开。

沈璃持银枪立于沈木月身前，沈木月捂着胸口，咬牙道：“为何不走！”

沈璃只冷冷盯着苻生。“魔君为何只想到沈璃被他们带走，而不想想沈璃如何将他们送走？”

苻生看见她周身烈焰，笑得更为诡谲。沈璃眉眼一沉：“你的阴谋，且去耍给阎王看吧！”

厮杀拉开帷幕，魔人们将沈璃与魔君围在中间，苻生在空中冷冷望着下方，看着沈璃一杆银枪舞出血的画卷。

她的枪极热，扎进魔人的身体后，魔人便烧灼起来，被火焰烧为灰烬的魔人越来越多，然而苻生并不着急，他在等，等尚未恢复全部法力的沈璃筋疲力尽。

显然这烈焰之术极是消耗体力，不过一刻钟的时间，沈璃的脸色便有些发白，而魔人像是永远杀不完一样，一批批拥上前来。沈木月见状，一抹唇角的血，结印在地，蛮横的法力将魔人尽数拦在圆环形的法阵之外。她沉声一咳，黑血喷洒于地，她头也未抬，道：“杀苻生！”知道劝不走沈璃，她索性改了战术，指挥沈璃道：“这些人没有自我意识，杀了苻生，魔人将会如一盘散沙。”

沈璃仰头一望，苻生立于高处，目光森冷。沈璃回头看了魔君一眼，一咬牙：“师父且撑一撑。”有法阵拦着，沈璃暂且放心了，她纵身一跃，离开沈木月身边。

苻生但觉眼前一花，银枪便杀至他跟前，他举剑来挡，苻生的力量并不弱，但如今沈璃的反应已比先前迅速了不知多少，短兵相接，不过三四招，沈璃便一枪扎进了他的胸膛，然而苻生脸上却不显痛色，他眼中尽显疯狂，仿佛在期待什么。

沈璃但觉不妙，正欲抽枪回身，忽觉身后光线一暗。

魔君一声“当心！”尚未传入耳中，沈璃回头看见一张血盆大口已经张开，竟是昏厥于地的那条妖龙苏醒过来了，它张着嘴，眼见便要将她吞食进去。苻生猖狂的笑与那妖龙大嘴之中的血腥味刺激着沈璃的听觉、嗅觉和视觉。她瞳孔紧缩，正是电光石火之间，风声忽来，好似一切都静止了一般，熟悉的手将她揽进怀中，那一缕令人几乎嗅不到的淡香竟神奇地消除了所有恶臭。

男子的一条手臂置于沈璃腰间，将她紧紧抱住，白衣飞舞的神明掌心的寒气凝出，冻住了那张血盆大口，龙头被冻为一个冰球，行止面色一寒，一个“破”字淡淡出口，冰封的龙头霎时碎裂出无数裂纹，但闻一声巨响，那龙头径直被炸得粉碎，神力余威不减，贯穿整个龙身，将妖龙完全撕为碎屑，纷纷扬扬的血与肉洒了满天，待一切落定，愣神中的众人恍然惊醒。

苻生不甘地一咬牙，不顾沈璃的银枪正穿在他的胸腔，猛然往后翻去，鲜血溢出，却不是鲜红的颜色，而是一片青黑，他立于远处，手中凝聚法力覆于胸口，等着伤口愈合。他抬眼一看，那边的行止竟看也未看他一眼，只盯着自己怀里的人，沉了眉目。

沈璃见苻生跑远，下意识便想去追，而腰间的手却是用力一揽，将她死死扣住，让她不得再动分毫。沈璃抬头一看，但见行止一脸冰冷地看着她，沈璃不由得背脊一僵，心中竟莫名起了几分愧疚，她朝左右看了看，神色有几分像做了坏事的小孩一样无措。行止见了她这神色，心里饶是烧了天大的火，此时也只化为一声叹息，苦笑："止水术的冰柱也能融了，你倒是长了本事。"

沈璃轻咳一声："神君谬赞。"在大庭广众之下与行止抱在一起，沈璃心里极不自在，她身子轻轻扭了扭，想从行止的禁锢当中出去，却不想行止竟将她抱得更紧，行止另一只手挑起她的下颌，迫使她仰头看他。

"沈璃，我用尽办法救回你的命，不是让你继续拿去送死的。"

沈璃一愣，有些不自然地别过眼神："我会保护好自己……我也没你想得那么金贵……"

行止脸上的笑意收敛，他径直打断沈璃的话："你远比自己想象中的要金贵。"看沈璃一脸怔愣的模样，行止沉默了一瞬，唯有无奈一笑，拍了拍她的脑袋："该躲到背后让人保护的时候，你好歹还是配合一下，给我个机会不行吗？"

沈璃被他拍得连连点头，不经意间瞥见下方魔君的法阵正在缩小，她登时心头一紧，脱口而出："现在不行。"她将手中枪一竖，行止放开她，但却仍将她拦在身后。"就从现在开始。"

行止目光闲闲地落在苻生身上，笑道："我不喜纠缠不休之人，也不喜牵扯不断的事，不管阁下有何居心，今日都来做个了断吧。"他一笑，说得轻松极了："自尽，还是让我动手？"

苻生的伤恢复得极快，此时胸口已不见半点痕迹，他桀骜一笑。"三界内谁不知神君之威，我如何敢与神君动手。"他望着行止，"只是事到如今要我自尽……我如何能甘……"话音未落，他手中短笛又是一响，下方的魔人仰头一望，立时换了目标。

魔人朝行止飞扑而来，将魔君那里空出来了，魔君似已无法支撑，法阵破裂，她往前一扑，径直晕倒在地。沈璃大惊，行止道："护住她，将其带上天外天，料理完此间事宜，我再回去找你。”

沈璃一咬牙，心中虽还放不下魔界中人，但此时也只能如此了。

她身影一闪，离开行止身边，刚刚靠近魔君，苻生忽而诡异地咧嘴一笑：“神君在意沈璃，你道我未曾料到你会寻来吗……”他话音一落，行止心头忽而闪过一丝不祥的念头，往下一看，行止恍然看见一道黑影悄无声息地出现在沈璃身后。其时沈璃正要将魔君扶起，那人倏地伸手将沈璃口鼻捂住，不知那人掌心有什么东西，沈璃竟连一下也未曾挣扎，双眼一闭便倒进身后人的怀中。

苻生大笑：“带她走！”

那人拖着沈璃消失踪迹，苻生仰天大笑：“千年夙愿！千年夙愿终将实现啦！哈哈哈！”那癫狂的模样，竟像是高兴疯了。可笑声却在正高昂之时戛然而止，一把锋利的冰刃穿心而过，行止竟不知什么时候立于他身前。行止面无表情，声如寒冰：“沈璃被带去了哪里？”

苻生口中涌出黑色的血液，落在那剔透的冰刃之上，他望着行止咧嘴笑着。“依神君的本事，如何会猜不到呢。”他哑声说，“我要她去替代火的封印，要她成为墟天渊坍塌时的陪葬品！看着自己爱的女人死在自己造出的封印里面，神君感觉如何啊？哈哈！”

行止目光冰冷，数根细如银针的冰刺在苻生身上所有的命脉上扎下，苻生浑身不由自主地痉挛，可嘴角还是勾着疯狂的笑。行止转身欲走，以他的速度定能赶在那黑影之前到达墟天渊，但他身体却蓦地被束缚住，是苻生周身的魔气溢出，缠绕上他的脚踝。“我不会让你去的。在沈璃成功变成封印之前，你都到不了她身边。”魔人围上前来，试图用车轮战将行止拖住。

行止眼中杀气一凛，神明之怒令天地悲鸣，风声呼啸，吹散他仿佛从地狱而来的声音：“找死。”

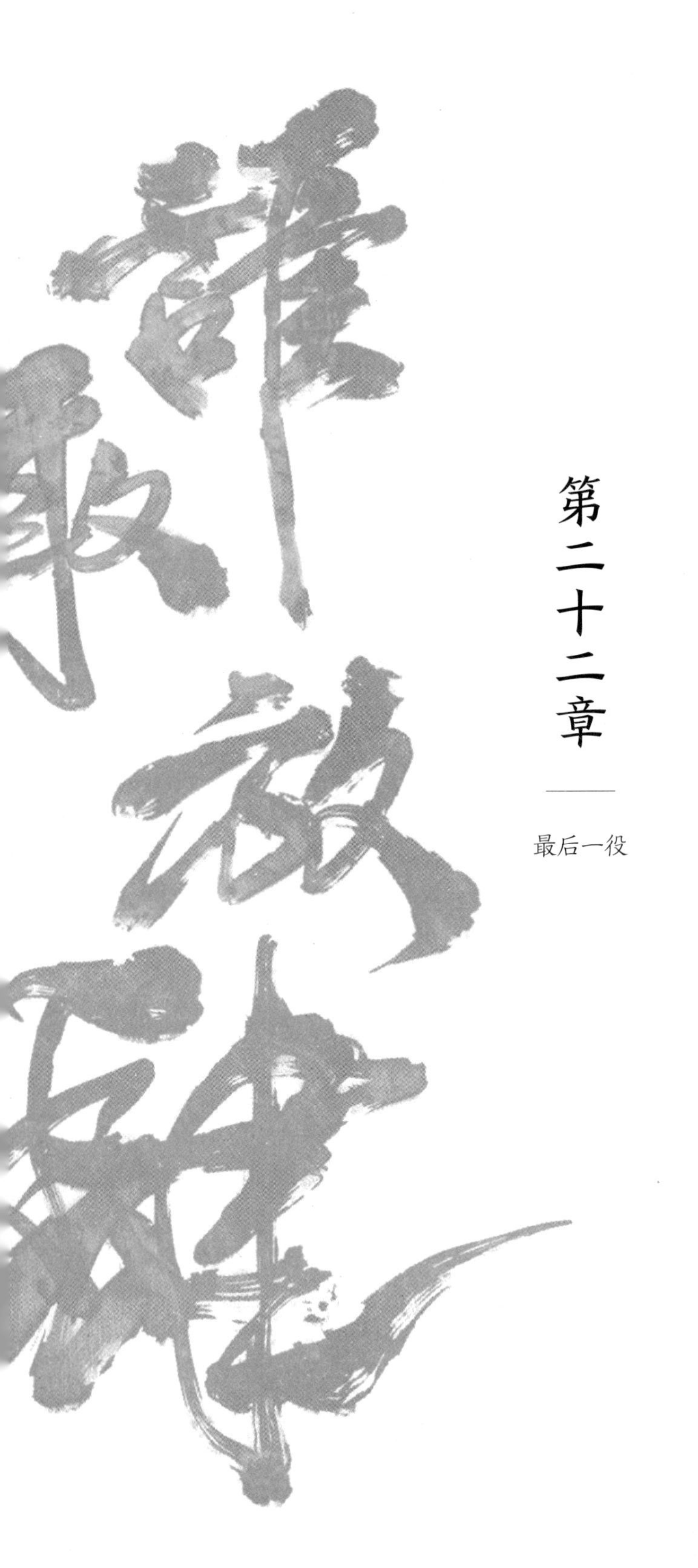

第二十二章

最后一役

止水术荡过，肃清天地。

而此时沈璃已全然不知魔宫那边发生了什么事，瘴毒在她身体里蔓延，这种毒她知道，上次在人界扬州城时，苻生便对她用过此毒，彼时被行止治好了，而现在……这毒是又被苻生提炼得更厉害了吗？

沈璃咬牙，余光瞥了一眼抱着自己疾行的人。

他双目无神，脸上尽是红色的条纹，犬齿长得极长，像是兽类的獠牙，饶是这人变成这个样子，沈璃也依旧认得他——

“墨方……”她从喉头里挤出这两个字。墨方脚步慢了一瞬，但也只有这一瞬，他面无表情地带着沈璃向墟天渊而去，一如其他魔人一般，毫无自我主张，只是听命行事。

想起上次墨方将她带出地牢的模样，沈璃只觉心下一悲，艰难道：“为何甘心变得如此……”

那双赤红的眼仿佛动了动，看了沈璃一眼，但他身体仍旧继续向前疾行着，这驾云的速度快得让沈璃都有些不敢相信。变成魔人之后，他的力量也会跟着提升吗……

“王……”墨方唇角微动，仿佛极艰难地控制着自己的嘴说出他想说的话，“放血……逃。”

沈璃一愣，心中一时不知涌出何种滋味，这个人背叛了魔界，背叛了她，但即便是现在，他还是帮着她的，沈璃的世界其实很简单：朋友、敌人和无关紧要的家伙。然而，现在她却不知道该将墨方摆在哪个位置，或许人心本就是复杂之物，哪儿能用简单的标准区分得清清楚楚。

沈璃咬住下唇，一使力，下唇溢出血液，果然，身体里的力气恢复了一点。

然而墨方驾云的速度太快，沈璃已经能隐隐看到阻隔墟天渊与魔界土地的那条山脉。她当下更是用力，咬破嘴唇，鲜血流出，力量灌入四肢，她猛地一跃而起，推开墨方，一旋身，落在地上。

而此时，她的身侧已是墟天渊的大门。

瘴气弥漫，更甚于之前蝎尾狐跑出来的那一次。

墨方立在瘴气之外，一双赤红的眼极为醒目。但见沈璃逃脱，他身体像是有自我意识一般扑上前来，也未拔剑，赤手空拳与沈璃过起招来，他牙关咬紧，好似在极力控制什么。“走……”他的嘴里又挤出短短的两个字，“快走！”

言罢，他手中长剑一现，墨方反手握住剑柄，径直扎在他自己腹腔之中。

沈璃看得呆住，墨方一口乌黑的血液呕在地上，他屈膝跪下，眼中的猩红稍稍褪去，他艰难道：“王上快走。我控制不了太久……”

“为何……”

墨方紧紧闭上眼：“宿命所致不得不背叛，然……情之所至……墨方终是不敢……不能，亦不想害你。”

沈璃唇角一动，墨方双目倏地一睁，厉声喝道：“走！”然而他话音未落，只听几声诡谲的笑：“吾儿不孝。”瘴气带着那声音从墟天渊之中飘荡出来。

听到这个声音，沈璃心下一惊，这……这竟是上次她在墟天渊中听到的声音！那时他疯狂地喊着“吾必弑神！”，而今……

沈璃尚在回想，墟天渊中倏地射出一条黏腻如蜥蜴舌头的东西，眼瞅着那东西要将沈璃擒住，墨方身影一动，挡于沈璃身前，劈剑一砍，那舌头径直被砍成两半。

墨方腹中黑血不停地溢出，他稍稍侧头看了沈璃一眼，一如在魔界的时候，他在她背后悄悄看她一样，只有在沈璃不知道的时候，他才敢将自己的情绪流露于面上，而此刻，能这样堂堂正正地看她一次……真是……再好不过。

触及墨方的眼神，沈璃愣然，心中一时感慨万千，但哪儿等她将情绪梳理清楚，那被墨方砍断的舌头中间倏尔又冒出一条尖细的舌头，舌尖如剑，只听“叮”的一声，利刃般的舌头径直击碎墨方用于隔挡的长剑，剑刃崩裂之时，那舌尖亦穿透墨方的心房，将他如破布一般甩了出去。

热血溅了墨方身后的沈璃一脸。沈璃睁大眼睛，景象好似在她眼中放慢，她望着那个被甩出去的人影，脑海里走马灯似的闪过许多零零散散的画面，或是一同征战沙场，或是一同凯旋，或是一同在歌舞之后举杯欢笑。甚至想到了之前，她逃婚离开魔界，墨方重创于她，令她化为原形，放任她逃去人界，让魔界的人寻找不得。

现在想来，彼时苻生希望她嫁去天界，方便他们在墟天渊行事，而墨方放她走，已是违逆了苻生的意思吧。

这个人……害了魔界，但对沈璃，他却从不肯下手坑害。

这样一个人……

墟天渊中传来一声厉啸，尖细的舌头欲甩上前来，将沈璃缠住。沈璃周身杀气骤起，眼珠一红，尖细的舌头尚未甩到沈璃跟前，她一掷银枪，枪尖将那舌头紧紧钉在地上，大门之中有妖兽们的惊声尖叫，沈璃无心顾及它们，她径直奔到墨方身边，看着他一身黑血染湿了身下的土地。沈璃蹲下身子，目光微暗，她伸出手却不知该不该触碰他。

“如今，总算不必左右为难了。”他哑声说着，双目静静注视着沈璃，神色淡得仿佛没有悲喜，“王上，你可愿谅解我……”

沈璃唇角一颤：“不谅解，给我起来，待此间事了，你还得为你的背叛赎罪。”

墨方弯了弯唇角：“怕是不能了。”

沈璃径直打断他的话：“给本王起来！不是连劫火也烧不死你吗！区

区小伤，休想骗取本王的同情！”话虽如此说，沈璃却极为不甘地握紧拳头，她见过太多死亡，这种弥留之相，她太熟悉了。

“我自幼心脏有所缺陷，本是活不长的命，然而有整整三百年时间，苻生日日取血喂养我，以至于我与他一样，有死而复生的能力，但是……这世上没有不会消散的力量，苻生的力量快要耗尽，而我……也不能继续活下去了。”

沈璃咬牙，喉头微紧，静默无言。

“墨方此生，背负仇恨而生，因他人谋划而活，就连求死也不能。唯有此刻，方才遂了自己心愿……”他眼中赤红之色消失，黑眸那般清澈，就像水潭深处的波光，用尽全力散射着自己拥有的所有光芒。“王上……我最喜欢……你束起来的头发，随风而舞，就像不倒的战旗……”

他说：“别输了……”

然后光芒骤灭，一切归于死寂。

沈璃握紧的拳头用力得几乎颤抖。被沈璃钉死的尖细舌头像恢复力气一般，又开始不停蠕动，沈璃静静地站起身，拳头一松，红缨银枪又被她紧紧握住。那舌头上的伤口快速愈合，舌头如蛇一般曲行着向沈璃而来。

“为何……”她额前的刘海挡住了眼睛，“他不是你们少主吗！”银枪一挥，径直将扫来的舌头打了回去，沈璃周身杀气四溢。“连自己人也不放过，当真丧心病狂！”

“呵呵呵呵。”怪笑之声自墟天渊中传出，“吾儿不孝，竟为私情数次耽误大事，他的命，理当由我来料理。”

听罢这话，沈璃眉头深深地皱了起来：“六冥……”

“许久未曾听到自己的名字，倒让人觉得生疏起来。”里面的声音怪笑着，“快，小姑娘，还不到墟天渊里来？再不快些，那神君便要追来了。”

他话音刚落，白色身影倏尔出现在距沈璃三步远的地方，行止一露面，话也未说，伸手便去拽沈璃，然而一道黑气却比他更快，径直缠绕上沈璃的腰身，将她往墟天渊的方向拖去。

沈璃周身烈焰一燃，但闻那黑气中传出一声凄厉惨叫，声音好似来自苻生，沈璃周身火焰烧得更旺，直将那黑气烧灼殆尽，但她背后那条尖细的舌头又冷不防蹿了出来，它也怕极了这火，但迫于命令，它冒着皮焦肉烂的危险径直将沈璃缠住，拖着她便往墟天渊的缝隙而去。

行止神色一怒，手中透蓝的冰剑倏尔显现，然而此地有墟天渊封印，行止不敢随意挥动神剑，他身影一动，欲追上前去，墟天渊中忽然瘴气大涨，一瞬间竟从中奔逃出来十几只妖兽！它们将行止团团围住，不过这一瞬的耽搁，沈璃便已经被拖到了墟天渊之中。

沈璃只觉周围一黑，缠绕住她的那条舌头立即抽身回去，她身上的火焰照亮周边环境，数不清的妖兽飘浮在黑暗之中，围绕着她，冷冰冰地将她看着。沈璃回首，欲逃出墟天渊，可背后已是一片黑暗，门在哪里已经无处可寻。

忽然之间，一团冥火飘至沈璃身前，它的形状慢慢转变，最后化为一只眼睛。沈璃望着它冷冷开口："六冥？"

它桀骜一笑："小姑娘，咱们又见面了。"

沈璃皱眉："你为何还活着？"六冥必定是死了的，因为被神明所斩，哪儿有再活过来的道理。但这只眼睛……

那只眼睛微微一眯，好似在笑："小姑娘不必再猜，我如今确已身死，这不过是我一缕残魂罢了。"话音方落，墟天渊外传来一声巨响，沈璃知道这必定是行止弄出来的动静。四周的妖兽一动，又有许多只眼睛消失踪迹，看样子是跑出去阻挡行止了。

"小姑娘，我们可拖不住外面那位多久，大计将成，快随我来吧。"

"哼。"沈璃一声冷笑，周身烈焰更盛，灼热的气息将六冥逼得不得不往后一退。"本王为何要听你差遣。今日便是同归于……"最后一个字刚要说出口，沈璃恍然忆起行止此前的话语，她眉目微沉，却又坚定了目光，“不管你们有什么阴谋和企图，行止定不会让你们得逞。”

她相信一人，愿用自己的所有去相信他。

“小姑娘，你道神明当真是无所不能的吗？”六冥冷笑，“为何千万年来神明不断消失，为何这么久以来天道未再诞生任何一个神？”他怪笑着，让沈璃心头蓦地一空。“堪与天道抗衡的力量太过强大蛮横，上古之初天地混浊，或许还需要他们为世间万物开辟干净清明之地，但现在，这世上已经不需要神明之力了。他们只能被供奉，也只能被禁锢，所以神明不断消亡，因为他们已经没有了存在的意义。”

六冥冷笑：“你知道吗？他们已是上天的弃子。行止君，不过是上古神明苟延残喘的证明罢了。”

沈璃心头大凉，脑海中浮现出行止淡淡笑着的模样，倏尔觉得一阵心疼。

“千年前他开辟墟天渊，且还要借助五行之力依凭魔界天地而成，而历经千年岁月，他的神力早不知消减了多少，你觉得他还有余力再开辟一个墟天渊吗？”眼见沈璃周遭的火焰因心绪波动而时强时弱，六冥继续道，“天界那帮废物皆是依靠行止君的力量方能横行三界，若只是那群窝囊废，又有何本领立于我魔族之顶？杀了他们吧……”

沈璃闭上眼静了静心神：“天界窝囊是真，魔族委屈是真，但是，我不赞同你的做法，制作妖兽，伤人之前先损自身，魔族黎民何错之有？为何要为当权者的不甘心而白白死去？”沈璃睁开眼，目光灼灼地盯着他，“我不会助你。”

“你也不肯助你父亲吗？”六冥一默，还未等沈璃反应过来，他又道，“而且，助不助，现在可由不得你。”他轻声一唤：“苻生。”一团黑气蓦地围绕在六冥旁边。“属下在。”他竟连形体也没办法凝聚起来了，只能以这样的模样出现……

“你尚能撑多久？”

黑气静默，最后还是恭敬答道：“尚能坚持一炷香的时间。”

"足矣。"六冥声音薄凉，"去吧。"

黑气似俯首于地："遵命。"

沈璃眉头一皱，但见黑气扑来，如一块黑布，将她周身火焰包裹住，沈璃一惊，不遗余力地将法力放出，墟天渊亦是随之一颤，然而那黑气却并未消散，像是要把所有的生命都耗在此刻，黑气用力将火焰压住，直至缠绕在沈璃周身，让火焰只得在黑气之中烧灼。

沈璃挣扎，然而黑气却不动半分，沈璃咬牙道："他杀了墨方，如今又将你如此使唤！他根本未曾把你们当作人！"

一只妖兽的爪子蓦地将被黑气包围的沈璃捉住，没有火焰的烧灼，妖兽轻而易举地将她带走。

沈璃大怒："当真愚忠！"

而化为黑气的苻生只是静默无言。

六冥的笑声极为猖狂而愉悦："这便是我做出他们的目的，永不背叛，比狗更为忠诚。"沈璃恨得咬牙，六冥倏尔声音一转："小姑娘，感觉到了吗？"随着他话音一落，沈璃忽而觉得远方好像有热浪扑来，这种热度……沈璃愣神，呆呆地看向那方。

一个被铁链牵扯住的光球在黑暗之中显得尤为耀目，那光球之中是一只巨大的凤凰，艳丽的翅膀，美丽的身形，每一根羽毛上都沾染着炽热的火焰，那样的姿态，即便是在沉睡中也让人感到了它的强大。

而它身上隐隐传来的气息只让沈璃觉得莫名熟悉，一种血脉相连的颤动穿透空间的距离，让沈璃几乎移不开眼。

六冥笑着："这是我最骄傲的作品，也就是你的父亲——凤来。"

她的父亲……

这个称谓对沈璃来说太过陌生，对这个人的认知只来自魔君只言片语的描述，甚至在魔君坦白地告诉她一切之前，她根本就不知道自己的父亲是只妖兽。

但血缘便是如此奇妙，仅仅是站在这儿，看着与自己的原形那般相像的存在，沈璃就能充分肯定，他们之间，是有联系的。

那只眼睛晃荡着飘向光球所在之处，不知六冥低低地吟唱了一些什么，光球忽而猛地颤动。“好孩子，好孩子。”六冥激动得几乎破音，“你该醒醒啦，该是出去的时候了。”

沈璃身影一动，然而包围在她周身的黑气却更为用力地将她拖住，甚至裹上她的口鼻，让她出声不得。

沉睡中的凤凰倏尔睁开双眼，一束光芒在凤凰眼中一闪，亮光在墟天渊中荡出去老远，困住光球的铁链为之一颤，整个墟天渊微微晃动起来。六冥尖厉地笑着，那只眼睛里尽是疯狂的情绪：“起来吧，其余四个封印我已命人替换完毕，待将你换出去后，你就不用再做墟天渊的封印了，你很快就要自由了。”

用她来代替她爹吗……沈璃苦笑，这让她拒绝，也拒绝得不心安啊……

凤凰羽毛之上的烈焰倏尔灼热，它在光球之中伸展不开翅膀，受到桎梏的它却并不愤怒，只是身上的烈焰烧灼得近乎苍白，十分刺眼，让沈璃也无法直视下去。然而不过一转眼的时间，刺眼的光芒稍减，沈璃回过头，看见那火凤凰身体变形，它的翅膀慢慢变成手臂，分出五指，脸上长出皮肤，化出人的五官，它身上的羽毛则变为一件橙红相间的衣裳，合身得像是贴身缝的一般。

他仰着头，喉结在线条流畅的颈项间轻轻滑动了一下，一声极轻的喟叹自唇畔吐出。那气息好似带着积攒了千年的炽热，喷在光球的内壁上，令光球忽然发出“咔嚓”一声。

“琉羽……”他睁开眼，先唤了一遍这个名字，而后眼里的情绪才慢慢变得清楚，“琉羽。”

六冥缓缓飘到他眼前。“好孩子，你看看我。”凤来的目光这才慢慢凝聚起来，落在六冥身上，六冥激动难耐，“你且等等，我这便将你放出来。”

“琉羽在哪儿？”

“琉羽……已经去世很久了。”

凤来身子一僵，静静垂下头：“死了？”

“是啊。”六冥声音诡谲，“被世间抛弃，因神明而死，害死她的人，就在这墟天渊外……”

“她不会死。”凤来双拳紧握，“还未等我归去，她如何会死？”他周身火焰忽明忽暗，激得光球亦是颤动不已。沈璃欲开口解释，制止凤来，但缠绕着她的黑气却像是用尽生命的力量，令她动弹不得。

光球裂开，六冥那只眼睁得极大，兴奋得声音都在激烈颤抖：“出来吧，孩子，杀了外面那个神明，为琉羽报仇，出来吧！”

光球彻底破裂，凤来如同离弦的箭一般，蓦地向一个方向直直冲去，挡在他身前的六冥尚在大笑，然而笑声却戛然而止，因为凤来一身烈焰径直将仅剩的那缕残魂烧灼得一干二净！

凤来离开的地方留下一道极亮的光，沈璃只听远处传来一声巨响，外界的光微微泄到了黑暗的墟天渊之中，墟天渊中气息大改，坍塌的颤动传来，妖兽暴动，疯狂地朝凤来离开的方向奔去。

沈璃心惊，想赶去阻止，然而苻生却固执地拖着她，将她往铁链的方向拉去，沈璃大怒：“六冥已死！何苦再为他的一个命令而做这种事！”

靠近铁链，苻生不再缠住沈璃，但她周身的烈焰气息立时吸引了那几条铁链，它们如同有自我意识一般将沈璃的手脚绑住。好似有什么东西将接到她的血脉之中，沈璃只觉浑身倏尔无力，像是被铁链抽走了力量一般。

墟天渊的颤动停止，一切都暂时安静了下来，苻生在沈璃周围飘荡，声音中带着已死之人的衰敝：“恭喜主上，大愿终成。”

但他们除了达成心愿，别的已经什么都没有了。

“真是一群陷入固执的疯子。”沈璃冷声说着，只换来苻生无尽的沉默。

墟天渊外，两道人影正战在一起，极寒的冰与极热的火相互碰撞，每一次力道相触皆使天地间颤动一次。

忽然之间，红色的身影被止住攻势，白衣神明手中神剑一挥，凤来被行止从空中打落，径直在地上撞出一个大坑，然而未等尘埃落定，行止追击而来，漫漫黄沙之间，两道身影打斗的力道将大地撞击出巨大的裂缝。

而在两人背后，墟天渊虽已止住坍塌之势，但大门洞开，里面的妖兽们狰狞着面孔要扑出来，却像是被什么无形的力量阻挡了一般，无法逃脱。那是行止临时设的结界，他以一人之力阻挡了千只妖兽，又独自与凤来作战，已到达极限，但正在行止与凤来争斗之时，一只妖兽忽然以利爪猛地向结界抓去。

结界蓦地破开一道细小的口子！行止神色未变，他单手在空中一挥，结界上的裂缝就被修补好了，然而便是这一耽搁，凤来手中颜色艳极的长剑倏地劈砍而来，行止抽剑来挡，可哪里来得及，那带着毒焰的利剑径直砍入行止肩头，鲜血溢出，这已是受了极重的伤，但行止却连眉头也没皱一下，他化守为攻，逼得凤来不得不向后退去。

毒焰在肩头燃烧，行止左手凝上止水术，捂住伤口，熄灭焰火，止住血液，然而等他做完这些事，再抬头时，凤来已不见踪影，不知跑去哪里了。

行止皱眉，现在没有时间去捉拿凤来。他一回头，墟天渊中的妖兽们挣扎着要出来，行止知道，它们的身后，墟天渊的黑暗之处，沈璃在那里。

他收了神剑，迈步向墟天渊走去，但便是如此轻轻一动，他肩头的伤口又裂开，鲜血浸湿了他一大半的衣裳，行止索性捂住伤口，一直施止水术将血液凝住。

行止立于墟天渊前，里面的妖兽们狰狞着面孔，怨恨几乎要吞噬行止，他仰头看着它们，目光凛冽："不想死就闪开。"他不再看它们，目光落在前方，一步踏到结界里，拥挤着堵在门口的妖兽们一时有些慌乱地往旁边避开，让出一条道路，让行止缓步踏入墟天渊深处的黑暗里，其间有一只瘦小的妖兽见行止右肩有伤，悄悄躲在他的背后，在他走过之时倏地扑上前去，但没有谁看清行止如何出手，等回过神时，那只妖兽已经变成一团团碎肉飘浮在墟天渊之中，然后化为灰烬。

再无谁胆敢上前。

妖兽都挤去了墟天渊大门处，越往深处走越是寂静。而当他走到有微弱火光显现的地方时，那里只有铁链吊着的一个孤零零的人影。

“沈璃。”他轻声一唤。

闭上眼睛休息的人睁开了眼，他站得太远，沈璃身上的火光照不到他，沈璃一笑：“你来晚了，算计我们的、害我们的家伙，竟然没有一个是被我们亲手除掉的。”

在行止到来之前，只剩一团黑气的苻生也已化为灰烬，消失在墟天渊无尽的黑暗之中。

行止缓步走上前来，沈璃这才看见他肩头的伤，她一惊，随即垂了眉目：“是……他伤的你吗？”

行止探手摸了摸她的脸颊，但手上的血渍却不经意抹在了她脸上，看她被自己抹花的脸，行止一笑：“是啊，被岳父大人狠狠揍了一顿。然后岳父就跑了。”

沈璃却没有笑得出来，她沉默了一会儿，叹道：“方才不过被囚禁在这里这么一会儿，我便觉得孤寂难耐，四周什么都没有，一如那时五感全失一样，连自己是死是活都分不清楚。这滋味当真不好受。然而想到他被关在此处千余年……”

行止放下手，轻声问道：“你可怨我？”

是他开辟墟天渊，是他将凤来作为火的封印困在此处囚禁了千余年，而如今也是因为如此，沈璃才会遭此大难，被作为替代品……

“怨？或许是有一点吧。”

行止喉头一紧，眼眸微垂。沈璃手脚被困，但见行止这样，她倏地一笑，拿脑袋在他下巴处蹭了蹭："我不过是出于私情感慨一下罢了。"

"你道沈璃是如此看不清形势的蠢货吗？"沈璃道，"你做的，从你的角度来说无可厚非，换一个立场，若是我当日站在与你一样的位置，我只会做与你一样的事。你担起了你该担的责任，做了你该做的事，像英雄一样救了那么多人，你是这个世间最了不起的神明啊。"

行止心绪微动，他探手摸了摸沈璃的脑袋，将她摁在自己未受伤的肩上。"此漫长一生，能遇见一个沈璃，实乃大幸。"

沈璃沉默，她知他肯定还有话说，面对今日这局，必定要有解决之法才行。果然，没一会儿，行止拍了拍她的背，道："沈璃，我……"

"我会和你在一起。"沈璃道，"不管发生什么事，都和你在一起。"

行止一愣，随即点头轻笑："好。"

"沈璃，你可还记得先前我与你说过，墟天渊坍塌则会将其中妖兽一同掩埋。"行止将沈璃轻轻抱在怀里，声音轻缓地说道，"只是墟天渊是我借助五行之力才撑起来的，除了火之封印是借用了你父亲的力量，其余四重封印皆是依凭魔界天地而生的五行力量而成。"

他平淡的话语却不经意地勾出沈璃心中算得上甜美的些许回忆，墟天渊外的山上月和湖中水，那时他们中的一个人心怀猜忌，另一个则更是带着杀意，然而不管当时两人心里各自藏着些什么，沈璃现在回想起来，却只记得那时破开瘴气的月光比任何地方的月光都要美丽。

"当初我重塑封印，你也同我一起，想来你也清楚。彼时，墟天渊若毁，则魔界亦不能保全。"

沈璃点头："嗯，山上树是木之封印，水中泉是水之封印，军营练兵台下的石像是土之封印，而墟天渊上的锁链是金之封印。外面三重封印恰好呈三角状将墟天渊围住，而金居墟天渊上，火居墟天渊中，这本该是万无一失的阵法。但……"

"嗯，但对方将这五行之物，都找到了替代品。"行止扣住沈璃的双肩，脸上一直带着的笑容难得地收敛下去，他正色道，"沈璃，接下来的话，你要听好，因为要你来决断。”

沈璃面容一肃，听行止开口道：“你与另外四物替代了原有的封印，这替代的五行之力远远比不上原来依凭天地而生的五行力量来得强大，是以这个封印只能撑住墟天渊，而不能关住其中妖兽，所以现在墟天渊大门洞开，我虽以结界强行封住出口，让它们不得逃出，但这不是长久之法。唯有一法，方能解决妖兽之患。”

沈璃望着行止：“你是说……将墟天渊与妖兽们一同埋葬？”

“而今值得庆幸的是，墟天渊与魔界连起来的四处封印皆已替换，若墟天渊坍塌也不会影响魔界，唯一会受连累的……”行止点头，他伸出手，摸了摸沈璃的脸颊，“只有你。”

沈璃沉默了许久，忽而一笑：“这样的选择题，你知道我会怎么选。”

行止心头一紧，抽回手。“是啊，我知道。”

“那何必犹豫。”沈璃道，“毁了墟天渊吧。”

行止静静地看了沈璃许久，最后却是无奈地苦笑一声：“好歹也是自己的命，这种时候，你也犹豫一下再答应啊……”但若犹豫，她便不像沈璃了，这个女人在做决断的时候，总是太过干脆。

沈璃动了动嘴角，最终只是吐出“抱歉”两个字，但见行止看她，沈璃才道：“你千辛万苦救回来的这条命，又要被玩没了。这次……你别再去封东海了，我本还奇怪，在东海时，为何龙王那般急切地给你送礼……你看看把他们吓得……”

“呵。”行止不禁摇头失笑，他拍了拍沈璃的脑袋，微微敛了笑意之后，像是承诺一般道，“这次不会了，谁也不会被吓到。”他说：“我会陪着你，到最后都陪着你。”

沈璃不敢置信地望着他。

行止只自顾自道：“作法摧毁墟天渊需消耗极大神力，而如今我的神力也在日渐消退，要一边支撑着外面的结界，一边施法毁掉墟天渊，怕是困难。好在墟天渊外那几处封印极好移动，我且将它们带去天外天，使之与天外天相连，正好也可借天外天之力囚住妖兽们，最后，我将毁掉墟天渊，连带着将天外天一同销毁，从此九重天上再无忧患。一举两得。”

彼时，行止神君身亡，天外天与墟天渊一同消失，于天界无损，于魔界无害。

他已经……计划得这么清楚了啊……

“你其实……可以在墟天渊外办完这些事的，你何必……”

行止浅浅一笑，受伤让他脸色有些苍白，但他眼中却是从未有过的温暖：“因为，没有沈璃的世界，我已经无法想象。与你同归，怕是我能想到的最圆满的结局吧。”

沈璃心口一痛，想伸手抱住眼前这个人，他或许……一直活得比任何人都悲观，所以他的愿望也卑微得让她不得不心疼。

“我只怕，到最后，连同归也不能……”不等行止将话说完，沈璃猛地往上一蹭，咬住他的嘴唇，在他唇瓣上细细摩擦，轻轻地说着：“不会的，我会缠着你，像你变成凡人的那一世一样，一直都待在你身边。”

行止一声叹息，一手揽住沈璃的腰，一手摁住她的后脑勺，让这个吻变得更加深入，只在喘息的片刻之中叹道：“那个时候……你明明就时时刻刻想着跑啊。”

离开彼此的唇瓣，行止抵着沈璃的额头，轻声道：“这里会有点黑，别怕，待我将那四处封印处置妥当，便来陪你。”

“嗯。”

行止离开墟天渊时，天界已派天兵天将抵达墟天渊外，但见那个向来高高在上的神明被鲜血浸湿了半身衣裳，众人皆是一惊，有将军上前询问行止情况，行止只摆了摆手道：“片刻后我会离开此处一阵，神力或许会减弱，墟天渊外这个临时的结界怕是要劳烦各位支撑一阵。”

将军一愣：“我们自是义不容辞，但不知我们能否担当此大任……”

“能。”

行止尚未开口，旁边忽而插进一个声音，拂容君一袭素衣，缓步上前，在他身后跟着幽兰与当初在天界冲撞行止的勿元仙君。三人对行止恭敬地拜了拜："我等必不负神君所托，死守墟天渊结界。"

行止上下打量了拂容君一眼，笑道："拂容君他日……或有所成。"言罢，他转身欲走，脚步却又一顿，问道："凤来……那凤凰妖兽现在何处？"

"好似向魔界都城那边去了，他速度太快，没人追得上他，唯有等他停下来再做追击。"

"若此后……"行止话说了个开头，顿了许久，最后只轻轻一笑，"只有看你们本事如何了。"言罢，他不再耽搁，迈步离开。

魔宫内外一片狼藉，地似血染，魔界守军清理着战场，每人脸上皆同样凝重。沈木月在几位将军的陪同下，走在都城的大街上，检查着这里是否还有幸存的魔人。路过碧苍王府时，沈木月脚步一顿，但见伺候沈璃的丫鬟正站在门口，焦急地等待。

沈木月背后有将军唤道："魔君……"

"走吧。"她摆手，"她若来问我，我怕无颜面对她。"

背后将军们一默，有人安慰道："神君必定会把王爷安然带回的。"

话音未落，但见空中倏尔射来一道厉芒。沈木月眉头轻蹙，随即神色一空，呢喃一般道："带不回来了……带不回来了。"

空中那道厉芒像是察觉到什么气息一般，蓦地一转，径直砸落在沈木月身前，将军们登时戒备起来。沈木月却伸手一拦，轻声道："都退下。"尘埃落定之后，赤袍男子静静立着，目光落在她身上："沈木月？"

"凤来。"她垂下眼眸，"未承想，此生竟还有见到你的一天。"

凤来径直问道："琉羽在哪儿？"

"死了。"沈木月抬头看他，说得极为平静，"千年岁月，只怕连尸骨也找不到了。"

凤来目光一散，他咬了咬牙，挣扎一般道："我不信……"沙哑的声音里竟有几分脆弱。"她说她吃了仙丹，不老不死，会一直活着……"

"饶是神明亦有归天之日，何况琉羽。"沈木月看了看身后的人，几位将军会意，皆往后退了退，"千年前你被封入墟天渊后，琉羽独身前往墟天渊，欲入封印陪你，最后却死在墟天渊前，是我亲手埋的她。"

凤来握紧拳头，沈木月看了他一眼，又道："她为你留了个女儿。"

凤来一怔，双目愕然地望着沈木月："你说什么？"

"她为你留了个女儿，把她的生命用另一种方式延续下来了。"沈木月静静地看他，"只是，你现在在这里，想来阿璃已经代替你，成为墟天渊的封印。"

凤来惊得愣住，他皱眉仔细回想，初醒那刻，他只看到了眼前的六冥，别的……别的……还有一团被黑气包裹的光亮，难道那里面……

"你若不信，此处的碧苍王府便是阿璃住所，你大可进去看看，里面尚残留着她的气息，你应该能感觉得出来，她到底是什么人。"

凤来看着牌匾，而后迈步进到王府之中，门口的肉丫看见他，正在犹豫要不要拦住，却听一个声音道："让他进去。"

肉丫一怔，不知道这开口的黑衣女人是谁，只挠了挠头道："可是……我家王爷不在啊。她不知又跑到哪里去拼命了……"凤来没有理肉丫，径直迈步进门，肉丫连忙唤道："哎哎，你别乱闯。我家王爷回来会生气的！"

凤来像全然没听到她的声音一样，在屋子里走了一圈，倏尔顿住了脚步。"当真如此……当真……"

沈木月跟了进来，静静道："我将琉羽埋在墟天渊前，阿璃如今也在墟天渊之中，她们母女好歹也算在一起。"

凤来垂下眼眸："琉羽，喜欢孩子吗……"

"比喜欢她自己的生命更喜欢。"

凤来轻闭眼眸，再未发一言，最后只化为一道光，向来时那般飞速离开了都城。

沈木月静静望着天空："我用这样的方式换回阿璃的命，你可会怪我？你若怪我……也无妨……"

轻风一过，像是谁在无奈叹息。

终章

与子同归

天外天中，万古不变的孤寂无声流淌，踏着青玉板铺就的阶梯，行止肩上的血液滴滴答答地流了一路。忽然间，不知是眼花还是腿软，行止摔倒在长阶之上，以止水术冻住的伤口猛地裂开，一簇火焰蹿了出来，行止眉头一皱，再次凝起法术将火焰强行压制下去。

伤口无法愈合……原来，他的神力已经退化到这种地步了吗……

看来，就算没有此一遭，他身为神明的生命，也快要走到尽头了。

神……当真已被上天遗弃了啊！

行止仰头望着悬于天外天上的星河，蓦地笑出声来："若论冷漠不仁，世间何物比得过你？造而用之，废而弃之……什么神明之力堪与天道匹敌，简直胡言乱语，现下想来，无论是谁，不过都是你手中摆弄之物罢了。"他一声长叹，气息在空寥的天外天中仿佛荡出去老远。"上天不仁啊！"

然而感慨终了，行止望了一眼像是没有尽头的长阶，一手捂住肩上伤口，将烈焰按住，继续一步一步向上走去。

不知走了多久，长阶终是有了尽头，在那里有一个宽阔的圆形神坛，行止登上神坛，迈着凝重的脚步，行至神坛中央，金色的光辉立时包裹了他的周身，映得他一双黑眸熠熠生辉。

他蹲下身子，单膝跪于地面，将神力灌到青玉板之中，在圆形神坛之上，有另一种光辉在地上显现，像是按照天上星辰排列的顺序映照下来的一般，布置无序但却出奇地和谐。而随着行止的法力越灌越多，在那些金光之中，隐隐能看见一些人影，他们与行止一样，身着宽大的袍子，然而动作、姿态却各不相同。

这本是神明商议重大事情时才会来的地方，每个神明皆有自己的位置，这些影像，便是他们千万年来停留在此处的残像。在久远的从前，众神尚在，一个决议，总要经过多数人同意方能实行，然而现在，却只有行止一人在此……

他将墟天渊外的四个封印放置于地上。

将封印与天外天相连接并不困难。不过片刻，行止便在天外天万年不流动的空气之中感受到了一缕微风，带着墟天渊中的瘴气，极为轻微，却又能让人轻易地捕捉到。

他能想象得到此时墟天渊外，仙人们会有怎样高兴的表情，临时结界破裂，然而墟天渊的大门却阖上了，妖兽们不会再逃出去……

行止有些脱力地在地上跪了一会儿，最后只压下所有疼痛，凝了目光，不曾看一眼过去朋友的姿态，只凝视着阶梯，像来时那样，一步一步走下去，谁都可以软弱，谁都可以追忆往昔，但行止不行，他还有事要做，还有人要救。

肩上的血浸透了衣裳，顺着手臂滑到指尖，滴落于地，太过专注于走自己的路的行止没有回头，所以他也没有看到沾染了他血液的神坛之上，那些金色的光芒经久不灭。

待离开青玉阶梯，行止立时驾云而起，现在天外天已经与墟天渊连了起来，他循着瘴气浓郁的方向而去，不过片刻便入了墟天渊，黑暗之中极难辨别方向，他寻了许久方才看见一点如星光芒。他急速上前，然而却在抵达沈璃身边的时候放缓了脚步。

他看见她双眸轻闭，静静睡着，神色宁静，好似做了什么美梦。

行止一时不忍唤醒她，他见过沈璃睡觉的样子，眉头紧蹙，呼吸极浅，像时时刻刻都防备着，但凡身边有人敢图谋不轨，她就能立即跳起来将对方捏死。

这样安静的睡颜，实在少见。

他便静静立在她身旁，摧毁墟天渊所需要的不过是一个法咒，然而待法咒念罢，墟天渊每坍塌一部分便会从他这里抽走一部分神力，若是从前，抽走那些神力不过会让他有几分疲惫，但现在不行了，墟天渊的消失会耗尽他的力量……

沈璃睫毛倏尔一动，她缓缓睁开眼，看见行止浅笑着站在自己身前，沈璃便也忍不住笑了起来："做了个美梦，醒来便看见你，实在再好不过。"

"那以后日日我都许你美梦，也日日都让你在我身旁醒来……"

行止嘴角动了动，这句承诺终是没法说出口。他只是笑了笑，轻声问道："梦见了什么，这么开心？"

"我刚才啊……"她说着，嘴角便已经扬起了按捺不住的微笑，"我看见你躺在葡萄藤下的摇椅上晒太阳，手里拿着没看完的书，睡得可安稳了。阳光那么温暖，透过葡萄架，星星点点地洒在你脸上，漂亮得让我都移不开视线。"

行止探手摸上她浅笑的脸颊，他也跟着微笑，但喉头却有些哽塞。

知道他心底的情绪，沈璃忙问道："你那时……怎么就把我捡回来了呢？"

行止仿佛想起了什么事，摇头笑道："实在没见过丑得如此标新立异的凤凰，所以想捡回来仔细观察观察。"他声音一顿，"不过，还好因那一时好奇将你捡回来了。"

沈璃有些不满地嘀咕："我长毛之后还是挺漂亮的……"

"就这样是最漂亮的。"行止将她抱进怀里，又静静地与她依偎了一会儿。"沈璃，你害怕吗？"

"有一点。不过被你抱着就不会了。"

"我很害怕。"沈璃或许有来生，但他死后，或是灰飞烟灭，或是化为天地间的一缕生机……他将沈璃抱得更紧，"你要是跟别人跑了，我得多想不开啊……"

沈璃一愣，随即笑道："行止神君何时对自己如此没有自信了？这三界之中，还有谁能同你相比？"

行止没有答话，沈璃只听耳边有低微的法咒吟诵而出，那些咒文好似化为一道道金色的浮光，掠过黑暗的墟天渊，消失在四周，沈璃愣然，恍然之间，缚住她的铁链上传来几下震动，沈璃问："墟天渊要塌了吗？"

"墟天渊空间太大，若是立即坍塌恐会发生什么意外之事，这法咒会让它从外至内，慢慢塌陷。"

沈璃无奈一笑："看着自己怎么慢慢死去吗……行止，当真太狠得下心。"

行止心中最酸软的部分好似被这话狠狠打了一下，只轻轻一呼吸，便把疼痛挤压到了四肢百骸。肩头的伤口裂开，他闷不吭声地忍了下去，连眉头也未皱一下，只摸着沈璃的脑袋道："抱歉……让你也一起害怕……"

沈璃看了他许久，最后用头轻轻撞了撞他的胸膛，无奈地说道："谁让你道歉了？我是在心疼你啊！"

背负了那么多，连死亡也不能选择更痛快的方式，行止这一生都被天道那看不见的力量所束缚……行止听罢这话，目光直直地落在她身上，最后只是笑了笑："被人心疼的感觉，还不错。"

天上的神明站得太高了，别说凡人，连仙人也只能抬头仰望，他们会仰慕，会崇拜，会敬畏，却独独不会用看弱者的眼光去看他们，谁会因神明的无奈而悲伤？谁会因他们的无助而心疼？所有人都忘了，神明无情，并非少了能动情的心，而是被束缚得太紧。

她动了动手，却被铁链制住了动作，沈璃眉眼垂了下来，但忽然之间，铁链又是一颤，沈璃听见"咔嚓"的声音自远处传来，锁住她双手的链条倏尔碎掉，变成一块块废铁，不知落到深渊的哪个地方去了。

沈璃愣愣地看行止，或许是错觉，她觉得行止脸上的血色竟在一寸一寸慢慢褪去。行止转过头，避开沈璃的目光，不知往何处看了看："墟天渊的大门或许已经塌了吧。这铁链是从大门处连通进来的，既是做控制火之封印之用，亦能抽取火之封印的力量，互相平衡。"他一顿："沈璃……大门塌了，意味着我们谁也出不去了。"

"嗯。"沈璃点头，她伸出手，环住行止的腰，"一开始也没打算出去。这样就很好。"她在他胸膛找了个安稳的位置，将脸贴在上面，舒服地喟叹一声："早想这么做了，你不知我忍得多辛苦。"

行止微怔，忽而一笑，同样环抱住了沈璃。

墟天渊中坍塌的巨响越来越近，但行止和沈璃却像是什么也听不到似的，静静地依偎着，像是躲进了彼此最安全的避风港，再不管外界那些狂风暴雨。

"砰！"一声与之前坍塌声不同的巨响传来。

行止眉头一蹙，扭头一看，一束极为耀眼的火光劈开了墟天渊中混沌的黑暗。沈璃自行止怀中探出头去，忽见漆黑被光亮烧灼出一个洞，她看见了外面神色惊愕的仙人们，也看见了一步一步踏尘而来的凤来。

沈璃唇角微动，凤来身上的光太过耀眼，让沈璃都看不清他的长相，但那样的气息，只感受过一次，她便知道是他。

他每一步都迈得不疾不徐，但转瞬之间他便行至沈璃身边，他手掌一转，行止肩上的毒焰转瞬便被他收于掌心，他看了行止一眼，随即目光落在沈璃身上，将她五官细细看了一遍，凤来唇角动了动，最后却转过头，望着漆黑的墟天渊深处，继续迈步向前："带着你母亲那份，活下去。"

话音一落，沈璃忽觉一股大力卷上周身，赤红的火焰将她与行止裹住，拖拽着把他们拉向墟天渊外的光明中。

沈璃回过神来，这才知道凤来要做什么，她心头极乱，透过火焰围起来的壁垒只遥遥地看见那个耀眼的身影越来越远，不行……她还没看清楚，还没感受清楚，不行……

她欲逃出这火焰的包裹，但周身却使不出一点力气，墟天渊里的黑暗离他们越来越远，这力量一直将他们稳稳地放到地上方才消失无迹，沈璃伸手去揽，却只来得及触碰到最后的温暖。

明明是那么耀眼的火焰，但却一点也不伤人……

她目光追随着火焰消失的方向，墟天渊大门已然不在，只在空中留下一个黑色的洞穴，像是把天撕出了一个伤口，而凤来送他们出来时的那道光亮早已消失不见。

沈璃指尖微颤，正是茫然之际，忽觉肩上一热，沈璃愕然回首，但见行止倚着她的肩头，口中血如泉涌。

行止口中的鲜血不停地涌出，他捂住嘴，想推开沈璃，但手却是那么无力，未将沈璃推动，他自己先倒向一旁，趴在地上，又呕出一大口血来。那袭曾一尘不染的白衣，他素来干净修长的手指，还有那张总是挂着淡淡微笑的脸庞，此时都被鲜血染得一片狼藉。

“行止……”沈璃怔然地唤他，心头是从未有过的惧怕和仓皇，她几乎是跪着挪到行止身边，将他抱在自己的腿上，她的指尖与嘴唇颤抖得比行止还要厉害，“为何……”她伸手抹去行止嘴边的血，但立即又有血液涌出，将她的衣袖也染湿了。“不是已经出来了吗？”她的声音抖得不成样子。“他代替我被埋在了墟天渊里……他……”沈璃哽咽，“你怎么还会这样？”

冰凉的手被紧紧握住，行止的眼眸静静地看着沈璃，那双波澜不惊的黑眸里仿佛藏着让人平静下来的力量，他咽下喉头翻涌的腥气，气息虚弱，但神色间却没有半分软弱：“神明……没有存在的理由了。”

天外天会随着墟天渊的消失而消失，再没有什么东西关乎三界存亡，天地间不再需要能与天道抗衡的力量。神这种由天而生的职位，也是时候功成身退了。

“神明没有存在的理由又如何！”沈璃紧紧握着他的手，声音好似从喉咙里挤出来一样干涩，“行止还有存在的理由！不是神明，只是你，只是行止，你还有那么多活下去的理由……”

“若还可以……”行止笑了笑，“我活着的理由就只剩下沈璃了。”

天空中的墟天渊猛烈地颤抖起来，黑暗的范围慢慢缩小，饶是行止如何将牙关咬紧，鲜血还是自他嘴角溢出，他感觉到沈璃的手在不停地颤抖，慌乱得没有半点平时威风的模样。

“沈璃此人，太不会照顾自己……太不会心疼自己……”行止咳嗽了两声，“若是可以，我想替你照顾你，代你心疼你……”

沈璃心口剧痛，好似血脉都被揉碎了一般。“你倒是说到做到啊！”

行止一笑，摇了摇头，倏尔猛烈地咳嗽起来，太多的鲜血让沈璃几乎抓不稳他的手，许是她的表情太过哀伤，行止笑了笑道：“字字啼血……我今日倒是玩了个彻底，也算是做了一次子规，当了一次你的同类。”

沈璃咬紧牙关：“这种时候，只有你才开得出玩笑……”

一句话勾起太多往昔回忆，连行止也静默下来，沉默了许久之后，他咧了咧嘴，三分叹息，三分无奈，还夹杂着几分乞求的意味：“那……沈璃，你便笑一笑吧。”

眼泪啪地落在行止脸上，温热的泪滴滑过他满是鲜血的脸颊，洗出一道苍白的痕迹。沈璃抿唇，微笑。

行止扭过头，闭上眼，一叹：“实在……惨不忍睹……”

刚说完这话，行止忽而脸色一白，浑身肌肉蓦地绷紧。与此同时，墟天渊剧烈一颤，有碎裂的声音从天空中传来，沈璃愣愣地转过头，但见那空中的黑色空间如同瓷器一般，被一股无形的力量打碎，碎片化为烟灰，里面封印的妖兽也好，野心也罢，都随着清风一吹，消失无迹，阳光穿透瘴气，照在这片被墟天渊的黑暗遮盖了千余年的土地上，扫荡了所有黑暗。

而在耀眼的阳光之中，沈璃好似看见一簇微弱的火焰在空中跃动，它像叶子一样，慢慢飘落下来，没入大地。

“沈璃。”她听见行止轻声问她，“这是你梦里的那束阳光吗？”

沈璃望着他，不见他唇角再涌出血液，但不知为何，她心里却更加慌乱。“不是。”她说，“不是，你得陪我一起去找那样的阳光，那样的场景。”

“真可惜……不过……我相信，以后你一定会找到……”他像累极了似的慢慢闭上了眼，“那样的阳光。”

行止握住沈璃的手渐渐没了力气，沈璃垂下头，握着他的手，让他的手背贴着自己的脸颊。“混账东西……”她声音极低，嘶哑地说道，“你明知道，我要找的，是那个晒着那样的阳光的行止……混账东西。”

“你让我，上哪儿再去找一个行止啊！”

然而，却没有谁再给她回应。

天空中不知从哪儿散落下来星星点点的金色光辉，像是隆冬的大雪，铺天盖地洒了满天。

静立在旁的仙人们皆抬头仰望，不知是谁喊了一声：“是神光！是行止神君归天的神光！”仙人们倏尔齐齐跪下，俯首叩拜。“恭送神君。”

“恭送行止神君。”

这天地间最后一位神明，消失了。

天道终是承认他是以神的身份离开的吗？天道终是让他化成了天地间的一缕生机，与万物同在，享天地同寿吗……那她……岂不是连轮回也无法遇见行止了。

沈璃仰头，望着漫天金光，在那般璀璨的闪亮之下，她双目中的所有光芒却渐渐暗淡了。

再也没有这样一个人了……

她抱着怀里逐渐冰凉的身体，轻轻贴着他的脸颊，像是与他一同停止了呼吸。

不知过了多久，有人走上前来，轻声唤道：“碧苍王。”沈璃没有回应，那人顿了一顿，又道："碧苍王沈璃，神君已然归天，神识不在，他的身体是不能随意滞留于下界的，历代神君归天之后，皆要以三昧真火将其渡化至无形。碧苍王，且将行止神君交予我吧。"

沈璃这才抬头看了来人一眼，竟是天君亲自来魔界要人了。她垂下头，还是用那个姿势贴着行止。"不行。"

天君脸色微变，但见沈璃这样，他也未生气，只道："神君尊体，唯有以三昧真火火化，方能保世间最大周全。"

"哼。"沈璃冷笑，"他在时，你们时时要他保三界周全，护天下苍生，他死了，你们竟是连尸骨也不放过，还想让他的尸体也为三界安宁做一份贡献？"她抱住行止的手一紧，眸中倏地红光一闪，在天君跟前烧出一道壁垒，灼热的烈焰径直烧掉了天君鬓边几缕发丝，逼得天君不得不后退两步。

"你们有本事，便从本王手中将人抢过去。"

天君目光一沉，又听沈璃道："若今日你们真将他抢去烧了，他日，我碧苍王沈璃，必定火攻九重天，势必烧得你天界——片甲不留！"她声音不大，但言语中的果断决绝却听得在场之人无不胆寒。

隔着火焰壁垒，众仙人皆看见了沈璃那双染血之眸冷冷盯着他们。僵持之际，幽兰忽而上前，行至天君身边一拜："天君，行止神君被三界苍生桎梏了一生，至少现在该还他自由了。"她俯身跪下："幽兰恳求天君网开一面。"

"皇爷爷。"拂容君亦在幽兰身边掀衣袍跪下，"神君虽已归天，但方才大家有目共睹，神君定是愿意和碧苍王在一起的。皇爷爷极尊重神君，为何不在这时候再给他一分尊重和宽容？拂容求皇爷爷开恩。"

天君见两小辈如此，眉头微蹙，忽而身后又陆陆续续传来下跪求情的声音，他一愣，转过头，却见在场的仙人无不俯首跪下，恳求于他。天君扫视一圈，随即一叹，转过头来望着火焰壁垒后的沈璃，最后目光一转，落在行止已安然闭目的脸上。"罢了！"他长叹，"罢了罢了！"言罢，拂袖而去。

拂容君与幽兰这才起身，两人看了一眼壁垒之后的沈璃，一言未发，驾云而去。仙人们也跟着他们渐渐离开。

直至所有人都走完，沈璃才撤了火焰，抱着行止，静静坐着。“你自由了。”她声音沙哑，“你看，没人会再用神的身份禁锢你了。”

但行止已经不会再有任何反应，沈璃抱着他，将头埋在他冷冰冰的颈窝里，嗅着他身上淡淡的香味，幻想着他下一刻还会起来。

漫天金光消失了踪迹，黄沙被风卷着一阵一阵地飘过，沈璃不知在这里坐了多久，直到有人从远处而来，唤道：“王爷！”

是魔界的人寻来了。沈璃抬头一看，走在第一位的竟是魔君，沈木月没有戴面具，也没有幻化出男儿身型，她急切地走了过来，望着沈璃，沉默了许久，最后蹲下来，看着沈璃的眼睛，安抚一般说道：“傻孩子，该回家了。”

“师父……”沈璃抬头看她，眼眸中全然没了往日光彩，“我把不应该弄丢的两个人，弄丢了。”

她的声音嘶哑得不成样子，听得沈木月心尖一软。“阿璃……”她不知该说什么，顿了半晌，只道，“先回家吧。”

一年后。

墟天渊消失了，魔界的瘴气日益减少，那些受瘴气影响而魔化的怪物也越来越少，没了对外战斗的事，朝堂上的利益纷争便越发厉害起来，沈璃不喜这些明争暗斗，索性整日称病不去上朝，也不去议事殿，左右也没什么战事需要她去操心，她便日日在魔界都城里闲逛，偶尔捉几个偷懒出来喝酒的将军，收拾几个仗势欺人的新兵，人送新名称——“撞大霉”。

肉丫听了很为沈璃抱不平：“他家才撞大霉！别让肉丫知道是哪个倒霉家伙传出这名号，待知道后，肉丫定让嘘嘘去啄秃他的头！”

沈璃坐在椅子上悠闲地喝了口茶。“没什么不好。”她说，“我本来就是很倒霉的一个人。”

肉丫闻言一愣，垂了眉眼。

她尚记得王爷一身是血地带着行止神君的尸身回来的时候，那时的沈璃简直像魂都没了一样。将行止神君送去雪祭殿后，她带着一身伤，在那冰天雪地里独自待了三个月，最后是魔君看不下去了，才将她强行拖出。

这一出来便是一场大病，断断续续又缠了她三四个月，待病好之后，沈璃便像是想通了一般，又恢复了从前的模样，但是肉丫知道，现在的沈璃，心里已经烂得乱七八糟了。

“明天我不会回府。”沈璃喝完了茶，轻声开口说道，“你只准备你自己要吃的东西便行了。”

肉丫一愣，恍然记起，明日不正是神君归天一年的时间嘛。

肉丫有些担忧地点了点头。沈璃瞥了她一眼，然后揉乱了她的头发。“别担心，都过去了。我知道的。”

这条命是行止和她父亲一起捡回来的，就算她不为自己活着，也该为他们好好活下去，要照顾自己，心疼自己，如果行止没办法来帮她，那就只好让她自己来打理自己了。

肉丫点头，看着沈璃走远，只余一声叹息。

雪祭殿的大门再次被打开。冰雪之气从内部涌出，沈璃轻轻闭上眼，这样的凉意能让她想起行止，她迈步踏进雪祭殿中，她将行止的尸身放在这天地自成的封印之中，既能保他身体不坏，又不至于让心怀不轨之人将他身体盗走。

“行止。”她破开层层霜气，仰头望向中间的那个冰柱，但瞳孔却蓦地一缩。

冰柱之中……没有人！

沈璃愕然，她疾步迈上前去，绕着中间的冰柱看了一圈也未看见行止的身影，她心里蓦地一慌，但又隐隐燃起了一丝新的希望，她握紧拳头强迫自己冷静下来，但在这时，雪祭殿外忽而传来肉丫的呼唤："王爷！王爷！"

沈璃出了雪祭殿，但见肉丫气喘吁吁地奔到她面前。"有……有……有妖兽！在主街上！"

"是个雪妖！"

沈璃推开肉丫，疾步离去，因为颤抖而导致脚步有些踉跄，她只望着前方，搜索自己熟悉的气息，一路奔至都城主街，像疯了一样向前寻找着，忽然，她听见前面有嘈杂的声音，有民众的惊呼，有官兵的呵斥，她推开那些人，看见一个白色的背影在街中站着，他背对着她，那一头雪白的发随着他的步伐轻轻摇曳。

所有人都像被他吓到了一样，主动给他让出一条道路来。他迈着缓慢的步伐，走向了碧苍王府的方向，他走得那么慢，那么慢，却偏偏让人觉得，就算前方有刀山火海，有枪林箭雨，他也会毫不犹豫地坦然向前，为寻他想要的那个终点，而至死不渝。

沈璃只觉喉头锁得死紧，眼眶热得发烫。她跟着他的脚步向前走着，然后越来越快，越来越急切，最后扑上前去，一把将他抱住。

"行止，行止……"她唤着他的名字，"是你！我知道是你！"

一定得是他。

沈璃心想，否则她不知自己会多绝望。

似冰一样凉的人停下脚步。但沈璃将他抱得太死，他根本没法转身。

一只僵冷的手掌轻轻放在沈璃贴在他胸膛的手上，动作微带迟钝地将她的手握住，向上拉着，放到他的嘴边，落下凉而轻的一吻。

"沈璃。我回来陪你晒太阳了。"

行止神君回来了，只是神力极为微弱，弱得如同寻常仙人一般，而身体却是连寻常仙人也不如。沈璃忧心魔界尚有残留的瘴气会对他有所妨碍，便带着他去了人界，买了间小屋，一如当初他还是行云的时候。

天界的人来找了他几次，行止避而不见，将避世的态度摆明了，天界的人倒也识趣，便不再来寻他了。

沈璃便与行止在小屋里安顿下来。生活好像又回到了最初的样子，病弱的书生和霸气的女王爷，他们在后院种了葡萄，两个人一起动手，边聊边种。“你就不好奇我是怎么回来的？”行止问沈璃。

“好奇，但不敢问。”沈璃一顿，她坦白道，“要是一问，发现这是一场梦，我该怎么办。”

行止一愣，心道沈璃这次定是被吓到了，他笑了笑，也不再说什么，不着急吧，他还有那么长的时间来告诉沈璃，这就是现实。

只是……他望了望天，破碎的天外天，老友们残留的那些金光影像……他垂下头，将土松了松，关于上古神的那些记忆，对以后的人而言，只会像是一场梦吧。他能想到，在天界西苑之中，那些借助众神残留神力飘浮的灵位，此时应该已经灰飞烟灭了吧。因为……他们将最后的最后，都变成了他活下去的力量。

他的朋友，过去，都已经追不回来了。

“沈璃。”他忽而唤道，“我不再如曾经那般强大，你可是会嫌弃我？”

沈璃瞥了他一眼，自然而然地问道：“为何要嫌弃？最开始，我爱上的就只是个病弱的凡人而已。”

他们转了一圈，原来只是回到原点啊。

行止愣了愣，随即一笑，再不多言。

这世间最后一个神不见了，但却多了一个闲散的仙人。

年复一年，人界的时间过得太慢，沈璃和行止小院中的葡萄藤已经开始结大串大串的葡萄了。

是日，阳光透过葡萄藤照在躺在摇椅上的行止脸上，他闭目浅眠，忽闻一个声音道："尝尝，葡萄。"行止睁开眼，看见站在身旁的沈璃，她逆光站着，剪影太过美丽。行止伸手接过葡萄，忽然想起什么一般道："沈璃，你之前还欠我两个愿望呢。"

沈璃一怔，琢磨了许久，好似才想起这件事。"你还有什么愿望？"

"第一个愿望，以后每年夏天，你都帮我摘葡萄吧。"

沈璃在他身旁的摇椅上躺下，点头答应："好啊。"

"第二个愿望……"

沈璃侧头看他："今天你要把愿望都许完吗？"行止也恰好在这时转过头来，两个人的气息挨得极近，行止笑道："因为，第二个愿望，要花很久的时间去完成。"他直起身子，在沈璃唇上静静落下一个吻。

"帮我生和一串葡萄一样多的孩子吧。"

沈璃一惊，推了他就跑。"丧心病狂！"

院中，只留下行止止不住的轻笑。

其时，阳光正好。

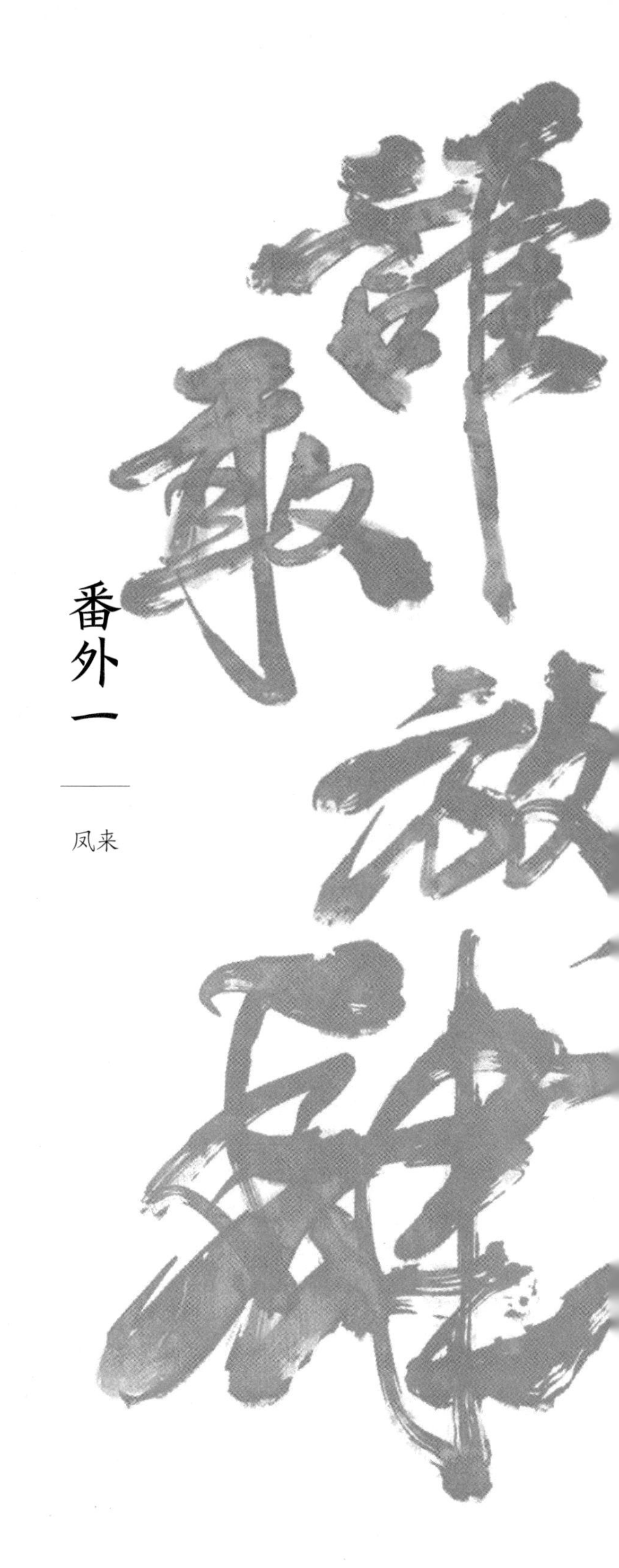

番外一

凤来

一声巨响，地室中蓦地一颤，仿佛有一股极热的气浪自深处涤荡而出。琉羽身形一偏，只得扶住墙壁，方不至于摔倒在地。待震颤平息，身后的门人皆在窃窃私语，猜测着魔君这次又做出了什么妖兽，诞生之初便弄得如此大的动静。大家皆忧心忡忡。

琉羽瞥了他们一眼，默不作声地往前走，推开结实的木门，接下来的路便只有得到过特许的人才能走。

封闭的甬道旁架着火把，许是琉羽的错觉，她觉得今日这火光好似比往日来得都明亮一些。行至甬道尽头，面前石门紧闭，琉羽抬手轻叩门环，但只敲了一下，石门轰然坍塌，琉羽愕然，屋内耀眼的光亮透过厚重的尘埃照射出来，刺目得让琉羽不禁微微眯起了眼。

“做出来了！哈哈哈！终于成了！终于成了！”

六冥的声音嘶哑中带着近乎癫狂的欣喜之意，他的背影在火光映射中显得有几分骇人，琉羽缓步行至他身边。“师父……”她的目光越过六冥的身子，看见屋内一片狼藉，丹炉翻了一地，火焰遍地烧着，而在那火光之中，静静立着一个幼童，他闭着眼，好似在沉睡，模样看起来不过六七岁大小，与寻常孩童无异，但是他身上却有火焰在烧灼。

琉羽微惊：“师父……这是？”

“凤来。”六冥眼中尽是被火灼热的光亮，他咧嘴笑着，“他名唤凤来。”

六冥迈步上前，涉火而过，停在凤来跟前，将他抱出了火海。凤来尚在沉睡，六冥望着他诡异地笑着：“有了他，我就可以做出更多的妖兽，也不用担心无法控制它们了，我只要控制这孩子便好。”

这么小一个幼童……便是师父倾力炼制而成的妖兽?

“可是他还没有醒啊。”六冥将凤来塞到琉羽怀中,“你先抱他回去躺着,我检查一下是否有哪里出错。”言罢,六冥往还蹿着火焰的屋子里探寻而去。

琉羽愣愣地望着六冥,又看了看自己怀里的孩子,最后只得一声叹息,领命而去。

抱着小孩走出石殿,门人们皆在背后对她指指点点,有的说师父疯了,有的只摇头叹息。琉羽不予理会,直到将凤来抱回自己的屋里,看着小孩稚嫩的脸,琉羽也觉得,师父或许不大正常了,这样一个弱小的孩子,哪儿有能力控制那些妖兽。

正想着,忽见孩子眼睑微动,琉羽凑近看他,恍惚间,小孩睁开眼,一双红色的眼瞳将她的脸庞清晰映照出来。

“凤来?”琉羽看见自己的笑颜在他眼瞳里展开,这孩子的一双眼睛比溪水更为清澈,“我叫琉羽。”

凤来眨巴着眼看她,好似并不知道她说的是什么意思。琉羽琢磨了一会儿,心道这孩子是被师父炼制出来的,像个婴儿一般,对这个世间没有半分了解,想来也是听不懂她说的话吧。

琉羽欲起身离开,想给他倒一杯茶,可她还没迈出步子,衣袖忽而一紧,凤来眨巴着眼定定地望着她,一只小手紧紧地拽着她的袖子不放。琉羽一愣,笑问:“怎么了?”

凤来不言。

大概……是害怕一个人待着吧。琉羽如此想着,索性弯下腰,将他从床上抱起来,凤来怔怔地任由她抱起来,却下意识地用手环住琉羽的脖子,他侧头,呼吸便喷在了琉羽的脸颊上。

琉羽将他抱到桌子边,随即坐下,让凤来坐在自己腿上。她拿了杯子,给他倒上一杯茶,然后放到凤来嘴边。“喝茶吗?”

清香的气味飘入凤来的鼻腔,他眨巴着眼,目光终是从琉羽脸上移开，落在青绿的茶汤上，他张开嘴小心地尝了一口，味觉带给他的感受让他惊奇地睁大了眼睛，目光又落在琉羽脸上。

“茶。”琉羽一笑，她教他，“这是茶。”

“炸？”

“茶。”

“擦……”

“不对，是茶。”

“茶。”

听他这么一会儿工夫就念对，琉羽亦感到惊奇：“你好聪明。”

“好聪明。”

琉羽揉了揉他的脑袋，正聊得开心之时，门扉忽而被推开，来人一脸阴沉地踏进屋来，几乎是用质问的语气道：“师父又炼制出了什么妖兽？”

琉羽脸上的笑微微收敛，她摸了摸凤来的头，轻声道：“师姐。”

沈木月还未走进里屋便怒道：“他可知先前那些怪物已伤了魔族多少子民！又有多少将士因去捉拿妖兽而死！”她绕过屏风，但见琉羽怀中抱着一个瞳色妖异的小孩，她微微一怔：“这是谁家孩子？”

琉羽一默，继而叹道：“这便是师父新炼制出来的妖兽。”

沈木月一愣，倏尔大怒：“荒唐！他竟然将妖兽炼作人的模样！”她一拂衣袖，衣摆的力道径直将屏风击碎，声响过后，屋内一片沉默。

凤来戒备又不满地看着沈木月。

沈木月看着凤来，被气笑了。“他这什么眼神？他一个妖兽，还对我不满不成？”

“好了，师姐，”琉羽劝道，“他现在犹如赤子，什么都不知道，你何必对他撒气。”

沈木月没好气地盯着琉羽：“你还打算继续帮他炼制妖兽？”

见琉羽沉默，沈木月恨铁不成钢。“你怎么还不明白！他炼制妖兽，说是为了让魔界抵御仙界，但如今，他分明就是在为了他的野心做准备！仙界已经注意到了他的动作，此举只会让魔界陷入战乱之中！”

琉羽垂头看着凤来的手，依旧沉默不语。

“你简直是助纣为虐！”

沈木月面色铁青，摔门而去。

屏风碎了，一地狼藉，琉羽有些脱力地坐着，心里说不出的沉闷，其实……她又何尝没有质疑师父的时候呢。但如今妖兽的数量已不是他们能控制得住的，与其想别的方法毁灭它们，不如依着师父的计划，炼制一个更厉害的妖兽出来，让他去控制……

心间烦闷事宜未想完，琉羽忽觉眉心一暖，凤来小小的手指轻轻落在她皱紧的眉头上，揉了两下，把那些皱褶抚平。

琉羽微怔，倏尔一笑：“没事。”她握住凤来的手，有些无奈地想，可是师父做出的却是一个孩子啊，这……要她怎么能放心把那么多妖兽扔给一个孩子。

“凤来……”虽然艰难，琉羽还是开了口，“如果连神明也不制止他，那你就是最后的屏障了。”

凤来不解地歪头打量琉羽，似对她的话语与惆怅并不理解，但指腹还是在她眉心揉着，似乎不想让她皱眉。

“你若能快些成长，能号令天下妖兽，庇护无辜的人民，就好了……”

凤来只是望着琉羽，目光澄澈，似懂非懂。

凤来好似极喜欢琉羽，总是粘着她，六冥索性将凤来交给琉羽照顾，自己则投入到了更忙碌的炼制妖兽的事宜中。

六冥从未对琉羽交代过要如何教养凤来，也未曾说过该将他养成什么样子，好像只要有个人给他喂饭，让他活着便行了。若仔细论来，六冥唯一交代过的话，便是让凤来多接触妖兽。

但这样一个什么都不懂的小孩，琉羽如何放心让他独自去接触妖兽。

她便时时将他带在身边。凤来的心智与身体都长得很快，不过一个月的时间，便长得如同十四五岁的少年一般。

他很聪明懂事，什么都学得快，他与琉羽一同进出炼丹室，偶尔还能帮她打打下手。

可琉羽并不想让凤来只是陪着她在炼丹室忙碌，所以无论多么忙乱，她总是要抽时间陪凤来做一些别的事情。

比如，她会教凤来吐故纳新，会让他感受这世界的灵力流动。凤来学得很快。

学会感受世界灵力的这个晚上，凤来在院中静坐，他似有最强大的天赋，不过呼吸之间，气息在他身体里流转，他耳朵里便听到了远处的风声，他闭着的双眼微微动了动。

在风声里，凤来听到了远处都城地牢里妖兽的喘息与嘶吼，它们的爪子在地上和牢笼的铁栏上摩擦出令人牙酸的声音。

凤来眉头皱了皱。他定下心，将心神放得更远，于是都城外的声音传来，他听到了潺潺溪流的规律流动，还有小孩正嬉笑着在水边打闹。他仿佛感受到了那溪上的风，水中的鱼，远处的层峦叠翠，一切都那么自然快活。

凤来皱起的眉头微微舒展，他嘴角微微勾起笑容。

风拂动，似有流云之声。

凤来睁开眼睛，仰头望向头顶天空。

夜空之中，云层散开，明月朗星。

凤来略微失神地呢喃："魔界……好美……"

忽然间，房间里面传来一阵琉羽咳嗽的声音。凤来立即望向琉羽的房间，起身走了进去。

琉羽的房间里烛火跳动。琉羽坐在桌边，手中还拿着笔，正在书本上记录着什么。

"琉羽？"房门轻响，凤来轻轻推开门，在门口站着望向琉羽。

琉羽看见风来，放下了手中的笔，起身走向风来："怎么样？呼吸吐纳，学得可还顺利？"

风来点了点头："调动身体里的力量，好像能感受到很远的地方的人和事。"

琉羽声色温柔："都感受到什么了？"

"关在牢里的奇怪东西……还有小河边打闹的小孩，很漂亮的树林，还有……"风来的眼睛亮了起来，"还有星空，琉羽，魔界好漂亮。"

"是啊，魔界很漂亮。"琉羽垂目，握住风来的手，"草木生长短则数月，长则数年。灵物生长，更是需要数十年或数百年。山河孕育，则需数千万年，魔界的美，来之不易。"

风来静静地听着琉羽声音轻柔地与他说话。"所以，无论何时，请一定好好珍惜这些美好，好吗，风来？"

风来沉默了一会儿，开口问道："琉羽也是被魔界山河孕育的吗？"

"当然。"

"那魔界不好，是不是琉羽也会不好？我不想你不好，我会好好珍惜你，也会好好珍惜魔界的。"

琉羽闻言，微微一愣。

"我听见你咳嗽了……"风来抬手，用指腹轻轻摸了摸琉羽的脖子，眼睛专注又关心地盯着琉羽。在烛火下，风来的眼睛十分闪亮，"听起来，你这里不舒服。我很担心。"

"我没事的。"

风来不由分说地握住琉羽的手，把她拉到床边，然后将她摁到床榻上，又蹲下身，帮琉羽脱了鞋，让琉羽躺进了被子。

琉羽眨巴着眼看着风来。

风来用力给琉羽掖了掖被子，直到把琉羽完全裹在了被子里，然后把手轻轻放在被子上。"我方才吐纳的时候也知道了，魔界会这么照顾不舒服的人。你睡觉，我陪你。”

凤来把手轻轻放在被子上拍了拍。

“睡吧。”

琉羽无奈，但还是听话地闭上了眼睛。

片刻后，房中传来规律的呼吸声。琉羽睁开眼睛，悄悄转头一看，凤来已经守在琉羽床边睡着了。琉羽嘴角勾起，她张了张嘴巴，无声地对着凤来说了一句：“谢谢你。”

后来，琉羽带着凤来在院中种下了一棵小小的树苗，她与凤来一起去照顾这棵小小的树苗，看着它生根发芽，在日复一日的浇水中慢慢生长。

那树苗在地下生长的根，在琉羽看来，就像是凤来与这个世界的联系，越来越多，越来越紧密。

朝中对妖兽的非议日盛，长老们将六冥及其门中弟子请去议事殿，商议炼制妖兽一事是续是止，琉羽离开前，将凤来的食物皆安排妥当才急急忙忙走了。

谁也没想到这个会议一开便是整整三日，长老们意在说服六冥放弃炼制妖兽一事，然而六冥却不肯退步，僵持了三日，最终六冥拂袖走人，言道：“我以妖兽上攻天界之事已成定局，反对者大可离开。”

众长老无法，只得散了会议。

琉羽出了议事殿，回到房里时，却没有看见凤来，一问之下，方知他在炼丹室里待了三天三夜。琉羽寻去，方一推门进屋，便见凤来伸手从还在烧火的炉子里面掏东西，琉羽吓得忙将他腰一抱，不由分说地将他往外拖，凤来直唤：“等等！琉羽等等！就要拿到了！”

凤来力气大，琉羽挣不过他，待他将东西拿出，一张脏兮兮的脸上满是笑意，琉羽却只顾着掀开他的衣袖，捏着他的胳膊上上下下检查了一遍，直到确定他没有被烧伤之后，才安下心，但这心一安，火气便按捺不住地往上涨，她厉声喝道：“你这手臂可是不想要了？刀给我，我来剁！”言辞激烈，想是气急了。

凤来被骂得一怔，手中的东西刚要捧到琉羽脸前，又默默地收了回来，果真老实地从丹炉一旁翻出一把刀来，递给琉羽，然后将自己胳膊伸了出去。

琉羽一呆，瞪着凤来：“你以为我不敢剁是吗？你在逼我？”

“你要剁，就给你剁。”他的眼眸没有躲闪，就像是在说：你要什么，我都给你。

琉羽望着他，心里一时不知涌出了什么滋味。她在凤来面前立了半晌，最后将他手中的刀夺过来往旁边一扔，一巴掌眼瞅着要打在他的脑袋上，但最后落下的力度却轻得不可思议，凤来静静地看着她，但见她脸上挂着无奈的笑意。“臭小子。”

凤来任由琉羽的手在自己脑袋上胡乱揉着，也不知道自己的眼神被她揉得像碎了的光一样斑驳。

琉羽忽然停了手，然后比画了一会儿。“你是不是长得太快了？”她问，“怎么感觉突然高了很多？”

凤来没有回答这个问题，只是将手中的东西递给琉羽。“丹药。”他说，“应该能消解疲惫。”

鼓捣这三日，伸手往火中去取的，就是这东西吗？琉羽接过丹药，放于鼻尖轻轻嗅了嗅，随即一叹：“这个……有毒啊……”

凤来一愣，像是力气一瞬间被抽光了，琉羽看了看他的表情，随即一笑，一仰头将丹药吞了下去，凤来一惊，伸手要去制止，但琉羽已经咽了下去，他心头一紧。“琉羽！”

“没事没事。”琉羽一笑，“虽有一两分微小的毒性，但确实对消解疲惫极有效用，谢谢凤来。”

凤来怔怔地看她，便是在今日，他明白了两种情绪，一种叫失落，还有一种是心疼，又或许，该叫作心动。

凤来继续学着炼丹，可在凤来有一次不慎将丹炉烧融之后，琉羽知晓他力量强大，定是不会被别的妖兽欺负了，于是也不再时时将他看得那么紧了。

但凤来还是喜欢粘在琉羽身边，除非琉羽明言让他做什么事，别的时间，他便坐在一旁望着琉羽发呆，也不愿往别处跑。琉羽对他极是放心，从来没有用看待妖兽的眼光看待凤来，但……

“他终究流着妖兽的血，你便如此放任他四处活动！”

是日，琉羽正在炼丹房鼓捣丹药，忽然间，房门被推开，沈木月神色愤怒地走进屋来，喝道：“快随我去前院！”

“他不过是去前院帮我拿东西。”琉羽惊愕地回头，“怎么了？”

“怎么了！”沈木月上前拽着琉羽的手，拖着她便往门外走，琉羽拿着的药材撒了一地，她眉头微皱，可跨出门她便愣住了，前院的方向火光冲天。琉羽一呆，沈木月还未说话，忽见琉羽身影一闪，不见踪迹。

行至前院，琉羽黑色的眼瞳被火光染得通红，房屋、草木上皆是炽热的火焰，甚至有的人身上也燃了起来，惊叫着满地打滚，未被火烧灼的人四散而逃，场面一片混乱。

琉羽目光慌乱地一扫，在火光重重之中，恍然瞅见一袭黑衣的凤来静静立着，他跟前有五个人被一团火焰围出来的圆圈困在其中，似有人已窒息晕倒，凤来盯着他们，眼眸红得骇人，然而眼底却没有任何情绪，一如被六冥制造出来的其他妖兽一般，是个嗜杀成性、没有感情的怪物。

“凤来……”琉羽声音微颤，她急急奔上前去，如往常一般，伸手欲抓他的手腕，却不想凤来蓦地回过头来，那双猩红骇人的眼睛望进琉羽眼里，那热得灼人的杀气如剑径直扎在琉羽心里，琉羽一愣，什么都还未来得及反应，凤来倏地一抬手，烈焰如刀，擦过琉羽的颈项，电光石火之间，琉羽只觉后襟一紧，被人拽着往后退了数步，方才险险躲过这夺命一击。

“疯了吗！不知他是妖兽？”沈木月的呵斥声在琉羽背后响起。

琉羽微微转头，目光怔忪地看了沈木月一眼。“师姐……我……”她只是没想过凤来会伤她。

可这话还没说出口，忽而一口热血自琉羽口中涌出，沈木月一惊：“琉羽！”

琉羽亦是一惊：“为什么……”她话未说完，忽觉身体无力，脚下一软，倒在沈木月怀里。她喘着粗气，捂着胸口，感觉胸腔中仿佛有火在烧灼一般难受。

“何处伤到了？”沈木月检查她的颈项，只见有一道被烫出的红印，别处并没有伤口，然而琉羽却痛苦极了似的，捂着胸腔，一个字也没说出来，沈木月心急，但见她快闭上眼，不停唤着她的名字，焦灼之际，身旁蓦地跪下来一人。沈木月浑身一僵，刚想带着琉羽躲开，却未承想一双还带着些许稚嫩的手紧紧拽住了琉羽的手。

那双手像是抽走了琉羽身体里的灼热一般，让琉羽的呼吸渐渐顺畅起来。

四周的火焰也慢慢熄灭，沈木月眉头微皱，眼中戒备仍未减，她回头盯着凤来，却见少年垂着脑袋，眼泪啪嗒啪嗒地落在琉羽手上，不停地道歉：“我不是故意的，我不是故意的……”惶恐得就像是快要被处死的罪犯。

沈木月微愣，但见琉羽气息已经平稳下来，又见凤来如此，她才扭过头询问那几个方才被围在火焰圈之中的人：“怎么回事？”

那五个人中的一人已窒息晕倒，剩下四个人皆浑身瘫软，坐在地上。一人抖着声音道：“我……我们只是质疑了一下魔君如今的做法而已。”他好似心有余悸：“不过说了魔君几句不是……我们便罪该万死吗？”

沈木月沉默，又转头看着凤来。

凤来没有一句话的辩解，只专注地看着琉羽，像别的已经与他无关一样。待看见琉羽闭着的眼睛微微动了两下，他呼吸一轻，像是怕吓到琉羽一样。

“当真如此？”琉羽睁眼，望着凤来，气息尚有些虚弱地问道，“这是……你杀他们的理由？”

凤来一愣，望着她的眼睛，许久，垂头道：“他们还说你的不是……”

本是该教训他的，但凤来如此一说，琉羽忽然间好像失去了所有教训他的理由，这个孩子，是为了她才发了那么大的火……琉羽挣扎着坐起身来，看了看四周，叹道：“那也不该。”

“我错了。”

琉羽静静地看着他：“还有呢？”

“对不起。”

事已至此，众人也再无话说，凤来是六冥炼制出来的妖兽，谁也没有资格罚他，即便是琉羽。能得到一句道歉，比起那些被别的妖兽吃掉的同伴来说，已算是极好。

沈木月轻声问琉羽：“可还能走？”琉羽点头，沈木月便不再耽搁，站起身来，立即安排人手打扫现场，救治伤者。

琉羽静静看着她的背影，感慨道：“若师姐有朝一日能身处统治之位，定是极有手段和气魄的。”

“回去歇着吧。”沈木月淡淡撂下这话，迈腿离开。

琉羽望着她走远的背影笑了笑，也想站起身来，可腿脚尚无力，旁边的凤来默不作声地蹲下，用背对着琉羽，琉羽愣了一愣，随即一笑，也不客气，抱着他的脖子，让他将自己背了起来。

“凤来。”离开前院，走在幽静的小路上，琉羽轻轻开口，“为什么……会对我动手？控制不了吗？”

凤来脚步倏地一顿：“你身体……还是不舒服吗？”

琉羽一怔，随即笑道：“现在已经没事了。”

“当时听了他们的话，只觉得很生气，然后就不知道发生什么了。”凤来沉默了一瞬，他声音微闷，“我好像……会变成另外一个人。”

“不是另外一个人。”琉羽察觉到他的不安，抱住他脖子的手微微向下滑了一点，让手掌刚好放在他胸膛上，然后轻轻拍了拍，“你只是力量太大，还控制不了。”

“我的力量很大？”他犹豫了一会儿，问，“你……不喜欢吗？”

“对于强大的力量，我谈不上喜欢或不喜欢。”琉羽琢磨着语言道，“就像刀，我对它谈不上喜爱，但若是用它来切菜，我看见它便心中欢喜，若是用它来杀人，我看见它自然会心生恐惧。你的力量也是这样，可做杀戮，亦可为护。明白吗？”

凤来想了一会儿：“我保护你，你就喜欢我的意思吗？”

“嗯……也差不多可以这样说吧。”

凤来点头，再没说别的言语。

阳光明媚的下午，琉羽身体恢复之后，便忙着将自己院子里的另一间屋子收拾出来，然后将凤来的东西全部搬到了那间屋子里。其间琉羽还叫凤来来帮忙，凤来默不作声地做完琉羽交代他的事，直到琉羽看着整理好的屋子，笑着告诉他：“好了，从今天开始，你就从我那屋搬出来，住这里啦。”

凤来先前一直住在琉羽屋里，一来是因为他小，二来是因为琉羽实在懒得收拾房间，但如今凤来已经这么大了，两人再住在一起怕是有些不妥。

凤来看了屋子里一眼，然后又望着琉羽：“我……搬出来吗？”

“嗯，你今晚就睡这儿吧。”

凤来打量了一下琉羽的神色，好像是在确认她是不是在生气，或者有别的情绪，但他看见的，只有琉羽了结一件事情之后的愉快微笑。她……不想和他在一起啊……

一时间，他最柔软的心尖像是被什么东西打了一下，他一抿唇，不由得往后退了一步。

琉羽不解：“不喜欢吗？”

凤来没有抬眼看她，只点头道："嗯，喜欢。"

琉羽拍了拍他的肩，回了自己屋，关上门，将凤来追寻而来的目光也挡在了门外。凤来嘴角动了动，最后只是垂头小声道："其实……不喜欢。"

当天晚上，琉羽在床上辗转到半夜也未曾睡着，这一个多月来，一直有另一个人的呼吸声在陪着自己入睡，今日突然没了，倒还让她有些不习惯。

不知是深夜的什么时辰，还没睡着的琉羽忽听门口"咔"的一声轻响，她翻身坐起，轻手轻脚地走到门口，猛地将门拉开，倚门而睡的少年蓦地一头倒进来，惊醒了美梦，他抹了抹嘴角，然后抬眼望了琉羽一眼，没敢开口。

琉羽不解地蹲下，平视他的眼睛："为什么不回自己屋睡？"

凤来沉默了许久，最后抬眼看琉羽："你是不是还在为上次我伤了你而生气？"

琉羽一愣："不生气啊，没有生气，不过……你为什么忽然提这个？"

"那你是不是讨厌我？"

琉羽挠头："也没有啊。"

凤来眼角垂了下来，有些委屈："那为什么把我赶出去？"

琉羽了然，随即笑了出来："不是讨厌，也没有生气，让你住另一个房间只是因为你长大了，咱们男女有别。"

"我还小。"

听到这么一句话，琉羽实在哭笑不得："你已经很大了！"

凤来好似极为失望："到底要如何，才能在大了之后还跟你住在一起？"

"这个啊……"琉羽捏了捏他的鼻子，"那就把我娶了吧。"

凤来茫然地望着琉羽："什么是娶？"

琉羽笑着轻轻拍了拍他的脑袋："这个只可意会，不可言传，等到你该明白的时候自然就明白了。所以在明白之前，你还是乖乖回去睡觉。"

凤来不动，琉羽与他对视了半晌，终是认输一般叹道："好吧，我会陪着你直到你睡着为止，来，回屋。"她牵了凤来的手往他屋子走，凤来却停住脚步不挪动半分，他望着琉羽，红色的眼瞳里映着月光和琉羽的剪影。"那我不睡了。"

不睡着，琉羽就会一直陪着他吧。

琉羽一怔，望着少年的眼睛，忽然觉得，她是不是把这个孩子养得太过依赖她了……

分开睡这件事，琉羽下了狠心，凤来缠了琉羽几日，琉羽想来想去，觉得或许是凤来的世界太过单调，除了她，便没什么其他物事了，琉羽捉了只小鸟给凤来，本来只打算给他做一个玩具，但没想到凤来得到小鸟之后竟当真高兴得不再那么缠着琉羽了。

琉羽很是欣慰，可没过几日，小鸟却暴毙而亡，想来是受不了凤来身上日渐强大的妖兽之气。

凤来捧着小鸟的尸体来寻琉羽："琉羽，它怎么了？为什么不动，也不看我了？"凤来那双眼睛哀伤得让琉羽都不忍心看，她摸了摸凤来的脑袋说："小鸟死了。"

凤来望她："什么叫死了？"

"就是再也不会动，再也不能睁眼看你了。"琉羽给他解释。

"琉羽医术很好，我们也有药材，救救它吧。"

琉羽摇头："死亡和生病不一样，死亡，是救不了的。"

凤来眼神一空，呆呆地看着小鸟，随后又慌张地看向琉羽："那琉羽也会死去吗？"

琉羽苦笑："当然会。"

凤来一只手紧紧地抓住了琉羽的手腕。

“凤来别怕。”琉羽的神色平静又温柔，“死亡其实只是归去。”

“去哪儿？”

“去来的地方。”琉羽看着小鸟，想了片刻，“那是所有生命终将抵达的彼岸。在那边，所有错过和失散的人都会重逢。”

凤来似懂非懂地望着琉羽，沉默了半天，一句话也说不出来。

琉羽拉着凤来，将小鸟埋在了院里。

他们在院中那棵小树苗旁堆了一个小小的土坟，堆完后，琉羽发现土坟旁边有一根小草正在发芽。

“凤来，你看，这是什么？”

凤来瞥了一眼，直愣愣地回答：“草。”

琉羽失笑：“这是生命的延续。”琉羽拉着凤来的手，轻轻摸了一下小草。

凤来摸着发芽的小草，再看了眼土坟，默念着：“生命的延续……”他反应过来，转头看向琉羽，还沾着土的手再次紧紧握住琉羽：“我不想让你变成草，我不想让你延续，我不想让你归去，你可不可以永远都只是琉羽？”

琉羽无奈地望着凤来。

似乎读懂了她眼中的意味，凤来微微低下了头。“那……琉羽会归去，我也会归去吧？我归去之后，是不是会和琉羽去同一个地方？”

琉羽一愣，一时间不知道如何回答。

“会吗？”凤来望着琉羽。

琉羽张了张嘴，最后点头，坚定地说：“会。”

凤来高兴了一瞬，但看着小鸟的坟，凤来的神色又变得失落了，他似乎领悟到了什么。

他隐约感觉到了，是自己身上的气息让小鸟死去了。

自那以后，凤来再也不养小鸟，也不缠着让琉羽陪他一起睡觉了。

凤来的力量还在不断增长，六冥着令琉羽日日带着凤来去往驯养妖兽的地方，意在让凤来熟悉其他妖兽，并学会怎么降伏它们。琉羽虽还是不放心，但想到之前他那火焰的力量，她还是将凤来带去那里了，只是寸步不离地守在凤来旁边，就怕有妖兽前来，一个不留神，伤了凤来。

然而琉羽却没想到，最后，受伤的是她自己，而被保护的那一个……也是她。

当烈焰筑成的壁垒在凤来身边展开时，他双眼猩红地盯着壁垒外的妖兽们。

壁垒外，那些嗜血成性的家伙，将他们团团围住，琉羽捂着不小心被一只妖兽划破皮的手臂咬牙道："怪我大意了。"她看着地上那只已被凤来烧成灰烬的小妖兽一叹："这些家伙已经闻到了血的味道，今日怕是不得善了。"外围有数十只妖兽虎视眈眈地盯着她与凤来，只需找到一个时机，妖兽们便会扑上来将她与凤来啃噬干净。

琉羽眉头紧蹙，凤来始终还未长成，与这么多妖兽相对难免会落于下风……她心中焦虑，却见凤来转头看了她一眼。"你别怕。"他说，"无论如何，我都会带你出去。"

火光照亮少年过分漂亮的脸庞，琉羽心头倏地一动，她忙扭过头，心中暗骂自己莫名其妙，待她回过神来，还要与凤来商量计策之时，却见凤来踏步迈出壁垒，只身走到火焰之外，在琉羽呼喊之前，他只手一挥，大簇的烈焰自他掌心轰然而出，在地面上烧出一条焦黑的直线，不管是挡在他前面的妖兽还是树木，皆被这一击烧得干干净净。

而对现在的凤来来说，使用这么大的力量显然还是令他极为疲惫的，他的火焰壁垒登时弱了不少。凤来转过头，一个"走"字尚未出口，忽见一条黑乎乎的东西蓦地穿透他的火焰壁垒，从后面袭上琉羽的腰，将她整个人裹住。

凤来瞳孔猛地缩紧，探手便要去抓琉羽，可那黑色的条状物竟比他的动作更快几分，裹着琉羽便拖了出去，原来那是一只青蛙模样的妖兽，而那黑色的条状物是青蛙的舌头！它一口将被拖出去的琉羽含进嘴里，凤来只闻“咕咚”一声，也没听琉羽发出任何声音，便被它吞进了腹中。

凤来怔怔地僵在原地，那青蛙没再看凤来一眼，转身一跳便要跑。

“站住！”凤来声音嘶哑，好似从地狱中寻来的厉鬼一样，“站住！”他身影一闪，不过电光石火之间，只见跳到半空中的青蛙蓦地被撕成两半，膛开肚破，内脏稀里哗啦地落了一地。血水之中，有个东西被皮肉包裹着在挣扎，凤来扑上前去，用利爪将那皮肉划开，小心翼翼地将里面的琉羽拉了出来。

“琉羽……”他声音颤抖，泛红的眼眸中有星星点点的光在蹿动。

“喀！”琉羽趴在地上，咳得撕心裂肺。

“琉羽……”他无助得像是快要哭出来一样，“你……”他想用力抓住琉羽的手，但又害怕抓得太紧伤了她，他已经渐渐明白，琉羽和自己是不同的，自己受了伤感觉不到什么疼痛，伤口也能很快愈合，但是琉羽不行，比起他来，琉羽甚至有点像一个瓷器，太容易碎了。“你会不会快死了……”

琉羽身上全是妖兽青蛙胃里的液体，液体有毒，让她呼吸困难，她念了个护心诀，保住心脉，转头一看，却是一愣，凤来惊惶而无助地看着她，一如那日他捧着小鸟的尸体来找她时那样，眼底藏着满满的不知所措。

琉羽便如此轻易地心疼了。

“我不会死。”她努力让自己的气息平稳下来，“我现在一定不会抛下你一个人。”她拼尽全力抬起手，摸了摸凤来的脸颊：“所以，别露出这种表情了，我没事……”

凤来脸上的肌肉不受控制地颤抖，地上的青蛙残块在颤抖着，好似要复原，凤来眸色一冷，但见一簇火焰凭空冒出，径直将那肉块烧灼成灰烬，他将琉羽打横抱起，一转身，盯着身后的妖兽们，周身煞气溢出，妖兽们皆是一震，往旁边退去。凤来这才垂头看她："我带你回去。"语气竟在这一瞬间温柔了下来。

而被凤来抱在怀中的琉羽这才意识到，这个孩子，原来已不知不觉地长这么大了……

而此时距离凤来被炼制出来不过两个月时间。

又过半月，凤来形貌已与寻常青年无异，与琉羽站在一起，俨然是一对情侣，门派中渐渐流传出琉羽与凤来的闲话，琉羽不是未曾听闻，她只是不想理会，又或者说……无法否认，她好似确实对凤来……有了奇怪的想法，而且，不受自己控制。

与此同时，朝中反对势力越来越大，六冥全然不理，几日之后，妖兽们从驯养它们的地方逃出，杀了数百人，朝中长老震怒，百官与六冥门下弟子一同向六冥上书，求其灭妖兽，六冥不理，沈木月径直断绝与六冥的师徒关系，与反对者共同商议灭除妖兽一事。

琉羽此时亦是心生动摇，终是寻了个时日，想去找师父好生谈谈，将他劝劝，然而不管在哪里也找不到六冥，无奈之下她只好作罢，而这一天，凤来也消失了踪迹，直到第二天，凤来才一身是血地从外面回来。

琉羽惊愕地看着他衣裳上的血迹。"这是……怎么了？"

"六冥让我指挥妖兽，将反对的人全部杀了。"琉羽忽觉浑身脱力，膝盖一软，摔坐在椅子上，凤来忙上前将她扶住，蹲在地上，急切地望着她道，"我没听他的，琉羽，你别慌，我一直记着你的话呢，我没杀人。"

琉羽这才看清凤来的眉眼。"这一身血……"

"是我的。"他说得那般轻松，"六冥很生气，拿刀砍了我，可是没关系，伤口已经愈合了，我也不痛。"

琉羽拽住凤来的衣袖，看着他满身的血，想着他当时不知挨了多少刀子，心头的疼痛便往骨髓里钻。"你怎么不躲一躲呢？你……"

“因为他是你师父，别的我不能听他的，可若只是打我几下出气，没什么关系。”

“有关系！”琉羽弯下腰，拿袖子擦掉他脸上的血迹，越擦手越抖，“下次要躲开，不管谁伤你都要躲开，躲不开就用尽办法护住自己，知道吗？”

看见琉羽眼中的痛色，凤来眸光微凉地看着她：“我受伤，琉羽会心疼？”

“会。”她盯着他的眼睛，正色道，“会。”

如此近的距离，那么清澈的眼睛，凤来听见自己的心脏不受控制地狂跳，不知是怎么了，他忽然蹭上前去，用嘴唇轻轻碰了一下琉羽的嘴唇，然后自己先红了脸。“我不会让琉羽心疼了。”

话音未落，他转身出门，徒留琉羽一人在屋子里坐着，琉羽捂着嘴唇，愣然失神。

傍晚时分，琉羽的房门被敲响，凤来走进屋来，看见琉羽还以早上的那个姿势坐着，他微微一愣：“琉羽，你一天没出房门，也没吃东西了。”他将手中托盘放到桌子上，琉羽这才像是被声响惊醒一样，愣愣地转头看了他一眼。

凤来已换了身干净的衣裳，在一旁站着，他将筷子递给她，琉羽接过筷子，看着饭菜却没吃，好似琢磨了许久，她望向凤来：“你是不是，你是不是……”一句话徘徊在嘴边，却怎么也说不出来。

凤来蹲下身子，微微仰视琉羽。“我喜欢你。”他说，“这几日我听到不少言语，我明白了娶你的意思，也知道什么是喜欢，琉羽，我喜欢你，只喜欢你。你呢？”

“我？”忽然被自己养大的孩子表白，而且还在一瞬间将问题抛回自己身上，琉羽不知该怎么回答，“我……”她的犹豫让凤来对他自己产生了怀疑，凤来眼神中慢慢流露出失落。琉羽心口一疼，也不在凳子上坐着让凤来仰望了，她与他一同蹲着，拉住凤来的手，让他触碰她的心口，感受到她极快的心跳，她道："若是……不能忍受那人有一点点委屈难过便是喜欢的话，我应该……和你一样。"

凤来眼眸倏地一亮，他望着她，唇角的笑怎么也遏制不住。

"我喜欢你！"他猛地向前一扑，将琉羽抱进怀里，"我喜欢你！"他吻上琉羽的唇，却只是轻轻挨着，没有别的动作。末了，他倏地问道："琉羽，我娶你，可以和你重新睡在一起吗？"

琉羽心跳如鼓："可……可以。"

第二天，琉羽便做了凤来的妻子，只是没有人为他们举办婚礼，也没有人来庆贺祝福，两人甚至都没穿上新人该穿的礼服，在只有两人知晓的地方，成了夫妻。

他们互相写了对彼此的祝福，挂在了那棵由他们亲手种下的小树苗上。

凤来被炼制出来的第三个月，朝中一片反对之声，六冥再次找上凤来，凤来依然不听他的话，六冥大怒，拔剑欲斩凤来，然而凤来这次却不再乖乖挨打，六冥无奈，拂袖而去，不日，六冥炼制出了苻生，用以替代凤来，苻生着实比凤来好操控许多，但是力量却不及凤来强大，若要苻生来控制妖兽，只怕他还是欠缺实力。

六冥想方设法欲研究出让凤来只做傀儡的药物。

而此时，朝中有人将妖兽之乱通报天界，天兵天将下界，却不敌数千妖兽，然而不久后，天君请动行止神君下界。六冥心急，着人将未制作完成的药物放在凤来的饮用水之中，凤来吃药之后昏迷不醒。

行止神君以一人之力，阻数千妖兽，擒凤来，斩六冥，开辟墟天渊……

声音在黑暗里越飘越远。

沈璃睁开眼睛，看见从窗外透进来的月光，一时有些不知身在何处的迷茫。

“怎么了？”身边的行止将手轻轻放在她的腰上，带着初醒的沙哑，问道，“做噩梦了？”

沈璃摇头：“我梦见他们了……”

“谁？”

“很多人。”沈璃道，“好长一个梦。”

她轻声说着，好像看见琉羽独自一人，挺着越来越大的肚子，在战乱之中，艰辛跋涉过千山万水，走到墟天渊前，守着墟天渊的大门，期盼着与里面的凤来相见，但最后琉羽却死在了与凤来一门之隔的墟天渊外，骨埋黄沙。

沈璃闭上眼，恍然记起那日墟天渊中，凤来睁开眼的那一瞬间，那一声气息极为炽热的喟叹，隐藏千年的思念，对他来说，这千年岁月不过是大梦一场，而梦醒之后，他却遗失了自己最宝贵的东西。

所以……他最后才义无反顾地踏进墟天渊吗？

或许是为了救她这个从未谋面的女儿，又或许只是为了追随琉羽的脚步……但不管是为了什么，都没有人能去考证了。所有过往都被掩埋在了消失的墟天渊之中……

“行止。”她侧过身，脑袋凑近行止，同样伸手抱住他的腰，“明天，我们去魔界看看吧。”

“嗯？”

“我想再去看看，他们离开的地方。”

沈璃回了魔界，去看了已经消失的墟天渊，她与行止站在黄沙之上，风吹动黄沙，似乎这片土地从来没变过。

沈璃闭目在心中默默祈福。当她睁开眼睛的时候，却意外发现了黄沙之中有新绿的嫩芽正在破土而出。

随后沈璃又带着行止回了碧苍王府。

以前她不知道，她为什么会住在这个府邸里，现在她终于找到原因了——这里是琉羽和凤来曾经住过的地方。

后院被沈璃认为是再普通不过的那棵大树，就是千年前琉羽和凤来一起种下的那棵小树苗。

沈璃在大树前静静伫立，她仰头望它。

阳光洒落，仿佛时光回溯。沈璃似乎看到了面前这棵古树变回了以前的样子，那么小小一棵树苗，仿佛随时都会死去。

它上面系着两条红绸，在日升月落，光阴流转中，颤抖着，挣扎着。小树苗不停地向上生长，向天空与大地索取更多的力量。

小树苗上面的红绸脱落，消失不见，树干变得粗壮，根系错杂，终于，它枝繁叶茂。

而伴随着树的成长，沈璃似乎还看见了小时候的自己。

很小很小的她，踉跄地从那棵小树下走过。

长大一些，她又在树下舞枪。

落雨时，她在屋里听着雨打树叶的声音；落叶时，她从枯黄的树叶上踩过，留下清脆的声音。

夜里，她曾带着伤与墨方商议战事，匆匆从树下走过；白日，她也曾打着哈欠与肉丫在树下闲聊。

树长得越来越大，沈璃也变得越来越成熟，她一次次从树下经过，从不驻足。

终于，树逐渐长成了现在的模样。

沈璃也成了现在的模样。

沈璃望着面前的参天大树，看着细碎的阳光，听着被踩得沙沙作响的树叶，恍惚间，她仿佛能听见玄妙之中的祝福，好像真的有声音来自那个所有生命终将抵达的彼岸，对她说着："我们一直都在守护你啊。"

沈璃微微一笑。

"行止。"她转过头看着身边的人，"我们也写两个心愿吧。"

“好啊。”

两个人相伴走出了王府，在他们离开后，院落里，树上飘着两条鲜艳的红绸，与千年前树还小的时候上面挂的红绸一模一样。

红绸飘着，仿佛风每吹动一次，便在吟诵他们的祈福。

愿平安喜乐。

愿相守相伴。

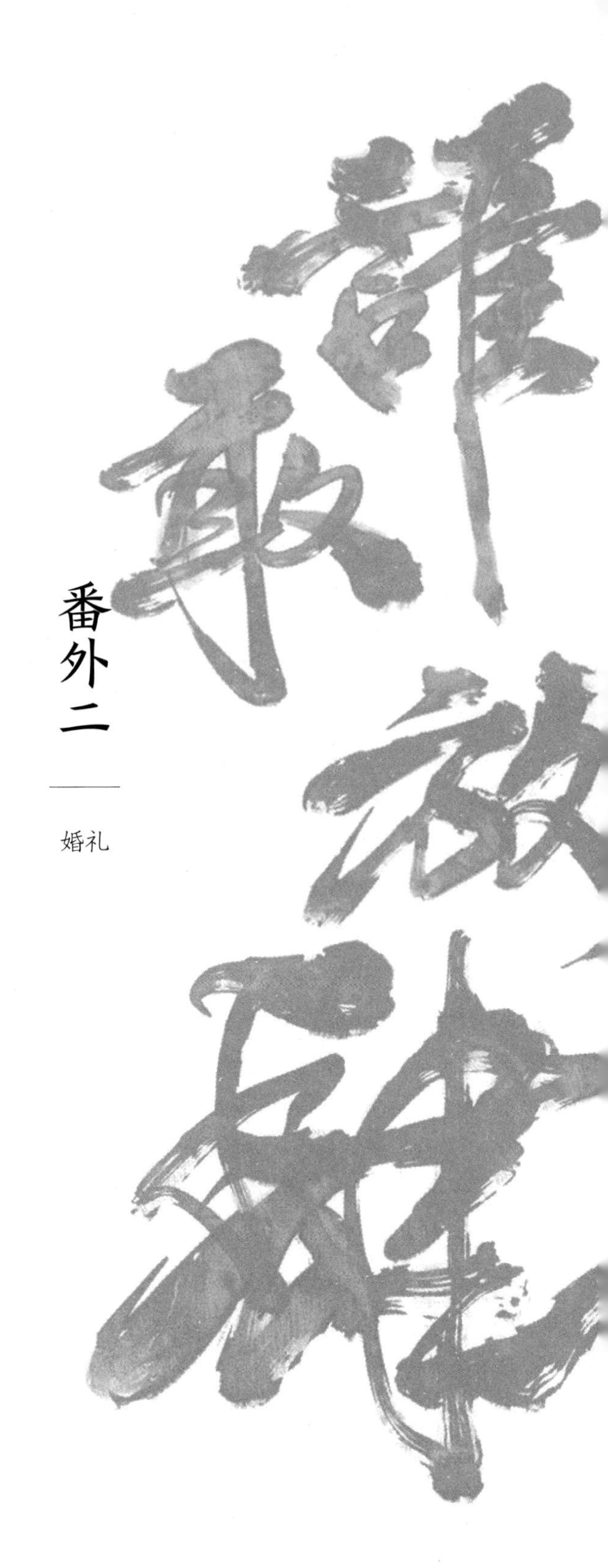

番外二

婚礼

正值晌午，行止在厨房里炒菜，沈璃在院子里耍了一套花枪，待行止将菜都端上了桌，不用他喊，沈璃便已收了枪，小跑到饭桌边坐下，但见有肉，她一筷子便戳了上去。

行止端着米饭，在桌子对面打量沈璃的模样，忽而开口："沈璃，你有没有觉得咱们有点不协调。"

沈璃咽下口中的肉，眨巴着眼看他："没有啊，阴阳相合，很协调啊。"

"不对。"行止肃容，"你哪儿有半分阴柔模样。"

沈璃放下碗筷，同样正色："我的意思是，你阴，我阳。阴阳相合，协调得很。"

行止装不下去了一般，倏尔展颜一笑："如此阴阳，倒也不错。"

两人正聊得开心，忽听院外门扉被"咚咚"叩响，沈璃眨巴着眼看行止："天界的人又来找你了？"行止不置可否，其时，门外传来一个女孩脆生生的叫喊声："是碧苍王和行止神君的家吗？我是极北雪山金娘子的仆从。"

"金娘子？"沈璃微愣，下界的时间过得快，他们来此处已有二十年的时间，这二十年间，他们与金娘子没什么联系，知道得不多的她的消息也是从别人那里听来的。

话说金娘子当初与他们一别之后，便追寻她的那股邪气到了人界，她在人界二十余年，邪气找没找到无人知晓，倒是找到了一个自己喜欢的男人，但这男人却是个修仙之人，受了人界修仙门派那些歪理的熏陶，脑筋有些木，对人妖有别、仙妖有别这种事情执着得很，怎么也不肯接受金娘子，金娘子也是极为执着的人，在那男子身边待了二十余年，闹得人界所有修仙门派和与修仙门派有关的人皆知道了这事，沈璃也是听郊外的那些地仙闲聊时说的。

金娘子求爱至今未果，怎么突然派人找到这里来了，莫不是想让她与行止去帮其一把？

沈璃怀揣着疑惑，放下碗去开了门。

门口立着一个十来岁的小女孩，她仰头望着沈璃，鞠躬行了个礼："王爷好，我是来替我家主子递请帖的。"

"请帖？"沈璃一头雾水，"她也兴办寿辰？"那得是多少万年的大寿了吧……沈璃接过小姑娘手里红色的信封，打开一看，登时整个人都呆了。"她……她要成亲了？"

"是的。"

"和那个传闻中的道士？"沈璃将请帖看了又看，"下个月？"

"是的。"

沈璃沉默。这两人有了这么大的进展却没听那些闲得无聊的地仙将此事拿出来聊，只能说明这事发生得着实突然，消息还没有传遍呢。小姑娘又给沈璃鞠了个躬道："主人特别吩咐了，让我转告王爷和神君，说让二位记得带天外天的星辰过去，已经欠了她好几十年了。"言罢，小姑娘恭恭敬敬地退去。

沈璃关了门，拿着请帖进屋，放在桌上："天外天已塌，上哪儿去寻颗星辰给她？"

行止面不改色地吃饭："随便捡块石头好了。"

"这样不好吧……再怎么也是金娘子成亲，数万年就这么一次。"

"沈璃，你可知天外天的星辰拿在手里是什么模样？"沈璃摇头，行止一笑，"这便是了，给她一块石头，告诉她这就是天外天的星辰，左右现在也没有星辰可供她对比。她会收得很高兴的。"

“不……”沈璃扶额，“问题不应该是她高不高兴，而是这样做你不觉得昧良心吗……”对上行止平静的双眼，沈璃沉默了半晌。“算了，我问错了。”她又将请帖翻看了一遍，“我们什么时候启程过去？你现在的身体能受得了雪山的寒冷吗？”

“神力虽然少了很多，不过这好歹也是神明的身子骨儿……”他笑看沈璃，“你该知道我身体多好。”沈璃脸颊蓦地一红，她轻咳一声：“再好也没有以前驾云那么快了，我们早些出发吧，这么多年没见金娘子，怪想她的。”

不过……成亲？

沈璃瞅着请帖皱了眉，实在没办法把记忆中的金娘子与这两个字联系在一起啊。沈璃觉得金娘子应该是一个永远都超脱于尘世之外的女子，怎么能与这么尘俗的事情连在一起呢。不过……从另一个角度来说，金娘子得多有勇气，才能抛开之前过了那么久的生活，接受另外一个人进入她的生活，甚至改变她的生活方式。

雪山之上还是一如既往地刮着带有法力的寒风，行止也不在乎什么面子，觉着冷了便给自己加衣服，从山脚走到山腰上，行止里里外外少说裹了四五件袄子，最外面还披了件大狐裘，远远看去便如同一个雪团，沈璃却只着一件单衣便够了，她望了望前面还看不见头的山路，又回头瞅着冻得唇色微青的行止，有些心疼，也有些责怪：“你不是说你身体好吗！”

行止看了沈璃许久，最后无奈一叹：“我以为我多加几件衣服你就会懂的……”他颇为哀怨地看了沈璃一眼，最后解开狐裘，掀开袄子，将沈璃往怀里一抱。“我冷，你就不知道主动献献殷勤吗？”他把沈璃包在自己宽松的袄子里，末了还轻声抱怨，“不解风情。”

沈璃身上的温度让行止的衣服里迅速暖和起来了，即便已经在一起很长时间了，每次听到行止说这样的话，看到他做这样的举动，沈璃还是难免烧红了脸，为之怦然心动。

“这样不好走路。”沈璃微微挣了一下。

行止还没开口，前面几级阶梯上疾风一过，一袭红衣盛装的金娘子倏地出现在两人眼前，但见沈璃与行止这个姿势，她佯装害羞地一捂脸，笑道：“哎哟哟，这多年不见，妹妹一来可就羡煞奴家了。”

沈璃轻轻推了行止一把，行止一叹，只得无奈地将她放开，有些失落地道：“袄子里都不暖和了。”看这人摆着一张清心寡欲的脸撒娇，沈璃嘴角一抽，金娘子掩唇笑道：“奴家错了，连累神君受冻，可奴家这不是心急嘛，这么多年，奴家可思念妹妹了。”说着，她几步走下阶梯，拽住沈璃的手摸了又摸：“还是女子的手摸起来舒服，但闻妹妹这些年都在人界生活，过得可好？”

金娘子絮絮叨叨地说着，但沈璃却敏锐地察觉出了她身体中气息的虚弱，反手将她手腕握住。

行止身体一直不好，在人界时，沈璃多多少少也学了些医术。这一探脉，沈璃将眉头探得皱了起来：“你体内气息怎如此虚弱？”

金娘子还是那般笑着，却不着痕迹地拨开了沈璃的手。“不过是最近忙了些罢了。没什么大碍的。”她不等沈璃再开口说话，望了行止一眼道，“神君看起来大不如以前了，这风雪之中还是别多待，我这就送你们去山庄里面。”

金娘子这处还是与以前一样，每日只在特定的时间开门，放人进去做买卖，金娘子布了一个法阵将沈璃与行止送到了做交易的大殿中，殿堂里金碧辉煌，比从前有过之而无不及，而且站在角落的仆从比起从前也多了不少。

其时殿中正在交易，但见东家带着两个人突然出现，众人都停下了手中的活，抬头看向他们，金娘子一笑：“哎哟，奴家可是要嫁人了，可不能由着各位客官这么看，相公会吃醋的。”

殿中气氛立即活跃起来，有人打趣道：“金娘子，你当真要嫁人啦？

这三日我日日都来做买卖，可未曾见过你那相公，莫不是他根本就不在意你这夫人吧？”

“自然是被奴家藏起来了，哪儿能让你们这些货色看见。”她盯着方才说话那人，眼中温度微微一冷，“今日贵客来了，不做买卖了，都散了吧。”

那人一愣，才知道自己说错了话，想要道歉，但见金娘子的神色，只觉心头大寒，放下手中的东西，忙不迭地跑了。大殿里的人吵吵嚷嚷了一会儿，也都自觉散了。沈璃悄悄瞅了几眼金娘子的神色，问道：“你强抢男人啦？”

金娘子神色微凉，看了沈璃一眼，随即长声喟叹：“不过是威逼利诱他一下，他与他门派中的人受了伤，奴家答应他救人，顺道让他‘嫁’我，这也算不上抢吧。而且……奴家觉得他应当是喜欢我的。”

沈璃之前听地仙们说过，那个男人被金娘子追了二十余年也未曾有半点松口，想来是个极为固执，也极有骄傲和尊严的人，如今被金娘子这般胁迫，想来心里定是不待见金娘子的。金娘子这个“觉得”到底有几分正确……

沈璃本还想劝两句，但听行止道：“就该如此。”他正色道：“那人定是喜欢你的，不然再如何也不会答应娶你，别的不管，你先与他生米煮成熟饭，省得蹉跎。”

金娘子听了这话尤为高兴，立即在旁边摊位上挑了一件狐裘递给行止。“神君说得在理，这千年雪狐的狐裘你拿去，比你那几件袄子顶用。”行止不客气地收下来，金娘子笑眯了眼，“奴家已给你们安排好了房间，你们先去，待奴家把这里收拾好了，再去找妹妹你前因后果道个清楚。”

出了金碧辉煌的大殿，沈璃眉头微蹙，望着行止：“你怎么知道那个男人喜欢金娘子？”

“不知道啊。”行止道，“不过让她去纠缠那个男人，总好过让她来纠缠你。”行止眯眼一笑：“你可是我的。”

沈璃评论："自私，无耻。"

待金娘子指挥仆从们将这一屋子的东西收好，刚出大殿，她便见一婢子行色匆匆而来："娘子。"刚近跟前，那婢子连礼也未行便道："幕先生又咳起来了。"

金娘子心里一紧，忙随婢子而去，踏进红梅小院，金娘子脚步不停，径直闯到里榻旁，但见幕子淳俯在床头，咳出了一地鲜血，金娘子二话没说，上前拽住他的手腕，将自己的法力不管不顾地往幕子淳身上送，直到他止住咳嗽，安然躺下，金娘子才稍放心了。

手指微微颤抖地抹了抹额上冷汗，金娘子闭上眼静静调整内息。

"你身体不适？"

听闻这声喑哑的询问，金娘子才睁开眼，脸上的笑一如既往地展开："哎呀，相公这可是心疼奴家了？奴家真是好生开心。"

躺在床上的人将目光在她脸上静静停留了一瞬，随即转开眼去："休要自作多情。"他顿了一会儿道："先前你说已将我门派中人治好，所以将他们赶下了山，如今，他们可会也如我这般？"

他言语中是不加修饰的质疑，金娘子听得眉目微沉，脸上的笑微微收敛："子淳，我不屑骗人。"金娘子独来独往惯了，也从来不是喜欢解释的人，但面对幕子淳，她总是破例："你门派中人那些伤，对人类来说或许棘手，可对我来说，治理起来也不算麻烦，我说已治好了便断不会骗你。而你如今尚在咳血，是因为你受的伤与他们不同。"

幕子淳转过眼，目光薄凉地望着她。

不管她说什么，他总会质疑……

金娘子心头微涩，脸上的笑容却灿烂起来。"我言尽于此，相公不信，奴家也没法了。"她起身离开，"老待在屋里对你身体也不好，今日外面晴好，待休息会儿，你便出来走走吧。"

幕子淳的目光追随她背影而去，除了方才那句质疑的话，再无他言。

房门阻断了屋内的气息。金娘子有些站不住地扶住门框。

“娘子？”旁边的仆从担忧上前，金娘子摇头，缓了好一会儿，方才重拾力气，迈步离去。

晴夜，院中白雪映红梅，幕子淳披上雪白狐裘静静走到院中，天上星明亮得好似被擦过一样，这是人界难见的夜空，幕子淳不由得看得有些入神，忽听院外有小孩在议论：“今天有客人来啦，娘子亲自出去接的。”

“能让咱们娘子这么重视，这可难得。”

“我有幸远远看了一眼，那男子也长得可美了，比院里这人还美上百倍呢，那气质，啧啧。听说啊，咱们娘子还和他交情匪浅呢……”

“真的吗？今日这位好似又惹娘子不开心了，你说这三天两头的，娘子再好的耐性也给磨没了吧，如今又来一位……这次婚礼你说到底能不能办啊？”

“娘子怎么想，岂是你我能猜到的。”

言语声渐远，红梅枝穿过镂花的院墙探到另外一边，幕子淳立在梅枝旁，探手折下一枝红梅，将其拿在手里看了看，随即扔在雪地里，一脚踩过，转身回屋，衣袍飘起的弧度好像在诉说着主人的心绪不宁。

而与此同时，在金娘子给沈璃他们安排的厢房里，金娘子闷头喝了一口酒，叹息道：“就是当年收拾了那股邪气后，我变回原形被他救了一次，就是那惊鸿一瞥！就是那该死的一瞥！让奴家花了二十余年在他身上啊！”

沈璃默不作声地吃东西，行止倒是一边喝着茶，一边津津有味地听着。

这本是一场接风宴，但不知是从哪句话开始，便成了金娘子的诉苦局，她一边喝着酒，一边把自己与幕子淳的往事交代了一遍，现在又发起了牢骚：

“二十余年！石头也该捂热了吧，这凡人当真是块千年寒冰，饶是我有三昧真火也融不了他，他师门出事，好不容易让我逮着他软肋了，终于威逼利诱，让他娶我。”她一叹，往沈璃身边一靠，抱了沈璃的手臂委屈道：“你说奴家活了这么多年，瞅上一个顺眼的容易吗？偏生如此让人费心，奴家心里好苦啊！”

她在沈璃肩上蹭了蹭，一副撒娇的模样，沈璃放下筷子，瞥了她一眼，但见她脑袋不蹭了，只余一声声沉重无奈的叹息，沈璃想，她是真的心累了。

“他可有喜欢的人？”沈璃问，“或者有什么不能和你在一起的苦衷？”想到自己与行止那颇为辛酸的一路，沈璃有几分感慨：“他可有与你明白说过？”

“你道人人都像神君先前那般身负重任不得动情吗？”

行止像被夸了一样点点头：“没错，不是人人都如我这般善于忍耐的。”

沈璃撇嘴，行止近年来是越发不知廉耻了……

金娘子叹道：“幕子淳他就是块木头疙瘩！被人界那些修仙门派的说法给僵化了脑袋，非要信什么非我族类其心必异，老觉得我靠近他是有什么不可告人的目的，就连前些天我逼迫他成亲时，他还在一本正经地问我……”金娘子学着幕子淳眉头紧皱、一脸严肃的模样道：“你到底想干什么？”

金娘子一提到这茬好似生气极了，拍着桌子道：“没看见奴家那一大殿的稀世珍宝吗！你一个凡人也好意思来问奴家要什么！当时我也没气。”金娘子学着她自己当初的模样，缓和了表情，浅笑道：“我当时答：‘我想要你啊。’多甜蜜的一句话是吧？”她一顿，表情又是一变，学着幕子淳的语气严肃道：“‘没个正经！胡言乱语！’你听听，你听听，他就这么说我，说完了，他转身就走了！”

沈璃被她多变的表情逗笑了，金娘子却委屈道：“你可知我当时多伤心啊。”

“嗯，你何不将他这木讷无趣的举动理解为一种害羞的表现呢？”行止忽然开口道，“我与仙人打的交道还算多，但凡凡人修仙而成的仙人，多半寡言木讷，对于自身情绪极为压抑，他兴许觉得你是在调戏他，又没法调戏回来，所以只好慌忙落跑。”

金娘子睁大了眼看行止。沈璃也被行止这一番分析唬住，问：“依你之见，那凡人到底是个什么心态？”

行止转了转手中的茶杯，笑道：“既非有心爱之人，亦非真心厌恶于你，他放不下的不过是一种固执罢了，如此，我们便来试一试吧，看看这凡人到底有多固执，或者说，看看这凡人对金娘子你到底是怎样的心态。”

金娘子满眼期冀地望着行止：“怎么试？”

行止一笑：“你在他身边二十余年不离不弃，他无动于衷，也可以说他已习惯于接受。那么，把这些赋予他的东西全部抽掉可好？”行止将茶杯里的茶水尽数倒在地上：“让他一无所有。来，想想，你给了他什么，咱们一件一件收回来。”

看见他眼中的笑意，沈璃嘴角微抽，恍然觉得，这人其实并不是在帮金娘子吧，他……这分明就是觉得好玩啊……

这人一肚子坏水……

“我好像也没给他什么。”金娘子琢磨了半晌，最后神色微愣，她道，“可我又好像把自己的所有都给他了……”

这话不仅让沈璃一呆，也让行止愣了愣，金娘子是个怎样的人，行止比谁都清楚，能让她失神地说出这种话，想来已是情根深种了。行止收敛了怔然的神色，又笑道：“那就把自己收回来。嗯……这段时间，你就先爱上别人好了。”

金娘子问：“谁？”

三人都沉默了一瞬，行止微叹：“没办法，那就只好我……”

“我来。”沈璃倏尔打断行止的话，她瞥了行止一眼，“看什么？你可是我的。”言罢，她捏了个诀，摇身一变，瞬间化为一个英俊男子。她抓住身边金娘子的手，道：“娘子，这些日子你便来爱我吧。”

金娘子侧头看了表情倏尔微妙起来的行止一眼，掩唇笑道："奴家不是早就爱上王爷了嘛。"

行止一叹，却也无法，只好任由沈璃折腾了。

他们又与金娘子商量了一些细节，金娘子的酒稍稍醒了些，她好似忽然想起了什么，一拍桌子站了起来。"现在什么时辰！我今晚还没去看幕子淳呢！"

沈璃与行止对视一眼，沈璃疑惑："你每晚都去看他？"

"他有伤在身。"

行止淡淡开口："会死？"

"这倒不会……"

"那便别去了。"行止一笑，"忘了我们刚才说什么了吗？从今天开始，你要全部收回来，让他什么都没有。今夜不去，便算是打出第一战吧。"

直到夜深了，金娘子才离开。行止叹道："这帮别人教训相公的一场戏，倒把自己夫人搭了进去。可真不划算啊。"

沈璃一挑眉："你分明是在逗人家玩吧！"她一顿："我怎可只看着你玩，多不开心。"

"这可如何是好？"行止站起身来，将在床边整理被单的沈璃从后抱住，"我们正直的碧苍王变坏了。"

"遇见你的那天开始，就变坏了。"沈璃由着他抱了一会儿，忽而问道，"不过，你这方法当真管用？"

"自是管用。"行止轻声道，"失去的滋味，我可是体会得比谁都深刻。"

满园雪景正好，园中极是幽静，幕子淳立于园中，红梅香气袭人，让他微微失神。

昨晚……难得过了个安生夜，自打被金娘子带到此处，她就没有不缠着他的时候，突然得了闲，他竟恍觉周围安静得让他不习惯，连带着心里也空荡荡的，想着仆从们昨日提到的，金娘子亲自去接的那个客人，他不由得更沉了眼眸。

是她的老友吗？和她有什么渊源？到底是怎样的人……

“娘子这一院红梅开得可真喜人。”园子另一头传来一个男子清朗的声音，“上次我来可没见着这景色，委实遗憾。”

“奴家这里乃是以法器施的一处幻境，四季轮转，取的皆是天下最美的景，上次你来时，正好遇见春末夏初之景，这次看见的则是隆冬之景，还有好些时节的景你没看见呢。”金娘子声音娇柔，仿佛是依附在那男子余音之上，但闻她轻笑连连，“阿璃若是喜欢，便长久待在奴家这里可好？”

幕子淳直直地望着传来声音的那条小道。两道人影缓缓前来，携着漫步晴雪林间的悠闲，金娘子与男子挨得极近，显得尤为亲密。

“哎呀，子淳。”金娘子看见了他，声色与往常没什么不同，但却不似以往那样急急跑上前来将他拉住，只是立在男子身边为他介绍道，“阿璃，这便是我快要成亲的相公。幕子淳。”

男子眉梢一挑，目带探究地将他上下打量了一番。幕子淳皱起了眉头，对这样的眼神有几分抗拒，心里正在琢磨着这人与金娘子到底是什么关系，忽见那名唤阿璃的男子苦涩一笑，将金娘子的手一拽，道：“金娘子啊金娘子，你可是怨我当年狠心离你而去？一别经年，再见……却让我知你快要成亲……呵，你可知道我心痛成什么样子？”

什……

什么？

但闻对方突然吐出这么直白的一句话来，不仅幕子淳惊愕，连金娘子也惊呆了。她将沈璃看了许久，直到沈璃悄悄在她背后用手指戳了一下，她才恍然回神：“哦……”金娘子好歹也活了这么多年，立时便接了话头，柔了眉目，眸里含上春光，娇羞一笑：“阿璃说什么呢。还当着子淳的面呢。”

沈璃一侧眸，目光与幕子淳相接，这男子眼中的森森寒意看得沈璃极为满意，若说她先前还有几分不确定，那此时便是安下心来，专注于演这一出戏了。她撤了目光，再不看幕子淳一眼，全当他不存在似的对金娘子道：“若你们真是心心相印便也罢了，可先前我也听人说过，此人心并不在你身上，你何苦强求？”

金娘子沉默，她在等着幕子淳反驳，但意料之中，那人并无半点声响，金娘子垂头一笑，明知会如此，但她……还是忍不住失望啊。

“她是否强求，与君何干？”幕子淳忽然道，“阁下这话僭越了。”

金娘子目光一亮。

沈璃悄然一笑：“哦？”她的眼神似不经意瞟过幕子淳握紧的拳头，“如此说来，下人们之间的传闻并不可信？实则你是在意金娘子的？”

幕子淳冷声道：“与你无关。”

“自然有关。”沈璃一把揽住金娘子的肩头，扬眉一笑，恣意张狂，“我爱的女人，我怎会容她受半点委屈。”

在场两人再次呆住，紧接着金娘子目光大亮，望向沈璃的眼神里有几分惊叹：碧苍王好气魄！

“你若非真心实意地对她，那便恕沈璃得罪，我便是抢也要把她从你身边抢走。”

幕子淳脸色更冷，他看了金娘子一眼，却见金娘子正专注地望着沈璃，她眸中的光亮便像是在说：好啊好啊，我与你走。幕子淳忽而觉得这样的目光太令人心闷，他拳头握得更紧，半晌后，忽而一声冷笑。“早年阁下都干什么去了？”沈璃正在想该如何回答，却见幕子淳转身便走，“要怎样，随你去。反正……我如今也只是一个阶下囚。”他这话说得冷淡，却让金娘子脸色微暗。

沈璃挑了挑眉，目光追着幕子淳的背影而去，但见他的背影消失在一个转角，金娘子一叹，道：“阿璃，算了吧，这样让我太难堪……”

“是吗？”沈璃道，“我倒觉得挺有成效的呢。”她倏尔一笑：“娘子，不如咱们来打个赌吧。”

“赌什么？”

“你们成亲之前，这幕子淳必定缴械投降，你信是不信？”

金娘子微怔，倏尔失笑：“我等了二十余年也未见他投降……不过若是真来一次赌局，我希望这个赌局……我能输得一败涂地。”

“这个赌局定然如你所愿。”一旁的红梅枝忽而一颤，抖下一团新雪，枝上红梅光华一转，竟瞬间变成了行止，他裹着金娘子昨日送他的狐裘，在空气中呼出一口白气道，“你若输了，可要给我家沈璃什么物事算作赌资？”

沈璃看着他问道：“你怎么在此处幻化成了梅花？”

“不然怎么能看见好戏？”行止淡笑着答了，又把目光转向金娘子。

金娘子一笑：“神君还是和以前一样，半分亏也不吃。”她顿了顿道：“奴家一琢磨，什么奇珍异宝神君你没见过？必定都是不稀罕的，可奴家现在有一物，是上古遗物，佩戴在身上可助受伤的神明调气养生，这物事放在以前，神君未必看得上，但现在对神君来说却是一个大宝贝，若是得了此物，日日戴在身上，他日再恢复往日神力也并非不可能啊。”

沈璃一喜：“当真？金娘子你为何不早点告诉我？”

金娘子掩唇一笑：“妹子奴家自是不防，防的可不是今日的神君嘛。”

行止也是淡淡一笑：“有如此宝贝，我自当尽力，为使这局早些分出胜负，明日，我便也来横插一脚吧。”

看着坐在自己身边的人，沈璃一叹：“当真是既让你看了戏，又让你占了便宜，金娘子亏得不轻啊。”

纤纤素手端起白玉茶杯，浅酌一口，妙龄少女身着白衣，食指微曲，轻轻将被风吹散的发丝撩到耳后，她浅淡一笑：“我倒是觉得，金娘子很乐意让咱们占这便宜。毕竟，最后受益的还是她嘛。”

沈璃的目光在“妙龄少女”行止的脸上静静流转了半晌道：“今日这般，你阴我阳，倒是将咱们往日相处时的感觉给表现出来了。”

行止相当配合，身子往沈璃身上一倚，还是那淡淡的语气：“阿璃可适应？”

沈璃眯眼笑：“适应。”

“阿璃可喜欢？”

沈璃垂下头，轻轻含住行止的唇：“喜欢。”

行止便也不客气地抱住她，像素日在小院中一样，缠绵依偎。忽然之间，只觉杀气迎面而来，沈璃眉头也没皱一下，挥手一挡，一道法力筑成的屏障将来势汹汹的利剑挡住。

她稍一用力，只听一声巨响，来袭者径直被弹开数丈远，在亭外站定。

沈璃放开行止，站起身来，两人一同看向亭外那人，只见幕子淳面色铁青，面如修罗：“你便是这般对金娘子好？”

沈璃看了看身后的行止，行止也看了看她，忽然，行止抱住她的手臂，做一副小鸟依人状，泣道：“阿璃，这人是谁，怎生这般凶恶？”

沈璃几时见过行止这般动作，只觉浑身一麻，嘴角有些抽搐，耳语道：“你别演过了，我扶不住……”

行止同样耳语道：“我相信你。”

不要这么相信我啊……

见两人还在自己面前亲密私语，幕子淳厉声道：“如此花心之人竟妄言不让她受半点委屈，你可知你今日的作为便是给她受最大的委屈！”

“那就先让她委屈一下。”

幕子淳紧咬牙关：“你是在骗她。”

沈璃挑眉看他：“是啊，那又怎样？与你何干？”

幕子淳喉头一哽，沈璃坦然道：“我花心又如何，我骗金娘子又如何，与你有什么关系？我只是想要金娘子的万贯家产，只想将她骗到手，待得到她这些珍宝之后再将她休掉……”

“还要用她的财宝养小妾。”行止补充。

沈璃跟着道：“没错，还要用她的钱养小妾，这些又与你有何干系？你不是不喜欢金娘子吗？正好，到时我与金娘子成亲再放你走，不是正合你心意嘛，你这么生气做什么？”

“混账东西。”幕子淳恨得咬牙切齿，待他提剑要攻上前时，余光忽然瞥见了一个人影，金娘子正站在另外一条小道上，愣愣地看着他，幕子淳没来由地心里一慌，像是害怕她受到伤害一样，道：“这样的人，休要再惦记。”

“那我该惦记谁？”金娘子的声音出人意料地平静，“惦记你吗？”

幕子淳一愣。

金娘子看着沈璃：“对我有所图也好，至少能给我个机会，总比什么也不图，但什么也不给我的人来得好。”她慢慢走向沈璃，幕子淳目光一瞬冻结成冰：“你可知你现在在做什么？”

“做什么？”金娘子笑道，“选择一个不可能的人？这不是我对你做过的事吗？怎么，难道这事只允许奴家对你做，不允许奴家对别人做吗？”

幕子淳脸色白成一片。

“你先前那般不愿，如今你伤也好得差不多了，便走吧，奴家缠了你这么多年也缠累了，如今总算找到个别的出路……我放你走，你早些回去收拾收拾，回你的仙门去吧，不用再被我这妖女折腾了。”

言罢，她走过去，沈璃会意地揽住她的腰，笑道：“没想到娘子倒是对我情根深种啊。”金娘子没有应沈璃的话，拿余光瞅幕子淳，只见他眸中似怒似痛，但却没有再阻止一句。

三人离开幕子淳的视线，金娘子苦笑：“你们看，我话都说到这个地步了，他还是如此，可见这赌局是我赢了，行止神君，你的东西可赢不走了。”

“这可说不定。”行止道，“回头你让仆从将他的东西都收拾了，送他下山，就说你要与沈璃成亲了，不留他这个外人，你看他答不答应。”

沈璃忙道："这可不行，金娘子好不容易才把幕子淳绑在身边，让他走，说是可以说，但决计不能这么做的，不然金娘子可不是功亏一篑……"

行止只看着金娘子："你怎么说？"

"奴家方才话已经说出口了，他要走我便让他走，我是真的累了……"金娘子沉默了一瞬，道，"本来成亲也是我逼他的，我本想着，抢了他在身边继续过就是，但是你们这一试倒试得我心中不确定起来，若以后千万年岁月皆要与一个如此不在乎自己的人一同度过，那我还是……像以前那样一个人潇洒地过好了。"

沈璃微愣。

"如此，待会儿便让仆从收拾了他的东西，将他送下山去吧。"

沈璃张了张嘴，但见金娘子点了点头，她唇角虽挂着笑，但眼底却是一片心灰意冷。

"唉！"沈璃惋惜道，"我觉得他们两人都是对彼此有情的，只是那修仙人太过迂腐木讷了……当真让他们就这样错过了？"

"王爷觉得，行止当真会让事情这样进行下去？"

沈璃目光一亮："你有什么馊主意？"

行止淡然一笑："只需要你待会儿将金娘子打晕。"

"为何？"

"这还不是因为如今我动不了手嘛，而且，金娘子对你没有戒心。"

下午，金娘子让仆从将幕子淳的东西收拾好了，命他们送幕子淳下山，她未去看一眼，只在自己屋里枯坐，但闻仆从来说碧苍王求见，金娘子不疑有他，在大厅里见了沈璃，哪承想刚一见面，沈璃一记手刀便砍了过来，劈在她脖子上，金娘子只觉眼前一黑，毫无防备地晕了过去。

行止当时便在沈璃身后，极为淡然地转过头去，对旁边看傻眼的仆从道："碧苍王杀了你家主子，从今往后，这极北雪山便是碧苍王的囊中物了，你们也都是他的属下。"

仆从听呆了，沈璃也听呆了。

仆从们呼天抢地地逃出屋去，沈璃拽了行止便问："你这般说是要做什么！"

行止安抚地一笑，但闻外面传来震耳的钟声，响彻万里雪域。

"你快些将金娘子'尸身'的脖子掐着，待会儿有人来抢，你随便与他过上几招，然后让他将金娘子抢了去，接着咱俩就等着拿好东西回去便是。"

沈璃一边狐疑地照着行止的话做，一边还问着："你怎么知道事态会按照你的想法发展？"

行止一笑："谁没作过那么一段时间。"

如行止所言，不消片刻，幕子淳疾步而来，但见沈璃正只手掐着金娘子的脖子，他像疯了一样攻上前来，一时竟逼得沈璃认真挡了两招，方才不至于被他伤到，一个凡人修仙者能做到这个地步，大概是拼命了吧……

由着幕子淳将金娘子抱走，沈璃听着外面那浑厚的钟声，问道："你有想过……咱们要怎么善后吗？"

"善后？"行止打了个哈欠，"那是咱们该管的事吗？"

金娘子与幕子淳的大婚如期举行，行止送了金娘子一个不知从哪儿捡来的石头，美其名曰："天外天残留的星辰碎屑。"金娘子回赠行止一块玉佩。

金娘子的这场婚礼办得排场，沈璃看着金娘子脸上甜蜜的笑亦笑得极为开心。

在回去的路上，行止难得沉默了许久，他斟酌着开口问道："你想要一场婚礼吗？"

"啊？"沈璃呆住。

"细思起来，我们好似还没办过这样的婚礼，以前我并未觉得有什么必要，但这几日观礼后，我忽然觉得，将自己伴侣的身份昭告天下，或许是件不错的事。”

沈璃继续呆住。

行止摸了摸她的脑袋，道：“阿璃，你嫁给我吧。我给你一个十万天神同贺的婚礼。”

沈璃一琢磨：“也好，不过得尽快，不然肚子大起来，穿礼服会不好看。”

“……”

“真难得啊，能看见行止神君这般呆怔的模样。”

“呵……”行止难以自抑地勾起嘴角，修长的手指轻轻抚在沈璃的肚子上，微微躬身，蹭着沈璃的耳朵，一声喟叹，“夫复何求……”

与凤行

YU FENG XING

漫画番外·一

行止带娃的一天

阿爹，小妹，我们回来啦！！！

ZZZ
……

阿娘，阿爹好像又带着妹妹睡了一整天……这样下去，妹妹会不会睡傻啊？

唉—

本王在此

漫画番外·二

沈璃带娃的一天

炼气，舞枪，化形修心，我已经准备好了，阿娘！
冲啊！！！
不错！
走！今天去跟我过两招！
好！
嘿哈！嗨！
睁眼
嗬！
摸索
阿娘，接招！
唉……
不错嘛，你小子，哈哈哈！

漫画番外·三

沈璃与行止一起带娃的一天

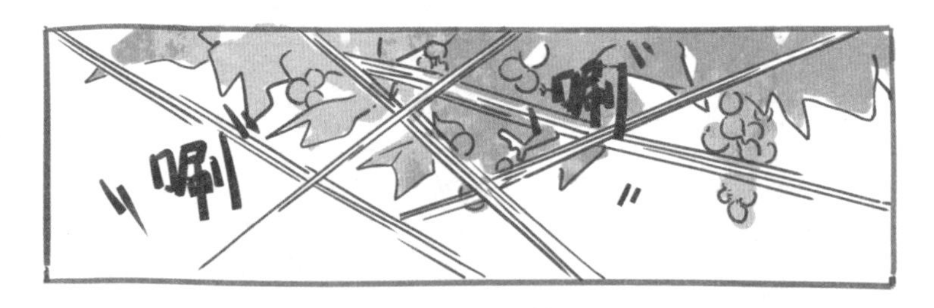

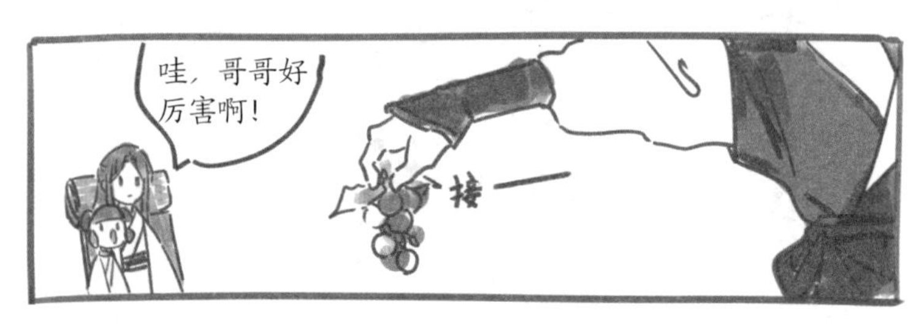

哇，这颗葡萄
长得好像一颗
爱心啊。
妹妹，
张嘴，
啊——

啊——
？

唉，不孝子，
跟你阿娘一样，
不疼我了。
阿爹！这是
给妹妹的！

咻——

葡萄？

* 网络流行语，指吐舌头发出的声音。

你也坐着休
息一下吧。
放

剥——
呼

来尝尝？

一直没问你，为什么要在院子里种葡萄？这么喜欢吃葡萄？

倒也不是，种葡萄，只是因为没有哪一串葡萄是只结一个果的，看着热闹。

摘—

会一直好
下去的。
咀嚼——

嗯。
哈哈

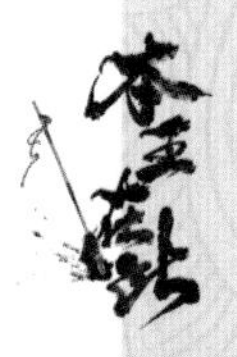

图书在版编目（CIP）数据

与风行：全二册 / 九鹭非香著 . -- 长沙：湖南文艺出版社，2023.4
ISBN 978-7-5726-0048-7

Ⅰ. ①与… Ⅱ. ①九… Ⅲ. ①长篇小说–中国–当代
Ⅳ. ①I247.5

中国国家版本馆 CIP 数据核字（2023）第 026650 号

上架建议：畅销 · 小说

YU FENG XING : QUAN ER CE
与风行：全二册

著　　者：九鹭非香
出 版 人：陈新文
责任编辑：匡杨乐
监　　制：毛闽峰
项目支持：恒星引力传媒
策划编辑：张园园
特约编辑：高晓菲
营销编辑：刘　珣　焦亚楠
封面设计：RECNS
版式设计：梁秋晨
封面题字：郁　琛
插图绘制：璎　珞　肥大不咕
出　　版：湖南文艺出版社
（长沙市雨花区东二环一段 508 号　邮编：410014）
网　　址：www.hnwy.net
印　　刷：三河市兴博印务有限公司
经　　销：新华书店
开　　本：640mm × 915mm　1/16
字　　数：447 千字
印　　张：31.5
版　　次：2023 年 4 月第 1 版
印　　次：2023 年 4 月第 1 次印刷
书　　号：ISBN 978-7-5726-0048-7
定　　价：79.80 元（全二册）

若有质量问题，请致电质量监督电话：010-59096394
团购电话：010-59320018